그해 겨울밤

광복 70년 · 분단 70년…
세월 속에 파묻힌 삽화

그해 겨울밤

신동철 지음

중앙 books
JoongAng Ilbo

후회와 아쉬움 속의 감사

광복 55주년인 15년 전의 일이었다. 그해 봄날 저녁 우리 집 6형제가 둘러앉아 식사를 하는 자리에서 작은형이 내게 넌지시 운을 뗐다.

"동생, 글 한번 써보는 게 어때?"

"무슨 글인데요?"

"그거 있잖아. 나하고 단둘이 연천에서 전곡까지 밤새도록 초행길을 걸어 38선을 넘던 1947년 깜깜한 겨울밤의 얘기 말야."

"아, 그거요? 얘기는 되지요."

"그때는 동생이 무척 아팠잖아. 걸음도 제대로 못 걷고."

"그랬지요. 그런데 글이라면 형님이 더 잘 쓰시는 것 아닙니까?"

"나도 쓸 수야 있지. 그렇지만 그런 종류의 기록물은 아무래도 철학을 배운 나보다는 역사를 전공한 동생이 엮는 게 주제에 걸맞고 리얼할 것 같아서 하는 얘기야."

"글쎄요? 빛바랜 어릴 적 체험담을 이제 와서 새삼스럽게 활자화시킬 가치가 있는지는 얼른 판단이 안 서네요……."

둘이 이런 대화를 나누는 사이 국외자 격인 큰형님과 동생들은 술잔을 비우면서 얘기가 잘 진행되어 좋은 방향으로 결론이 나길 바라는 듯했다.

작은형은 그 당시 한국능률협회그룹 부회장 겸 한국능률협회컨설팅 대표이사 사장으로 재직 중이었다.

그리고 그게 끝이었다. 우리 형제들은 설날과 추석, 부모님 제삿날 등 해마다 네 번은 큰형님 댁에서 꼭 모이고, 한식·벌초·시제 때는 가급적이면 모두들 고향에 내려가 한나절을 함께 보낸다.

그런데도 그 후엔 "한탄강을 건너 38선을 넘던 얘기를 써보는 게 좋지 않겠느냐"는 말은 재론된 일이 없었다.

광복 65주년이 되던 해 나는 하마터면 세상을 하직할 뻔했다. 두 개의 병마가 내 몸을 기습한 것이다. 내 몸에 이상(異常)이 감지된 건 나이 70 고개를 넘긴 2008년 전후였다. 한겨울 밖에 나가면 숨이 차고, 심할 때는 호흡이 멈추는 것 같은 증상도 없지 않았다.

일반적으로 노인들이 찬바람을 쏘이면 혈관이 수축되고, 고지혈증 등으로 인해 혈액순환이 원활치 못해 가슴이 뻐근해지는 일이 있다는 얘기를 들어와 그러다가 말려니 하고 크게 신경을 안 썼다.

그 무렵 나는 사단법인 대한언론인회 부회장으로 봄가을 두 번씩 회원들과 함께 대형버스 2~3대로 산천경개 좋은 곳을 찾아 술잔을 기울이고 이른바 고담준론(高談峻論)을 펴는 등 정신적으로는 여유 있는 생활을 하고 있었다.

하지만 겨울이 되면 그게 아니었다. 숨이 차는 일이 잦아지고 계단을 오르는 게 고통스러워 피해 다녔다. 연말이면 집중되기 마련인 모임도 줄이고 미리 양해를 구해 불참하는 등 나름대로 조심했다. 그랬던 가슴 답답증도 봄이 오면 눈 녹듯이 사라져 아팠다는 사실조차 까맣게 잊기 일쑤였다.

그런데도 마음 한구석엔 뭔가 불길한 일이 꼭 닥칠 것 같은 예감이 떠나질 않았다. 그렇게 한 해가 또 저물어가며 내 인생은 흐르는 강물처럼 조금씩 피안(彼岸)을 향해 늙어가고 있었다.

그러던 어느 날 선배로부터 전화가 걸려왔다. 크리스마스를 앞둔 12월 초하루였다. 그분은 나보다 여섯 살쯤 연세가 많았고 그 당시 서울평화상문화재단 사무총장을 맡고 있었다.

"어이, 신공(申公). 이번 크리스마스 날에 무슨 일 있나?"

"아무 일도 없습니다. 그냥 집에 있을 작정입니다."

"그렇다면 아주 잘 됐네. 그날 좀 나와 줘. 내 막내딸이 시집을 가는데 후배가 나와서 축하해줘야겠어. 그 애가 말야. 나이는 좀 들었어. 유네스코 파리 본부에서 11년째 근무하고 있는데 신랑 측 주최로 며칠 전 그쪽에서 한 차례 결혼식을 올리긴 올렸어."

"예식장은 어딘데요?"

"필동에 있는 코리아하우스야. 꼭 나와 주는 거지?"

"네, 그럴게요. 그렇더라도 청첩장 한 장은 미리 보내주세요."

약속은 했지만 걱정이 앞섰다. 여느 때 같으면 즐겁게 달려가 얼굴 내밀고 아는 분들과 어울려 와인 한두 잔 마시며 덕담을 나누면 될 일이었다.

그해 크리스마스 날도 추웠다. 새벽엔 영하 12도 안팎이었고 햇살이 퍼진 한낮에도 수은주가 영하 4도 이상으로 오르지 않는 등 강추위였다.

승용차를 몰고 갈까, 아니면 전철을 이용할까 잠시 저울질을 했다. 노면이 미끄럽고 코리아하우스 주차장 사정도 잘 몰라 후자를 택했다. 외투를 입고 모자를 쓴 채 목도리를 두르고 장갑까지 낀 완전무장 태세로 충무로역에서 지상으로 나오는 순간 숨이 멎었다. 걸을 수가 없었다. 역에서 지상으로 나오면 주유소가 있고 그 앞을 돌아 비스듬한 오르막길을 80m쯤 걸으면 예식장인데도 도대체 걸을 수가 없었다. 누가 보면 어쩔까 싶어 주변을 힐끗 봤지만 아는 분은 한 사람도 눈에 띄지 않았다. 전신주를 붙들고 한참 동안 호흡을 가다듬고는 산소를 힘껏 들이마셨다가 내뱉는 식으로 가까스로 예식장에 도착했다. 혼주에게 인사를 하고 그 밖의 아는 분들과는 아무 소리도 못하고 악수만 나눴다.

그로부터 40여 일 뒤인 이듬해 2월 초 어느 날 전화벨이 울렸다. 알고 지내는 어느 후배의 어머니가 세상을 떠났다는 것이었다. 문상을 와달라는 주문이었다. 그때 나는 감기로 고전 중이었다. 모친상을 당했다는 후배는 아이스크림 등 빙과류를 대량으로 생산해서 동남아 몇 나라에 수출하는 회사의 CEO였다.

주섬주섬 옷을 갈아입고 검정 넥타이를 챙기자 아내가 한마디 했다.

"그 몸 가지고 이 추운 밤에 꼭 가실려구요?"

"내일 아침에 발인이라니 당장 가봐야지 어쩌겠소. 몰랐으면 하는 수 없지만 상주가 보고 싶다는 얘기일 텐데⋯⋯."

"그렇다면 저도 따라가겠어요."

걱정스러운 표정으로 나를 지켜보던 아내는 자신은 조수 노릇만 하고 빈소엔 들어가지 않겠노라며 따라나섰다.

그날 밤도 무척 추웠다. 밖은 영하 8~9도쯤 되는 것 같았다. 나는 차를 몰며 방한복 등을 철저히 챙겼다. 실내온도가 영상 25도 안팎이고 밖이 영하 8도라면, 수은주가 33도 이상 오르내리는 롤러코스터 같은 한란(寒暖)의 차이에선 내 허약한 심장이 제대로 작동하지 않을 것 같아서였다. 기관지 천식까지 심한 나로서는 각별히 조심하는 것 외엔 약이 없었다.

그날 밤길에도 차는 없었다. 밤이 깊고 날씨가 추워서 그런 것 같았다. 30분쯤 달려 영안실 앞 옥외주차장 3층 꼭대기에 차를 대놓고 밖으로 나오는 순간 숨이 꽉 막혔다. 어찌할 도리가 없었다. 주차장 철제 난간을 붙들고 한참 동안 숨을 가다듬었다가 한 걸음 한 걸음씩 갓난아기가 걸음마를 배우는 모양새로 빈소에 들어갔다. 아내는 차에 머물러 내가 쩔쩔매는 걸 모르고 있었다.

조문록에 이름 석 자를 써 놓고 고인의 영전에 재배를 올린 다음 콜라라도 한 잔 하시라는 후배의 권유를 사양하고 차에 올랐다. 그게 전부였다. 언제 그랬냐는 듯이 호흡이 순조롭고 가슴이 뻥 뚫린 것처럼 시원했다. 묘한 병도 있구나 하다가 금방 또 잊어버렸다.

나중에 똑바로 듣고 마음에 새겨둔 얘기이지만 이 병은 갑자기 쳐들어왔다가 싱겁게 물러나기 때문에 대부분의 노인들이 처음엔 심혈관 질환의 심각성을 간과하다가 큰일을 당하는 예가 적지 않다는 것이 단골로 다니는 동네 병원 젊은 의사의 말씀이었다.

한 번의 결혼식과 한 번의 장례식 날 겪은 실패의 교훈을 거울로 삼은 데다가 절친한 친구와 동네 병원 의사의 강권에 떠밀려 큰 병원에 가게 되었고 거기서 밝혀진 게 폐암(肺癌)이었다. 그것도 말기 직전까지 진행된 '폐암 3기' 판정이었다.

이럴 수가 있는가. 폐암이라는 말 한마디에 소스라치게 놀라다 못해 아예 혼비백산(魂飛魄散)해버렸지만 그건 움직일 수 없는 현실이었다. 지름 6.5cm 크기의 테니스공만 한 암 덩어리가 내 왼쪽 폐 속에 있다는 최종 진단은 그야말로 마른하늘에 날벼락이나 다름없는 청천벽력(靑天霹靂) 그것이었다.

그러나 어쩔 것인가. 인간 신동철이 이 세상에 태어나 이쯤에서 하직한다고 해도 그게 바로 에누리 없는 나의 운명이라면 수용할 수밖에 다른 도리가 없다고 마음을 다졌다.

먼저 가신 부모님의 얼굴이 떠올랐다. 뒤이어 언론계에서 함께 뛰다가 오래전 고인이 된 기라성 같은 선후배들의 젊은 날의 씩씩했던 모습이 떠올랐다. 최근에 세상을 떠나 갠지스 강가의 모래알처럼 헤아릴 수 없이 많은 역사 속의 인물군(人物群)에 편입된 친구들의 추억도 뇌리에서 어른거렸다.

'종심(從心)의 경지'에 이르기까지 살아오는 동안 내게도 즐거움과 기쁨, 반가움이 있었고 외로움과 괴로움에 고개를 떨군 채 눈물을 뿌린 때도 있었는가 하면 서러움과 노여움을 주체하지 못해 하늘을 향해 울부짖던 순간도 없지 않았다.

보람과 허무(虛無). 이런 것 말고도 아쉬움과 후회 속에 감사할 줄 아는 마음 또한 배워 알게 됐다.

혈관 확장 시술(Stent)을 받아 심장 쪽을 안정시킨 다음 본격적으로

암과의 전쟁을 벌였다. 하지만 당초의 전투 목표는 암을 죽이려는(to kill cancer) 게 아니라 암의 크기를 최소화하려는(to minimize cancer) 데 초점을 맞춘 소극적인 작전이었다.

4개월 동안 3주 간격으로 혈관에 7번 항암제를 주사하고 마지막 33일 동안엔 매일 한 차례씩 방사선 조사(照射)를 통해 암세포를 박멸하는 사이에 나는 완전히 초죽음이 됐었다.

그런 와중에서도 뇌리에서 사라지지 않는 아쉬움이 하나 있었다. 그건 왜 건강했을 때 '내가 넘은 38선 이야기'를 쓰지 않았는가 하는 점이었다. 이유는 단 하나, 일단 글을 쓰기 시작하면 끝을 맺어야 한다는 부담감 때문이었다.

세월이 흘러 암을 퇴치하고 지금 이 글을 쓰고 있지만 그때의 '아쉬움 같았던 후회'가 이제는 '또 다른 의미의 후회'로 변질되어 내 가슴을 울리고 있다. 그 이유는 이런 것이다. 2012년 겨울부터 지난해 여름 사이에 두 분의 형님이 태어난 순서대로 대략 2년여의 시차를 두고 영면(永眠)함으로써 이 글이 완성되더라도 보여드릴 수 없게 된 것이다.

내 나이 여든을 앞두고 15년 전에 작은형이 던져준 숙제를 마칠 수 있도록 생명 연장의 길을 터준 동네 병원 우열근 박사에게 우선 감사의 말씀을 드린다.

또 병원(病原)과 병소(病巢)를 정확히 짚어낸 분당서울대병원 폐센터 이재호 교수를 비롯, 내 몸에 딱 맞는 항암제를 선택해서 집중 치료를 해준 암센터 이종석 교수, 이 교수와 협동작전을 편 방사선종양학과 김재성 교수 및 심장혈관센터 연태진 교수 등에게 감사의 박수를 보내는 바이다.

이 밖에도 지난여름 이 글의 몸통 부분을 꼼꼼히 읽자마자 새벽녘에 문자메시지를 보내주신 손주환(孫柱煥) 전 공보처 장관을 필두로, 정성 들인 독후감을 이메일로 보내온 이경재(李炅在) 전 한화이글스 대표이사 사장과 정춘수(鄭春樹) 전 중앙일보 심의실장에게도 고마운 마음을 전한다.

손 전 장관은 문자메시지에서 '그해 겨울밤 38선에서 생긴 일'은 38선 이북에서 태어나 공산주의자들의 박해로 자유를 찾아 남하한 한 집안의 이야기를 다룬 가족사(家族史)이긴 하지만 해방공간과 분단시대에 어린 형제가 겪은 생생한 기록으로서 우리 시대, 우리 민족의 아픔을 상징하는 현대사의 단면(斷面)이라면서 책으로 펴내 많은 분들에게 읽히는 게 좋겠다고 역설했었다.

머리말이 너무 장황해졌다. 그러나 한마디만 더 보태기로 하자.

지난 2010년 2월부터 남편이 폐암과 싸우는 동안 노심초사하며 물심양면으로 헌신한 아내 장화자(張和子)에게 가없는 고마움을 표하며, 워킹맘으로 직장생활 틈틈이 내 글이 햇빛을 볼 수 있도록 원고를 챙기고 디자인을 직접 해서 가제본(假製本)까지 만들어준 둘째 며느리 허영수(許英修)에게도 감사하는 마음을 보낸다.

2015년 4월
신동철

차 례

그때 한탄강 물은
明鏡止水였다

1

경원선 남행열차가 어둠을 뚫고 종착역인 연천(漣川)역에 도착했을 때 사방은 깜깜한 암흑세계였다. 플랫폼에 띄엄띄엄 서 있는 촉수 낮은 가로등과 역 앞 광장 일대를 밝혀주는 등불만 깨어 있을 뿐, 온 세상은 깊은 잠에 빠져 있었다.

나는 형에게 손목을 꽉 잡힌 채 이끌려 개찰구 쪽으로 뛰었다. 뭔가 큰 죄를 짓고 도망치는 사람처럼 벌써부터 가슴이 두근거렸다. 야간열차가 토해 놓은 승객들이 저마다 먼저 나가려고 철길을 몇 개나 뛰어 건너 집표구(集票口) 앞에 두 줄로 길게 늘어서자 키가 큰 소련군인 2명이 우리를 줄 밖으로 불러 세우는 것이었다.

"야! 너희 두 꼬마 두 놈. 어디로 가는 거야?"
"전곡(全谷)에 가요."
"이 밤중에 전곡은 왜?"
"외할머니 집에 갈려구요."

금강산 전기철도 노선도

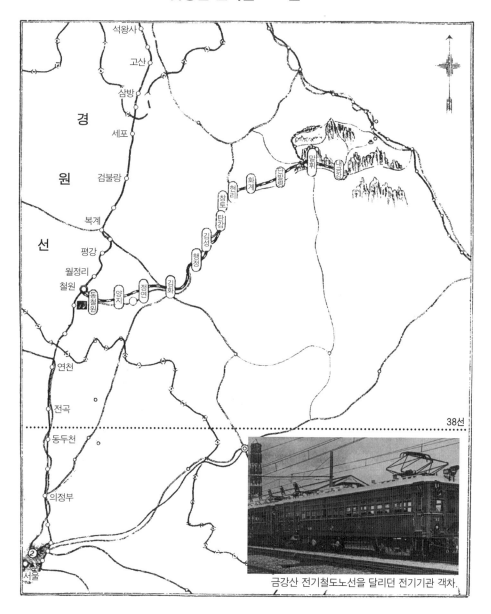

석왕사

고산

삼방

경

원 세포

검불랑

선 복계

평강

월정리

철원

양지

정연

김화

행정

김성

탄감

창토

현리

화계

금강산

말휘

38선

연천

전곡

동두천

의정부

서울

금강산 전기철도노선을 달리던 전기기관 객차.

"그래? 그러면 보따리 속엔 뭐가 있어? 어서 풀어 봐."

형이 소련 군인들과 우리말로 문답을 하는 사이 나는 얼른 짐을 풀어 시루떡 한 뭉치를 꺼내 소련 군인에게 건네주며 한마디 거들었다. 이 무렵 소련 군인들은 38선 이북에 들어온 지 만 2년이 조금 넘었지만 일상적인 우리말을 곧잘 했다.

"떡이에요. 떡, 하나 먹어보세요."

그는 아직도 온기가 가시지 않은 시루떡 뭉치를 만져보더니 무슨 생각을 했는지 씩 웃으며 되돌려주는 것이었다.

하지만 방금 형이 한 말은 새빨간 거짓말이었다. 고향을 떠나오기 전 형은 내게 나름대로의 시나리오를 만들어 학습을 시키고 38선을 넘을 때까지 반드시 준수해야 한다고 여러 번 강조했다.

첫째, 기차역을 빠져나갈 때 혹시 있을지도 모르는 소련 군인과 내무 서원들의 합동 검문검색에 걸릴 경우 전곡에 사는 외할머니 집에 간다고 말할 것. 매사에 꼼꼼한 형은 외할머니가 어느 마을에 사는 누구냐고 더 캐물을 것에 대비해서 마을 이름과 외할머니 성함까지 가짜로 정해 놓았었다.

둘째, 한탄강 주변에서 38경비대와 마주치면 8·15해방 전 서울에 살다가 미군의 공습이 심해져 강원도 산골로 소개(疏開)해왔는데 광복 후 부모님은 형과 두 아우 등 3명을 데리고 서울로 갔으며 우리 형제는 나중에 데리러 온다고 해놓고 소식이 끊겨 하는 수 없이 우리끼리 부모님을 찾아 서울로 가는 것이라고 둘러 댈 것.

셋째, 일이 아주 잘못되어 연천이나 철원 또는 우리 형제가 태어나서 자란 고향집 바로 옆에 인접한 김화 내무서까지 연행되는 사태가 벌어지더라도 아버지 이름 석 자는 끝내 실토해선 안 된다는 것이었다.

이렇게 해서 연천역을 빠져나가는 첫 번째 관문은 무난히 통과했다. 제법 넓은 광장에 서자 몸이 으스스 떨렸다. 그 많던 승객들이 순식간에 어둠 속으로 빨려 들어가 자취를 감추고 역 광장의 희미한 등불까지 꺼지자 세상은 또다시 적막한 암흑 속에 빠졌다.

그 시각부터 우리 형제는 남쪽을 향해 아무것도 없는 황량한 밤길을 걷기 시작했다. 전곡까지는 몇 시간을 걸어야 하는지, 남과 북을 가로막고 흐르는 한탄강 물은 얼마나 깊고 넓은지도 모르는 채 38선을 넘어 서울로 달려가 그리운 부모형제 품에 안기게 해달라고 오로지 기도하는 마음으로 타박타박 걸었다.

날씨는 무척 추웠다. 음력으로 그믐께였는지 하늘엔 달도 없었다. 이따금 몰아치는 찬바람이 뼛속까지 스며들어 을씨년스럽기 그지없었다. 어쩌다가 별이 한두 개 보이는가 싶으면 곧장 먹구름이 달려와 삼켜버리는 등 겨울이 코앞에 닥쳐왔음을 실감케 했다.

사실이 그랬다. 전날 친척집 어른과 함께 읍내까지 시오리 길을 걸어나와 고향 역에서 차표를 산 후 금강산 방향에서 달려오는 전차(電車)를 타고 철원으로 가는 동안 차창 밖으로 보인 오성산 꼭대기는 이미 첫눈을 이고 있었다.

오성산에 첫눈이 내리고 뒤미처 금학산 정상에도 눈이 덮여 화답(和答)하면 그 유명한 강원도 북녘 고을의 길고 혹독한 추위가 달려오는 신호였다. 김화(金化)읍 바로 북쪽에 치솟은 오성산(해발 1,062m)과 서쪽으로 30km쯤 떨어진 철원(鐵原)읍 끝자락에 자리 잡아 서로 드넓은 철원 평야를 내려다보며 마주선 금학산(해발 947m)은 두 고을의 명산으로 예부터 이름을 날렸다.

세세연년(歲歲年年) 그랬듯이 늘 이맘때쯤이면 어른들은 겨울나기 양식과 땔감을 미리 준비하고 아낙네들은 김장을 담그고 콩을 삶아 메주를 빚으며 새봄이 오길 손꼽아 기다렸다.

첫눈이 내리고 조금씩 녹다가 그 위에 또 새 눈이 쌓여 온 사방에 눈이 덮이면 세상은 온통 꼬마들 차지였다. 하루 종일 냇가에 나가 썰매를 지치고 팽이치기를 하는 걸로 신나게 놀았다. 밤이면 꼬마들끼리 모여 앉아 꿀밤 때리기, 윷놀이 등을 하고 어떤 때는 어른들이 숨겨둔 화투를 몰래 꺼내 짝 맞추기로 시간 가는 줄 몰랐다.

우리 집에선 이따금 한밤중에 잠을 깨워 눈을 비비며 일어나면 아버지가 웃고 계셨고 곧이어 어머니가 동치미 국물에 말아주는 냉면을 먹고 몸을 떨다가 따끈따끈한 아랫목 이불 속에 들어가자마자 꿈나라로 직행하는 것도 겨울밤을 보내는 즐거움의 하나였다. 그런 날 아버지는 친구들과 술추렴을 하시다가 집에 오실 때 읍내에서 냉면을 제일 잘한다는 '재남이네 집'에 들러 방금 기계로 뽑아 삶아서 찬물에 헹구어 건져 올린 냉면 사리를 사 오셨던 것이다.

어디 그뿐인가. 동네 어른들은 먼 산에 토끼 사냥을 나가고 또 다른 마을 젊은이들은 얼음을 깨고 물고기를 건져 올려 매운탕을 끓여놓고 둘러 앉아 왁자지껄 먹고 마시는 게 내 고향 겨울나기 풍경의 또 다른 모습이었다.

이웃 마을 처녀·총각들끼리 눈이 맞아 결혼식을 올려 마을 전체를 그야말로 '잔치 분위기'로 만드는 것도 가을에 접어들면서 흔히 볼 수 있는 꼬마들의 구경거리였다. 서울로 유학을 떠난 부잣집 자녀들이 방학을 맞아 귀향하고, 멀리 관부(關釜)연락선을 타고 바다를 건너 일본에서 유학 중인 대학생들도 돌아와 무리지어 신작로를 휘젓고 다니는 것도 이 무렵 우리 고향 읍내에서 심심치 않게 보이는 광경이었다.

　1947년 이른 봄 어느 날 밤. 어머니는 작은형과 나를 앉혀놓고 중대 발표를 하셨다. 그때 형은 열두 살, 나는 열 살이었다. 철부지 넷째와 막내 젖먹이는 옆에서 잠든 그런 밤이었다.

　세월이 어수선하고 공산당이 갈수록 극성스러워 더 이상 여기서 살 수 없어 아버지가 계신 서울로 가신다는 거였다. 집과 가재도구는 모두 버리고 가되, 서울엔 아직 일곱 식구가 기거할 집을 마련하지 못해 일단 동생 둘만 데려가고 형과 나는 시골에서 농사를 짓는 친척집에 맡겨두고 간다는 것이었다. 어머니가 먼저 가서서 자리를 잡으면 가을이 깊기 전에 무슨 수를 써서라도 너희들도 데려가기로 친척집 웃어른께 말씀드려 이미 동의를 얻었다는 얘기까지 해주셨다.

　나는 속으로 무척 불만스러웠다. 하지만 그 자리에서 불평은 하지 않았다. 형도 별말 없이 어머니의 결정대로 순종하는 듯했다. 어머니는 이 자리에서 시골학교 5학년과 3학년에 우리 형제를 편입시키는 서류까지 미리 갖춰 우리들에게 건네주시는 거였다. 사실 어머니는 이날 중대 발표를 하시면서도 아무런 표정 변화 없이 담담하게 말씀하셨다. 나는 순간적으로 이렇게 결정을 하신 어머니를 원망했다. 하지만 그건 어머니의 잘못이 아닌 세월의 탓이라고 스스로 위로했다.

　그로부터 며칠 안에 어머니는 옷가지와 이불, 그리고 얼마 안 되는 패물 등을 챙겨 짐을 꾸린 뒤 나이 든 짐꾼 5명을 사서 나눠 지게 하고 새벽녘에 집을 나섰다. 젖먹이를 등에 업고 애지중지하던 재봉틀을 광목으로 둘둘 말아 머리에 이고 나선 어머니는 스스로 길잡이가 되어 두릅나무에 새순이 돋아나는 산길을 따라 남쪽으로 향했다. 38선 근처에 이르러서는 낮에는 마을 뒷산에 숨어 지내고 밤에 걸어, 집 떠난 지 사흘 만에 무사히 경계선을 넘어 서울에 도착했다는 전갈을 한참 뒤에 인편으로 우리가 있는 친척집에 보내왔다.

그 당시 어머니는 33세로 슬하에 수철(洙澈), 영철(永澈), 동철(東澈), 상철(商澈), 중철(重澈) 등 아들 5형제를 두었고, 해방되던 해 초겨울 어느 날 밤 공산당을 피해 먼저 서울로 탈출한 아버지는 36세였다.

어머니가 서울로 가시기 전 큰형이 먼저 월남했다. 국민학교를 갓 졸업한 큰형은 1946년 이른 봄 아버지가 계신 서울로 향했다. 한 동네 청년 4~5명이 남쪽으로 간다는 소식을 듣고 이들을 따라 38선으로 향했던 것이다.

그 무렵 우리가 살던 김화읍 읍내리 고향집에서 38선까지는 남쪽으로 32km 정도였다. 이건 물론 산과 계곡을 돌아 구불구불 개설되어 있는 자동찻길과 수렛길을 대충 계산해서 말하는 게 아니라 그야말로 남쪽으로 곧장 나 있는 경도(經度)의 거리를 지칭하는 것으로 따라서 그 당시 도보로 38선을 넘으려면 최소한 50km 이상을 걸어야 했을 것이다.

그럼에도 불구하고 나는 그때 노는 데 정신이 팔려 큰형이 서울로 떠난 사실조차 모르고 있었다. 그만큼 나는 무심했다. 그랬던 큰형이 어느 날 저녁 초췌한 모습으로 집에 돌아왔다. 작은형과 함께 들어본 사정은 내겐 너무 충격적이었다.

큰형은 마을 청년들과 함께 산골길을 들어서 38선 경계에 도착했을 때 사단이 벌어졌다는 것이었다. 안내자의 배신 때문인 것 같았으나 확실치는 않았다. 어쨌든 경계선을 넘기 직전 내무서원을 앞세운 인근 마을 주민들에게 몽땅 잡혀 남의 집 헛간에 감금되어 뜬눈으로 밤을 새우고는 이튿날 트럭에 실려 어디론가 끌려갔다는 것이었다.

총을 멘 내무서원의 명령에 따라 눈을 가린 채 트럭 짐칸 바닥에 엎드려 달리다가 멈추다가를 여러 번 반복한 끝에 저녁 무렵 도착해보니 철원읍에 있는 내무서 건물이었다. 거기서 함께 연행된 청년들과 분리되어 사흘 동안 유치장에 갇혀 있다가 풀려나 집에 올 수 있었다는 것이었다. 함께 잡혀간 마을 청년들은 그 후 영영 고향에 모습을 나타내지 못했다. 큰형은 그날 밤 38선 근처에서 안내자의 말에 따라 숲 속에 숨어 있다가 갑자기 나타나 총부리를 겨누며 "손 들고 나와! 안 나오면 쏘겠다"고 윽박지르는 바람에 하마터면 기절할 뻔했다고 털어놔 우리들을 전율케 했다. 하지만 큰형은 어머니에게는 걱정할 것 같아 자세한 경위는 말하지 않았다는 것이었다. 그런 큰형이 내 눈엔 어른스러워 보였다. 나는 그때부터 알게 모르게 언젠가는 나도 넘어서야 하는 38선 공포증에 걸렸는지도 몰랐다.

두 번째 월남을 시도하던 날 나는 어머니에게 자청해서 큰형을 배웅하겠다고 말하고 따라나섰다. 그건 먼젓번 월남할 때는 떠난 사실조차 몰랐던 점에 대한 나름대로의 속죄이기도 했다.

우리는 읍내를 벗어나 금강산 가는 쪽에서 흘러내리는 하천을 건너 남쪽으로 걸었다. 함께 월남할 청년들과 만나기로 한 곳까지는 못 가더라도 내 딴에는 무너미고개 너머까지 갔다가 돌아올 작정이었다. 그 고개가 먼발치서 보이는 곳에 이르렀을 때 큰형은 내게 "이젠 됐으니 어서 돌아가라"고 여러 번 재촉했다. 그렇지만 나도 굽히지 않았다. 몇 번 실랑이 끝에 무너미고개 마루턱에 이르러서 헤어졌다. 큰형은 남쪽으로, 나는 집이 있는 북쪽으로 걸음을 옮겼다. 큰형은 헤어질 때 가방을 열어 삶은 달걀 2개를 꺼내 내게 주며 돌아가는 길에 먹으라고 했다.

나는 여러 번 사양했으나 끈질기게 권유해 마지못해 받아들고 발길을 돌렸다.

　이른 아침에 집을 나섰기 때문에 우리 형제가 어디로 가는 걸 본 이웃도 없었고 무너미고개에서 헤어질 때까지 누구도 우리를 보지 못했으며, 나 역시 중간에 나그네 한 사람도 보지 못했다. 온 세상엔 큰형과 나만 있을 뿐 아무도 없는 것 같은 착각을 일으킬 정도로 사방이 고요했다.

　계절은 봄이 한창 무르익기 시작할 때였다. 멀리 갔다 오는 동안 태양은 하늘 한가운데 자리 잡아 대지를 굽어보며 포근하게 감싸주고 있었다. 공기가 한껏 부드러워진 가운데 걷고 있는 내 목덜미가 따스해진 것을 느끼는 순간 아지랑이가 일제히 피어올랐다. 동서남북 가릴 것 없이 내가 걷는 벌판길을 따라 아지랑이가 이글이글 황홀경을 연출했다. 그건 보기 드문 자연의 선물이었다. 동시에 냇물 건너편 모래밭 풀포기 속에선 종달새가 공중에 솟아올라 재잘재잘 노래를 하다가 풀포기 속에 내려앉으면 인접한 둥지에서 또 다른 종달새가 날아올라 날개를 펄럭이며 노래를 반복하다가 내려앉는 등 내가 걷는 방향을 따라 종달새의 지저귀는 행렬이 릴레이처럼 이어지는 것이었다.

　나는 한참 동안 양지바른 둔덕에 앉아 계절이 주는 자연의 신비에 관해 곰곰이 생각해봤다. 걷다가 쉬다가를 반복하며 얻은 '아지랑이와 종달새에 관한 관찰'의 결론은 이런 것이었다.

　아지랑이는 이날과 같이 봄철 오전에만 발생하는 것이며 여기에 움직이는 물체가 있어야 종달새의 지저귐이 추가된다는 점이었다. 말하자면 봄날의 아지랑이는 날씨가 맑고 건조해서 아침 이슬이 맺힌 상태에서 갑자기 따스해진 햇볕이 지표의 온도를 덥혀 공기가 한껏 부풀어진 데다가 바람 한 점 없어야 생겨난다는 점이었다. 종달새도 내가 걸을 때마다 공중에 솟아올라 재잘거리고 내가 앉아서 쉬면 그들 역시 동작을 그만두는 것이었다. 그건 분명히 노래하는 게 아니었다. 움직이는 물체를 경계하라고 이웃에게 경고해주는 사실이라는 걸 비로소 알게 되었던 것이다.

해방되기 훨씬 전쯤 여름. 나는 방금 종달새가 솟아올라 저희들끼리 경계경보를 발령한 그 하천변에서 물놀이를 했었다.

그 전해 어느 추운 날 일본이 싱가포르 요새(要塞)를 함락(陷落)했다고 떠들썩하다가 그 기념으로 고무공을 만들어 이듬해 여름 온 나라 어린이들에게 뿌리며 자축하던 시기로 우리 고향에선 뒤늦게 국민학교 4학년 이상 학생에게만 배정한다고 해서 큰형이 한 개 얻어온 일이 있었다.

그 어느 여름 날 큰형은 뒷집에 사는 두호 형과 함께 대장이 되어 골목 안의 꼬마들을 모조리 불러, 천렵을 한답시고 우리들 조무래기들에게 리어카를 끌게 했다. 우리가 밀거니 끌거니 몰고 간 리어카엔 반두 2개와 낚싯대 2개 말고도 취사도구와 식기류, 우물물 한 초롱 이외에 마른 솔가지와 장작 몇 개비까지 실려 있었고 어미 닭 한 마리가 있어 우리들의 관심을 끌었다.

우리는 왕초들이 시키는 대로 10리쯤 걸어갔다. 민가가 한 채도 안 보이는 한적한 냇가에 도착해 돌을 주어다가 솥을 걸고 불을 지펴 닭을 삶고 밥을 짓는 데 필요한 심부름을 했다. 그래야만 점심 때 먹을 걸 준다고 해서 뙤약볕 아래 땀을 흘리며 일을 충실히 했던 것이다.

그러나 우리가 터를 잡은 곳은 보(洑)를 막은 상류 쪽으로 수면이 넓고 물이 깊어 장난감 같은 반두 한두 개 가지고는 물고기를 잡을 수 없

26

었다. 낚시질 역시 되지 않았다. 때마침 따분해질 무렵 건너편 하류 쪽에서 어른들이 물고기를 잡으며 떠드는 광경이 눈에 들어왔다. 그건 우리네 조무래기들로서는 당장 달려가 볼 만한 훌륭한 구경거리였다. 작은형을 포함한 7~8명의 꼬마들이 일제히 내달려 하천을 가로질러 막은 보를 건너 물고기를 잡는 데로 향했다. 거기엔 여섯 자짜리 큰 반두 2개를 가지고 온 낯선 장정 7~8명이 고기를 훑고 있었다. 그들은 가슴팍까지 물이 차는 깊은 곳에 들어가 물고기가 있을 만한 곳을 완전히 포위한 다음 막대기를 든 몰이꾼 2명이 뛰어 들어 흙탕물을 일으키고는 놀라서 도망치는 물고기를 모조리 잡았던 것이다.

나는 어려서부터 냇물에 그물을 쳐 놓았다가 조용히 건져 올려 고기를 잡거나, 한 폭의 그림을 그리듯 공중에 투망을 던져 고기를 잡아 올리는 장면은 많이 보아왔으나 이런 식으로 우악스럽게 물고기 씨를 말리는 것은 일찍이 본 적이 없었다. 반두가 물 위로 치켜 올려질 때마다 메기, 뱀장어, 붕어, 모래무지, 미꾸라지 등이 펄떡거렸다. 그들은 보 아래로부터 맞반두질로 고기를 잡는 듯 큰 다래끼엔 굵직한 물고기가 그득히 쌓여 있었다.

내가 거기까지 뛰어간 데에는 다른 뜻도 없지 않았다. 잔챙이 한두 사발 얻어다가 매운탕을 끓일 작정이었다. 우리 고장에선 민가로부터 멀리 떨어진 냇가에서 고기를 잡는 구경을 하거나 물고기를 담은 소쿠리를 들고 다녀주면 헤어질 때 물고기 몇 마리 주는 것은 흔히 있는 일이었다. 그러나 이들은 낯선 사람들인 데다가 인상도 좋지 않아 아예 말도 꺼내지 않았었다. 괜히 말을 꺼냈다가 욕만 실컷 먹을 것 같아서였다.

그들이 상류 쪽으로 가버린 후 나는 되돌아오는 방법을 놓고 잠시 저울질을 했다. 곧장 헤엄을 쳐서 건널 것인가, 아니면 오던 길로 내려가 보를 건너 다시 거슬러오는 길을 택할 것인가 망설였다. 햇볕은 더 뜨거웠고 배도 좀 고팠다.

나는 함께 행동한 조무래기들에게 혼자서 물을 건너겠다고 선언했다. 그건 닭곰탕 국물 한 숟갈이라도 더 빨리 먹겠다는 것이라기보다는 모처럼 애들 앞에서 내 떡 감는 실력을 뽐낼 좋은 기회였기 때문이었다. 내가 그렇게 말했는데도 작은형은 말리지도 않고 도보 부대에 합류해 하류 쪽으로 가버렸다. 그날 내가 헤엄을 쳐서 건넌 물길은 대략 80m 안팎이었으나 조무래기들이 걸어야 하는 건 그보다 3배나 더 먼 길을 아래로 내려가 거기서 보를 건넌 뒤 다시 내려간 만큼 되돌아 올라와야 하는 제법 먼 거리였다.

논에 물을 대기 위해 개울을 가로막아 축조하는 보는 시멘트로 만들면 보기에도 산뜻하고 그 위를 걷는 데도 좋았다. 그러나 당시 운장리 벌판에 관개(灌漑)를 하기 위해 개설한 보는 반영구적인 시멘트 보가 아니었다. 하천 바닥에 아랫부분을 뾰족하게 깎은 기둥을 얼기설기 박은 뒤 그 위에 서까래 크기의 잡목을 듬성듬성 끼워놓고 청솔가지나 참나무를 베어 그 틈새를 메워서 물을 막는 식이었다.

이런 식으로 물이 도랑으로 흐르고 동시에 보 아래위로 줄줄 새고 넘치도록 엉성하게 만든 것이었다. 그렇지만 이런 보는 물고기가 상류로 거슬러 올라가는 데 좋다는 게 어른들의 얘기였다. 특히 상류에서 산란하기 위해 하천을 역류해야 하는 뱀장어에겐 필수적이라는 것이었다. 게다가 봇물이 넘쳐 쏟아지는 웅덩이에는 메기나 붕어, 꺽지, 뚝지 같은 어종이 서식하기에는 제격이라는 것이었다.

그럼에도 불구하는 나는 보 위에 얹어놓은 청솔가지와 삐죽삐죽 튀어나온 나무 기둥 따위를 피해 발을 옮겨 걷는 게 무엇보다도 싫었다. 특히 오랫동안 물에 잠겨 미끌미끌해진 잡목을 밟고 건너는 촉감이 역겨웠다. 그래서 나는 헤엄을 쳐서 직행하기로 마음을 굳혔던 것이다. 하지만 당초부터 개헤엄 하나만 칠 줄 아는 실력으로 깊은 물에 도전한 게 무리였다.

나는 결심한 대로 물에 뛰어들어 서서히 전진했다. 물은 깊었으나 물살은 세지 않았다. 처음부터 물밑은 내려다보지 않은 채 예의 개헤엄으로 일정한 속도를 유지하며 전진했다. 두 손으로 물을 끌어당기고 발로 물장구를 치면서 기분 좋게 전진했다. 이런 식으로 가면 되는 건데 왜 그렇게 겁부터 먹었었는지 모를 일이었다.

계속 첨벙대며 맞은편 가장자리에 거의 다 왔다고 판단되는 순간, 이쯤에서 서면 발이 땅에 닿을 것 같았다. 그래서 일단 몸을 똑바로 세워봤다. 그게 실수였다. 헤엄을 치며 물밑을 내려다봤을 때는 충분히 모래 위에 발이 닿을 수 있을 것으로 보였으나 햇빛 때문에 물이 얕아 보인 걸 몰랐던 것이었다. 그 순간부터 나는 대책 없이 떠내려갔다. 가라앉으면 두 발로 바닥을 힘껏 차서 튀어 오르고 다시 물속으로 빠지는 걸 반복하며 떠내려가고 있었다. 당초에 개헤엄을 치던 자세로 균형만 잡으면 될 터인데도 그게 마음대로 되질 않았다. 큰형과 두호 형 등 왕초들도 내가 허우적거리며 떠내려가는 것을 보고 물을 따라 함께 뛰면서 소리를 질러댔으나 그들 역시 꼬마들이어서 물에 뛰어들어 나를 구해줄 처지는 못 됐다.

나는 물속에 들어갔다 나왔다가를 되풀이하며 점점 하류 쪽으로 떠내려가고 있었다. 갈수록 당황해서 눈에 보이는 게 없었다. "물에 빠지면 이렇게 죽는구나"하는 걸 실감했다. 얼마 동안 그런 모양새로 떠내려가던 나는 때마침 물 가운데서 견지낚시질을 하던 낯선 어른의 손에 잡혀 물가로 끌려나와 살아났다. 물은 그 어른의 가슴팍 아래쯤 차 있었던 것 같았다. 모르긴 해도 그 당시 나는 동갑내기 아이들보다 키가 컸다고 하더라도 130cm를 넘지 않았을 것이라는 게 지금 내 생각이다.

내가 살아나고 하류 쪽으로 우회해서 온 졸개들이 모두 도착했을 때 우리들 앞에 남은 건 멀건 닭죽 몇 순갈씩의 빈약한 점심뿐이었다. 식욕이 왕성한 왕초들과 일부 잔류파들이 모조리 먹어 치워 우리 조무래기 일당은 사실상 굶은 거나 다를 바 없었다. 그럼에도 불구하고 형들과 함께한 그날의 물놀이는 재미있었다. 나는 집에 가서도 어머니에게 물에 빠져 저승에 갈 뻔했다는 얘기는 하지 않았다. 어머니께서 알게 되면 다시는 큰물에 나가 놀지 못하게 할까 봐서였다. 형들도 그날의 사고에 대해 입을 다물어 나를 감싸주었다.

2

어머니와 작별한 날 나는 형과 함께 성황당이 있는 고갯마루를 넘어 50여 가구가 모여 사는 마을 한가운데에 있는 친척집에 도착해 어른들께 신고를 하고 생경한 시골 생활을 시작했다.

도착 당일 오후에 강 건너 벌판 한가운데에 있는 학교에 가서 전학 절차를 마쳤다. 그 당시 38 이북에 있는 학교가 모조리 그랬듯이 우리가 편입한 서면학교는 '국민학교'가 아닌 '인민학교'로 간판이 바뀌어 있었고 학생들은 '동해물과 백두산이 마르고 닳도록······'으로 시작되는 애국가를 안 부르고 '아침은 빛나라 이 강산, 은금의 자원도 가득한······'으로 가사와 곡조가 바뀐 국가를 불렀다. '장백산 줄기줄기 피어린 자욱'으로 시작되는 이른바 김일성 장군의 노래가 온 천지를 뒤흔들던 때였다.

국도에서 약간 비켜나 후미진 곳에 자리 잡은 친척집 마을은 전기도 없고 등잔이나 호롱불로 어둠을 밝히는 궁벽한 산촌으로 집집마다 마당 한구석에는 장독대가 있고 그 옆엔 늙은 배나무가 두세 그루씩 서 있는 게 특색이었다.

부르면 금방 대답할 정도로 이마를 맞대고 솟아 있는 산으로 앞뒤가 막혀 태양은 마을의 뒷산에서 늦게 떠오르고 앞산 너머로 일찍 지는 곳, 처음 이 마을에 머무는 길손들은 어디가 동쪽이고 어디가 서쪽인지 가늠하기 어려운 궁색한 곳이었다. 시야가 트인 남쪽으로 가려면 강물이 가로막고 애써 물을 건너도 황무지나 다름없는 벌판으로 이어졌으며 국도와 연결된 서쪽으로는 높고 기다란 나무다리가 걸려 있었으나 홍수 때 유실되기 일쑤여서 강물이 얼어붙은 한겨울을 제외하고는 갈수기에도 나룻배로 강을 건너야 하는 등 불편이 이만저만 아니었다.

우리 형제가 이 마을에 머물던 해엔 교량이 새로 건설되어 있었다. 높이 10m, 폭 6m 안팎에 길이는 무려 200m가 넘는 이 교량은 행인은 물론이고 우마차와 자동차도 마음 놓고 다니도록 안전하게 설계되어 있었다. 하지만 문제는 홍수였다. 매년 장마철이면 뿌리째 뽑힌 나무와 가재도구 등이 탁류에 휩쓸려 내려와 교각에 걸리면 금방 수위가 높아져 온 마을이 반 이상 물에 잠겼다. 이런 게 바로 그 시절 연례행사처럼 치러지는 산골마을 수해로 인한 비참한 모습이었다.

주민들은 자다가도 물벼락을 맞으면 보따리를 싸들고 뒷산으로 올라가 비가 그치길 기다렸고, 어떤 땐 '우지끈, 퉁탕'하는 굉음과 함께 나무다리가 끊기면서 교판(橋板)까지 떠내려가는 일도 2~3년 주기로 있었다.

흔히들 근처 마을 사람들 사이에서 '뱃터께'로 불리는 거기엔 이런 일화도 있었다. 그건 일본 군대에 관한 얘기였다. 한일합병 직후의 어느 날 국도를 따라 읍내 쪽으로 진군하던 일본군 소대 병력이 뱃터께에 이르러 강물이 얼마나 깊은지 몰라 서성거렸다. 근처의 일본말을 좀 할 줄 안다는 사람을 잡아 왔으나 그는 아무 말도 안 했다는 것이다.

시큰둥한 표정으로 강가에 내려가 자갈을 몇 개 주워 호주머니에 넣고 돌아온 그는 일본군이 보는 앞에서 맞은편을 향해 힘껏 돌을 던지고는 '저기는 이 정도'라고 자기의 정강이를 가리키고, 그보다 조금 가까운 곳에 던져서는 허리께를 가르치는 식으로, 제일 깊은 곳에 돌을 던지고는 선 채로 두 팔을 세워 일본말은 한 마디로 안 했다는 것이었다. 총을 겨눠 겁을 주는 바람에 죽지 못해 끌려온 그는 "왜병들의 길잡이를 하는 게 너무 치욕스러워 그런 식으로 '무언(無言)의 항의'를 한 것"이라는 촌로들의 주석(註釋)이 덧붙여졌다. 이를테면 조선 농민들의 자존심을 살린, 꾸며낸 이야기가 아닌 실화였다는 것이었다.

또 뱃터께서 조금 위쪽으로 올라가 물이 빙글빙글 돈다는 소용돌이 한가운데는 돌을 달아맨 명주실타래 한 꾸러미를 다 풀어도 바닥에 안 닿을 정도로 깊은 데다가 거기엔 예부터 익사한 물귀신들이 도사리고 있다는 괴담도 없지 않았다. 비 내리는 안개 낀 저녁이면 물에 빠져 죽은 원혼(冤魂)들의 주절대는 얘기 소리가 들리고 어떤 때는 상여를 따라가는 유족들의 구성진 울음소리까지 분명히 들었다고 말하는 이도 없지 않는 등 이 근처는 우리네 꼬마들이 범접해서는 절대로 안 되는 뒤숭숭한 곳이었다. 더 무서운 얘기도 있었다.

어쩌다가 간이 큰 장정이 소용돌이 한가운데를 헤엄쳐서 건널 경우, 두 팔을 앞으로 내밀고 손바닥으로 물을 끌어당겨 개가 헤엄치듯 쉬지 않고 첨벙첨벙 건너가면 괜찮지만 그러지 않으면 반드시 물귀신이 된다는 것이었다. 수영 실력을 뽐낸답시고 한가운데 멈춰선 채 두 팔을 쳐들고 똑바로 서면, 그게 끝장이라고 했다. 발아래서 뭔가 잡아당겨 물속으로 끌려가면 그게 바로 저승길이고 이런 경우엔 시체도 못 찾는다는 무시무시한 소문이 전설처럼 이 마을 촌로들 사이에 전해 내려왔다.

그럼에도 불구하고 나는 이런 말을 전부는 믿지 않았다. 나는 논밭에 갈 땐 수시로 이 근처를 지났다. 그러나 그건 언제나 낮이었고 밤엔 얼씬도 안 했을뿐더러 더운 여름날 아무 데서나 옷을 벗고 물에 뛰어들어 멱 감기를 밥 먹듯 하는 산골 아이들에게 깊은 곳에 가지 못하도록 어른들이 지어낸 얘기처럼 들렸기 때문이다.

하지만 경치 하나는 일품(逸品)이었다. 금강산 가는 방향에서 흘러내린 냇물이 읍내를 벗어나 흐르는 동안 여러 골짜기에서 토해낸 개울물을 받아 이 마을 주변을 휘감아 돌 때는 제법 폭이 넓고 물이 깊은 강의 모습을 갖추었다. 뱃터께 옆 다리 아래 하류 쪽 개활지로 흘러 내려가는 사이 얕은 쪽엔 은모래 반짝이는 백사장이 드문드문 발달했고 맞은편 기슭엔 낙락장송(落落長松)이 끝 간 데를 모를 정도로 도열한 채 하늘을 가려 운치를 더해주었다. 이로 인해 뱃터께 아래 솔밭은 봄가을 읍내 국민학교 5~6학년 생도들이 하루 종일 발품을 팔아 소풍을 즐기는 명소로 이름을 날렸다. 그때는 소풍이라는 말 대신 원족(遠足)이라는 말이 유행했었다.

친척집에서의 생활은 예상 밖이었다. '농사 우선'이고 '공부는 뒷전'이었다. 아침에 눈을 뜨면 밥 한 술 뜨고 밭에 나가 농사일을 거드는 게 나의 일과였다.

시골집에 정착한 이튿날 나는 친척 어른을 따라 야산에 올라가 낫으로 떡갈나무 가지를 베어 지게에 지고 내려와 마른 논에 깔아놓는 작업을 했다. 그 당시 화학비료가 없는 농가에서 이런 식으로 논을 갈아엎고 물을 대서 모내기를 하면 그게 바로 천연비료 구실을 한다는 게 친척 어른의 말씀이었다.

다음날엔 곳간에서 볍씨 가마니를 꺼내 풀어헤쳐놓고 풍구질을 반복해서 쭉정이를 골라내 튼실한 못자리를 만드는 준비를 하는 등 뭐든지 어른께서 지시하면 군소리 없이 따랐다. 감자를 심고 틈틈이 텃밭을 가꿔 채소를 키우는 건 일도 아니었다. 모심기를 마친 논에 들어가 잡초를 뽑고 호미로 벼 뿌리 주변의 흙을 파서 뒤집어주는 논매기도 3벌까지 했으며, 돌피를 가려 뽑아내고 논물을 대는 것도 내 몫이었다.

이 밖에도 여름엔 담배밭에 물을 뿌려주고 가을이 되어 잘 자란 담뱃잎을 엮어 그늘에 말려 1등품이 되도록 손질을 했는가 하면 벼를 베고 탈곡기를 돌리기도 했고 잡곡을 떨어내는 도리깨질도 마다하지 않았다.

농가엔 왜 그렇게도 할 일이 많은지 그야말로 눈코 뜰 새 없는 바쁜 나날이었다. 그해엔 친척집에서는 소를 안 키우고 길쌈도 하지 않아 내가 할 일은 그만큼 줄어든 셈이었다. 그것만 해도 다행이었다.

친척집 논은 한두 배미만 빼고 대부분 집에서 가까운 곳에 있어 좋았으나 잡곡을 심는 밭은 왜 그렇게나 많고 또 한나절 남짓 걸어야 하는 산골짜기 깊은 곳에 여기저기 흩어져 있는지 씨를 뿌리고 김을 매는 것 못지않게 뙤약볕 아래 맨몸으로 오고가는 데도 지치기 일쑤였다.

이처럼 나를 농사꾼 집 '머슴'처럼 부리면서도 친척집 마님께선 형에겐 모든 사역(使役)을 면제해주셨다. 그건 형이 어릴 적부터 잔병치레를 많이 하는 등 허약한 체질이어서이기도 했겠지만 당초 어머니가 우리 둘을 맡길 때 형에 관한 특별 배려를 부탁해서였는지도 몰랐다.

나는 형에게 농사일을 안 시키는 것만도 다행으로 알고 그 대신 형의 몫까지 한다는 각오로 몸이 부서져라고 열심히 일했다. 친척집 어른이나 안방마님이 부르면 자다가도 벌떡 일어나 충직스럽게 움직였다. 불평을 안 했고 불만도 없었다. 아무리 어려워도 참고 견디자는 생각이었다. 세월이 흘러 가을이 오면 어머니가 헤어질 때 '약속'하신 대로 누군가가 우리 형제를 데리러 올 것으로 굳게 믿고 있었기 때문이었다. 그건 내게 있어서 신앙이나 다름없었다.

내가 학교에 가는 건 농사일이 없는 날과 비오는 날, 그리고 담임선생님이 "내일은 시험을 치는 날이므로 학교에 보내 달라"고 안방마님께 미리 인편으로 연락을 하는 날 등이었다. 등교하는 날보다 결석하는 날이 몇 배나 많았으나 반에서 시험을 치를 때마다 나는 언제나 1등이었다. 물론 형도 자기 반에서 1등, 그것도 아주 우뚝 선 1등이었다. 이건 우리 형제가 공부를 잘했다기보다는 같은 반 아이들이 워낙 못해서 생긴 결과라고 해야 옳았다.

그해 우리 형제가 다닌 인민학교는 남녀를 합쳐 한 학년이 한 학급인 40여 명 내외였다. 인근 산골의 7~8개 자연부락에 사는 아이들로 개중엔 덩치가 어른 같고 황소처럼 힘센 동급생도 있었으나 그들 가운데는 공부엔 전혀 취미가 없고 따라서 성적 따위엔 신경을 안 쓰는 아이들이 대부분이었다.

친척집에 있는 동안 나는 별의별 경험을 다 했다. 본격적인 농번기가 시작되기 전 누님뻘 되는 댕기머리 말만 한 동네 처녀들을 따라 봄나물을 캐러 산에 올라가기도 했다. 칠석 날 전야엔 인절미와 취나물을 절구통에 넣고 떡메로 힘껏 내리쳐 빛깔이 고운 먹기 좋은 떡을 만드는 것도 내 차례였다. 그러나 몸은 고달파도 마음은 가벼웠다.

이 마을엔 또 다른 특색도 없지 않았다. 그건 강물이 흐르는 쪽으로 산뽕나무 숲이 우거진 곳에 반영구적으로 설치되어 있는 삼가마를 말하는 것으로 매년 여름 삼(大麻)을 삶을 때만 쓰고 1년 내내 아무도 거들떠보지 않는 마을 공동시설이라는 게 특징이라면 특징이었다. 직사

면체로 된 가마솥은 두꺼운 송판으로 짜고 아래쪽은 양철을 대고 장작불을 때게 되어 있었다. 그 당시 내 고향 읍내를 벗어난 농촌에선 대부분 봄에 대마를 심고 여름에 어른 키보다 더 크게 자라면 밑동부터 잘라 운반하기 좋게 묶은 다음 가마솥에 차곡차곡 쌓아놓고 뚜껑을 덮은 뒤 장작불을 지펴 이틀 밤낮으로 쪘다. 그다음엔 강물에 2~3일간 푹 담가두었다가 꺼내 껍질을 벗겨 마침내 대마가 지니고 있는 섬유질(纖維質)을 추려내서 베옷을 짜는 실을 만들었던 것이다.

대마 수확기가 되면 온 동네엔 쌉쌀한 대마 냄새가 진동하는 가운데 마을 전체의 남자들과 아낙네가 총동원됐다. 남자들은 대마를 베어 지게로 운반하거나 수레에 싣고 와서 가마솥에 넣는 작업을 하고 이게 여러 과정을 거쳐 베틀에 얹고 옷감을 짜는 작업까지는 아낙네들의 몫이었기 때문이다.

내가 어릴 때 대마 껍질을 벗기고 남은 줄기(大麻莖)는 '절읍단'이라고 불렀다. 이런 걸 한 움큼씩 묶은 다음 발(簾)을 엮듯이 집 주변에 길게 세워 울타리로 쓰는 집도 더러 있었다. 하지만 절읍단 울타리는 비바람에 약해 처음 울타리를 세웠을 때는 우윳빛을 띠어 보기에도 좋지만 겨울을 지내고 나면 잿빛으로 변하고 푸석푸석해져 해마다 뜯어내고 새 것으로 갈아야 하는 불편이 없지 않았다.

나는 이 마을에 있는 동안 대마를 심고 베어서 가마솥에 넣고 삶는 과정을 처음부터 끝까지 관찰함으로써 싸구려 베옷 한 벌을 만드는 데도 얼마나 많은 사람들의 땀이 배었는가를 알게 되었던 것이다.

또 대마가 껍질은 쇠심줄처럼 질기면서도 줄기는 한없이 연약한 건 이 식물이 생태적으로 그렇게 생겨나서이기도 했겠지만 껍질이 벗겨지는 과정에서 펄펄 끓는 물에 삶고 익혀져서 더 허약해진 게 아닐까 상상해보기도 했다.

나는 읍내에 살 때 코흘리개 시절부터 매년 여름이면 절읍단을 구해 손아귀에 쥘 수 있도록 5~6개씩 밑동을 묶어 궁둥이 밑에 끼고 뛰면서 마치 목마(木馬)를 탄 것처럼 골목을 누비고 다녔다. 한 동네 코흘리개 등을 끌어 모아 맨 앞에 서서 "길 비켜라. 꼬마대장들 나가신다"고 외쳐 대며 밤늦게까지 아래위 골목을 돌며 하늘의 별을 세기도 했었다.

앞서 말한 낙락장송이 우거진 남대천 주변 솔밭엔 또 다른 얘깃거리가 숨어져 있었다. 그건 '솔새'에 관한 것이었다. 키가 작은 그 솔밭은 어쩌면 낙락장송이 떨어뜨린 솔방울을 통해서 태어난 아들 소나무이고 그 손자뻘 되는 소나무일 수도 있었다.

하루 종일 소나무 가지에 앉아 송홧가루(松花粉)를 즐겨 먹는다는 솔새는 몸체가 워낙 작고 날개도 약한 데다가 경계심마저 흐리멍덩한 명텅구리라고 했다. 때문에 누구든지 나무 밑동을 한두 차례 걷어차면 후드득후드득 떨어지고, 땅에 닿는 순간 미처 날기 전에 맨손으로 덮쳐도 얼마든지 생포(生捕)할 수 있다는 게 마을 노인들의 회고담이었다. 이 솔새는 어쩌나 작은지 성냥갑에 6마리까지 넣을 수 있다는 것이었다.

해방 전 아주 어릴 때 아버지로부터 솔새에 관한 희한한 이야기를 처음 듣고 그런 새는 엄청나게 많이 잡아보았자 참새 한 마리 구워 먹는 것보다 못할 것 같다고 생각했었다. 그러면서도 성냥갑에 6마리까지 가둘 수 있다면 곤충으로 치면 파꽃을 좋아하는 검은색 큰 벌이나 풍뎅이만 할 텐데도 뾰족한 부리와 날개, 그리고 꼬리에 깃털까지 갖춘 그처럼 작은 새가 있을 수 있겠느냐고 고개를 갸우뚱했었다.

어쨌든 나는 이 마을에 있는 동안 한 번도 솔새라는 걸 본 일이 없었다. 그 새가 그때까지 있었는지 아닌지도 알 수 없었지만 적어도 그런 걸 알아내려면 솔밭에 가서 오랫동안 꾸준히 관찰을 해도 될까 말까 할 텐데 농사일에서 헤어나지 못하는 등 그럴 만한 마음의 여유가 없어서 더욱 불가능했던 것이었다.

그러던 그해 늦가을, 새벽에 첫서리가 내린 날이었다. 나는 소나무 숲이 있는 곳으로부터 멀지 않은 논두렁 옆에 잇대어 있는 목화밭에서 혼자 목화를 따고 있었다. 그 시간에 작은형은 동네 아이들과 함께 남대천 건너편에 있는 학교에서 공부를 하고 있었고 외톨이가 된 나는 더 울적해 있었다. 몸은 목화밭에 매여 있었지만 마음은 그게 아니었다. 부모형제가 갑자기 그리워졌다. 한없이 서글퍼지고 그리움이 밀물처럼 내 작은 가슴에 밀려왔던 것이다.

하얀 목화송이를 따서 광주리에 담는 한편 덜 영근 목화다래 꼭지에 입을 대고 실컷 빨아봤다. 듣던 대로 감미로웠다. 완전히 성숙한 목화는 습기가 없어 빨아보았자 아무 맛도 안 났지만 덜 영근 목화는 그게 아니었다. 한껏 숨을 들이마시면 마실수록 단맛이 입안에 가득해진다는 산골 아이들의 얘기가 거짓말이 아니라는 걸 알게 되었던 것이다.

활짝 핀 목화는 광주리에 담고 덜 핀 목화송이는 계속 따서 빨아 먹으며 작업을 했다. 그런데 어느 순간 현기증이 나고 속이 메슥메슥 울렁거렸다. 왜 그럴까. 참을 수 없을 만큼 어지럼증에 걸린 나는 하던 일을 멈추고 집으로 발걸음을 돌렸지만 도저히 걸음을 옮기기 어려웠다. 하는 수 없이 길 옆 소나무 숲이 있는 데까지 가서 주저앉고 말았다. 한참 동안 몸이 진정되길 기다렸다. 덜 영근 목화송이는 씨방에서 풍기는 달콤한 맛 속에 마취제 같은 성분이 들어 있다는 사실을 몰랐던 것이다. 산골 아이들은 내게 그것까지는 가르쳐주지 않았다.

그런데 강물이 흐르는 쪽에서 마을 장정들이 입씨름을 하는 소리가 들려왔다. 바람을 타고 끊어졌다 이어졌다 하면서 들려온 목소리는 내가 알 만한 안마을 장정들이었고 서로 자기 말이 옳다고 우겨대는 얘기는 솔새에 관한 것이었다.

"아니, 이 사람아. 지금 자네가 얘기하는 게 솔새가 아니고 혹시 '벌새'가 아닌가?"

"무슨 소리야. 내가 솔새 모르고 벌새 모를 줄 아는가? 아무리 신식 학교 문턱에도 못 가 봤지만 내가 새 조(鳥) 자하고 까마귀 오(烏) 자조차 구분 못하는 까막눈인 줄 알아?"

말하는 얘기를 들어보니 솔새는 분명 이 마을 소나무 숲에 있던 전설적인 새임엔 틀림없는 것 같았다.

"내 말은 자네가 봤다는 솔새는 솔새가 아니고 그것보다는 조금 큰 벌새 같아서 하는 말일세."

"예끼, 이 사람아! 벌새는 꽃술에 부리를 박아 놓고 공중에 떠 있는 자세로 날갯짓을 하면서 꿀을 빨아 먹는 것이고 솔새는 소나무 잔가지에 점잖게 앉아서 송홧가루를 쪼아 먹는데, 그 정도도 내가 모르는 바보인 줄 알아? 얘기 그만두세. 대낮에 날벼락 맞아 죽을 녀석 같으니라구……."

내가 듣기로 일행은 4~5명쯤 되는 것 같았다. 시비는 그중 입담이 좋은 두 사람 사이에서 벌어지는 것 같았는데 왜 그 시점에 솔새 이야기가 새삼 화제가 됐는지는 알 수 없었다.

그때 나는 그게 솔새면 어떻고 벌새면 어쩔 것이며 한 발 더 나아가 세상에 있는지 없는지도 모르는 '불새'라 해도 나와는 아무런 관계가 없는 어른들의 한가한 얘기라고 치부해버렸다.

아침에 들에 나갔다가 저녁 늦게 집에 와서 한술 뜨면 쓰러져 깊은 잠에 빠지고 이튿날 눈을 비비고 논밭으로 나가는 다람쥐 쳇바퀴 돌듯 하는 생활이 반복되어 어느 때는 함께 숙식하는 형과도 말 한 마디 못 하고 며칠씩 보내는 경우도 없지 않았다.

그러던 어느 날 밤 나는 형과 오랜만에 서로 근황을 묻는 대화를 가졌다. 예의 낮은 목소리로 형은 이렇게 말문을 열었다.

"너, 견딜 만하냐?"

"그럼. 난 문제 없어. 가을이면 엄마한테서 기별이 올 것 아냐? 그때까지 참고 견디는 거지 뭐. 설마 몸이 부서지기야 하겠어?"

그러고 나서 나는 형에게 물었다.

"그런데 형, 요즘 고단해서 쓰러져 자다 보면 옆에 형이 없는 날이 많은 것 같아. 어디 갔다 왔어?"

"그래, 나 철원에 갔다 왔다."

"뭣 하러?"

"저 말이야, 안방마님께서 찹쌀 한 말 주시면서 철원 외갓집 동네에 가서 소금하고 바꿔 오라고 해서 다녀왔어. 이틀 밤 자고 왔지."

"전차 타고 갔었나?"

"아냐 걸어갔어. 갈 때는 걸어가고 올 때는 전차 타고 왔지."

"철원까지 걸어가다니……. 형, 길은 알아?"

"나도 몰라. 그렇지만 가는 방법이 하나 있어서 거기로 걸어간 거야."

"그게 뭔데?"

"철길 따라 걷는 거야."

"형! 차비가 없어서 그 먼 데를 걸어서 간 거야?"

나는 이 말을 하면서 그만 울음을 터뜨릴 뻔했다. 쌀자루를 등에 메고 홀로 철길을 걷는 초라한 형의 모습이 떠올랐기 때문이었다.

"아냐. 차비는 주셨어."

"그런데 왜 전차를 안 타고 그 먼 길을 걸어서 가?"

"그게 다 이유가 있단다. 나는 이 집을 벗어나면 그렇게 좋을 수가 없어. 아주 자유로워지는 거야. 자유. 너도 그게 뭔지 알지? 그래서 나는 안방마님께서 심부름을 시키면 신이 나고 좋아서 밤잠을 설친 날도 많았어. 늘 좋았지만 마님 앞에선 내색을 안 했던 거야……. 김화역에 가면 말이야, 검정콩을 볶아 봉지에 담아 파는 곳이 있어. 내 단골이야. 거기서 전차표 값을 떼어 볶은 콩 두 봉지를 사서 바지 호주머니에 찔러 넣고 철길을 따라 출발하는 거야."

"그래도 형, 멀기도 하고 혼자 가면 무섭지 않아?"

"무섭긴 뭐가 무서워. 혼자 걸으면서 철도 침목 열 개를 지날 때마다 볶은 콩 두 알씩 입에 넣어 씹고 가면서 상상을 하는 거야. 얼마나 자유로우냐. 새처럼 날개가 있다면 당장 저 너머 남쪽 나라, 아버지와 어머니가 계신 곳까지 갈 수 있을 텐데……. 서울은 어떤 곳인지, 형과 동생들은 어떻게 지내는지 그런 것만 상상해도 얼마나 즐거운지 몰라. 무섭지도 않고 손톱만큼도 힘들지 않았어."

형은 "철길을 따라 출발하는 거야"라는 대목을 말할 땐 마치 차장(車掌)에게 전차가 출발해도 좋다는 신호로 깃발을 흔드는 역무원의 시늉까지 하며 소리 없이 웃기까지 했다.

"형, 그런데 말이야. 정연(亭淵) 철교 같은 델 건널 때는 정말 무서웠을 것 아냐? 솔직히 말해서 철교가 워낙 높고 강물이 깊어 떨어지면 당장 물귀신이 될 텐데……."

42

"다 방법이 있어. 그런 데를 건널 때는 다리 밑을 보면 안 돼. 얼굴은 수평으로 세우고 눈동자만 약간 밑으로 내리 깔고 철도 침목만 세면서 걸으면 괜찮아. 철교 중간에 난간이 달린 비상대피소가 있는 것 너도 알지? 거기에 앉으면 마음이 더없이 편안해져. 병풍을 쳐놓은 것 같은 절벽 아래로 강물이 흐르고 거기서 다리 밑을 내려다보면 정말 볼 만하단다. 이마에 검은 반점이 얼룩얼룩 번져 있는 모래무지 왕초들이 웅크리고 있는 게 보이고 얼음치, 누치 같은 어른 팔뚝만 한 물고기들이 위아래로 떼 지어 헤엄치고 다니는 게 보여. 얼마나 멋있어? 누구의 간섭도 안 받고 저들 맘대로 뛰어노는 모습. 그야말로 자유 그대로야.

나는 그런 걸 보면서 여러 가지 즐거운 생각을 다 해보는 거야. 그러다 보면 어느새 철원 땅을 밟게 되고 반겨주는 분들이 있으니 좋은 것 아니겠어? 다음번엔 금강산 가는 쪽으로 심부름을 시켜주시면 그쪽 구경도 할 텐데……."

나는 형의 말을 들으면서 '형은 나와 생각이 전혀 다른, 형제가 아닌 다른 사람'으로 느껴지기 시작했다. 어머니와 아버지 가운데 누굴 많이 닮았기에 형이 그러는가 라고 몸을 뒤척이다가 다시 깊은 잠에 빠졌다.

형이 그날 걸어간 철길은 정확히 28.8km였다. 여기에 우리가 얹혀사는 시골집에서 읍내 역까지 간 길과 철원역에서 북동쪽으로 경원선 철길과 나란히 뻗은 육로를 걸어간 것까지 합치면 아무리 줄여 잡아도 34km가 넘는 거리였다.

어릴 직부터 나는 어머니와 함께 선차를 타고 외갓집을 자주 다녔다. 어떤 땐 어머니가 큰형과 나를, 또 다른 때는 나와 작은형을 대동하는 등 나는 어머니가 친정 나들이를 할 때 반드시 데리고 다니는 마스코

트 구실을 했다. 그건 어쩌면 같은 또래 애들보다 뼈마디가 길고 키가 커서 어머니는 자신을 많이 빼어 닮은 나를 더 좋아해서였는지도 몰랐다. 해방되던 해 여름방학 땐 고학년으로 훌쩍 성장한 큰형이 인솔자를 자청하고 나서 우리끼리 3형제가 전차를 타고 외갓집 동네에 나타나 며칠씩 실컷 놀고 오기도 했다.

이런 연유로 우리 형제들은 전차가 고향 역을 떠나 순차적으로 나타나는 시골 정거장들, 이를테면 금곡(金谷), 유곡(楡谷), 정연(亭淵), 이길(二吉), 양지(陽地) 동송(東松), 동철원(東鐵原), 사요(四要)역까지 정거장 이름을 모조리 외우고 그 주변 풍경도 잘 기억하고 있었다.

달리는 전차의 창문을 통해 보면 높은 산과 비교적 넓은 벌판이 시냇물과 숨바꼭질 하듯 나타났다가 숨어버리는가 하면 강물이 굽이쳐 흐르는 협곡(峽谷)도 있었다. 좀 더 가다 보면 끝 간 데 없이 푸르게 펼쳐진 철원평야가 유년 시절의 내 마음을 설레게 했다.

거기엔 군청, 경찰서, 금융조합, 우체국, 병원, 방송국, 각급학교, 제사공장 등이 버티고 있고, 우리 고장엔 한두 채밖에 없는 2층집도 많이 보이는 등 제법 큰 도시 같아서 우리네 꼬마들의 호기심을 자극했다.

철원읍을 시발점으로 산악지대인 동쪽으로 뻗은 금강산 전차는 김화읍을 거쳐 김성(金城), 창도(昌道), 화계(花溪), 단발령(斷髮嶺) 터널을 지나 장안사(長安寺) 문턱에 이르는 내금강(內金剛) 종점까지 모두 28개 역이 있는 총 116.6km로서 1931년에 완전히 개통되었고 이 가운데 철원-김화 구간은 1924년부터 영업을 개시해서 양쪽 주민들의 이동수단으로 크게 기여했다.

그 당시 금강산 전기철도(電氣鐵道) 주식회사가 운영하는 이 노선의 전동차(電動車)를 말할 때 김화·철원 주민들은 전철이라는 명칭을 안 쓰고 전차(電車)라고 불렀다.

철길이 개통되기 이전엔 두 고을을 소통하는 육로교통망이 아주 열악했다. 한쪽은 추가령지구대(楸哥嶺地溝帶)로 불리는 현무암층으로 지표면에 점토(粘土)가 두껍게 덮인 광활한 평야인 데다가 들판이 푹 꺼져 절벽을 이룬 밑으로 강물이 흐르는 이색 지대인 데 비해 다른 쪽은 모래알 반짝이는 사암과 편마암으로 형성된 산악지대로서 산이 높은 만큼 골짜기도 깊고 그만큼 물길도 여러 갈래로 많고 고개도 높아서였다.

빤히 보이는 이웃 마을에 가려고 해도 멀리 돌아가거나 아니면 나룻배를 타야 하는 등 불편한 곳이 한둘이 아니었다. 따라서 웬만한 어른들도 육로로 왕래하는 건 시간도 많이 걸리고 힘에 겨워 꺼렸으며 더군다나 우리 같은 꼬마들이 두 고을을 이어주는 길을 모르는 건 너무나 당연했다.

여기에 두 고을은 물산(物産)이 상이한 만큼 다른 점도 적지 않았다. 산림자원이 널려 있는 내 고향 사람들은 가을에 낙엽이 질 때 솔잎을 긁어모아 밥을 짓거나 장작으로 난방을 했다. 솔잎은 화력이 세차고 불꽃도 화려할 뿐 아니라 타는 냄새까지도 향기가 짙어 연기만 뿜어대고 불꽃이 약한 볏짚 같은 것과는 비교가 안 되었다. 이에 비해 산이 적고 벌판뿐인 철원평야 한가운데 터를 잡고 사는 농민들은 장작이나 석탄 대신 쌀을 도정하고 부산물로 남는 볏겨와 볏짚을 쌓아두고 1년 내내 땔감으로 썼다.

이 고장 농민들은 조상 대대로 표면이 곰보처럼 얽고 벌레가 파먹은 듯이 구멍이 숭숭 뚫린 현무암 덩어리를 한쪽으로 밀어내고 논밭을 일

구었다.

  또 한편으로는 그 바위로 성벽처럼 높이 울타리를 쌓아 이웃과 경계를 짓고 겨울철 세찬 북서풍과 맞서는 방풍벽 역할까지 하도록 만든 것도 어린 눈엔 신기하게 보였다. 철원 지방 농촌에 대한 어릴 적 첫인상은 벌레 먹은 돌이 지천에 널려 있고 비만 오면 길이 질척거리는 산뜻하지 않은 고장이라는 것이었다.

3

전곡을 향해 계속 걷는 동안 우리 형제는 별 말을 안 했다. 특별히 할 말도 없었다. 사방은 여전히 깜깜했다. 아직도 한밤중인지 아니면 머지않아 새벽이 가까워지는지조차 가늠할 수 없었다. 어둠 속에 눈동자가 어느 정도 적응되어서인지 뿌옇게 흙길이 보이고 발바닥의 느낌으로도 풀밭이나 모래밭 같은 곳을 밟고 가는 게 아니라 신작로를 따라서 남쪽을 향해 가고 있다는 사실을 확인할 수 있었다.

　나는 불안, 초조로 인한 극도의 긴장으로 가끔씩 몸을 떨며 걷고 있었다. 그 당시 연천에서 전곡을 거쳐 다시 동두천(東豆川)으로 이어지는 국도는 전혀 포장이 안 된, 모래가 바람에 날리는 자갈길이었다. 길 양쪽에 꽂혀 있는 앙상한 가로수의 윤곽이 눈에 잡혔고 일정한 간격을 두고 경원선 단선 철로가 지나고 있어 칠흑 같은 어둠 속에서도 엉뚱한 방향으로 갈 염려는 없었다. 그것만 해도 우리에겐 다행이었다.

　38선을 넘기로 작정하기 전 나는 형과 한바탕 입씨름을 했다. 그건 단순한 말다툼이 아니라 나로서는 운명을 결정하는 사생결단의 담판이었다.

　그때 나는 심한 몸살을 앓고 있었다. 목이 붓고 눈엔 핏발이 선 가운데 온몸이 떨리다가 금방 식은땀을 흘리고, 어쩌다가 잠이 들었다 하면 악몽에 소스라쳐 깨는 등 여느 때 앓아본 몸살과는 느낌이 달랐다. 원인이야 보나마나 과로였다. 봄부터 한겨울까지 하루도 마음 편히 못 쉬고 농사일에 시달리면서도 실컷 자보지도 못해서 쌓이고 쌓인 피로가 첫 추위와 함께 한꺼번에 내 몸을 무너뜨린 게 아닌가 짐작됐다. 나는 며칠째 밥도 못 먹고 끙끙거리며 이러다가는 정말 어머니, 아버지도 못 보고 죽는 게 아닐까 겁이 덜컥 났다. 안방마님께서 탕약을 지어다가 주셨을 텐데도 나는 그걸 먹은 기억도 없고 병은 갈수록 심해졌다.

　내 병이 얼마나 고약하고 위중했는지는 한 이불을 덮고 사는 형이 누구보다도 더 잘 알았다. 그런데도 형은 한밤중에 이불 속으로 기어들더니 내 귀에다 대고 예의 낮은 목소리로 이렇게 속삭였다. 마치 남의 얘기하듯 운을 떼는 것이었다.

　"나, 모레 아니면 글피쯤 서울 간다."
　"어떻게 가?"
　깜짝 놀란 내가 되묻자 형은 이미 마음을 굳힌 듯 속에 품었던 말을 풀어놓기 시작했다.
　"나 철원에 가서 외갓집 동네에 자주 드나드는 노인네 한 분을 만났어. 그분이 38선을 넘는 방법을 다 안다는 거야. 그래서 나도 알아봤어. 어쩌면 그 노인과 함께 한탄강을 건너갈지도 몰라."
　형은 그 노인분을 외갓집 마을에선 칙사 대접하듯 서로 사랑방에 모시면서 다음번 남쪽으로 갈 땐 어린애들도 데려가 달라고 외갓집 어른께서 남쪽 돈까지 구해 드리면서 부탁했다는 말까지 덧붙이는 것이었다.

"그런데 말이야. 너는 안 되겠어. 지금 몸이 너무 아프니까 괜찮아진 다음 내년 봄쯤에나 와. 이번엔 나 혼자서 갈 테니까……"

"싫어. 형! 나도 갈래. 나도 데려가 줘."

"안 돼. 너는 지금 중병을 앓는 환자니까 가다가 길에 주저앉으면 그냥 얼어 죽은 시체가 되는 거야. 그러니까 내 말 잘 들어. 알겠어? 너 겨울에 얼어 죽은 시체를 뭐라고 하는 줄 알아?"

"그걸 내가 어떻게 알아."

"그렇다면 너 그전부터 큰 추위가 오면 '오늘 밤 밖에 강시 나겠다'고 걱정하는 어른들 얘기 들어본 적도 없어?"

"나는 그런 말 들은 일 없는데……"

"추위에 얼어 죽은 시체를 강시라고 그래. 네가 38선을 넘다가 주저앉아 강시가 된다면 내 마음이 어쩌겠어. 생각만 해도 끔찍해."

형은 이 대목에서 목소리를 크게 높였다. 그 순간의 형은 평소 따스하게 나를 대해주던 형의 얼굴이 아니었다. 매정하게 끊어버리고 혼자서라도 가기로 단단히 마음을 먹고 입을 연 게 분명했다. 그러나 나도 뒤로 물러서지 않았다.

"싫어. 형! 나도 갈 수 있어. 아버지, 어머니 보고 싶어 하는 건 형이나 나나 똑같잖아. 안 그래, 형? 제발 나도 데려가 줘. 이렇게 빌게……"

나는 몸을 벌떡 일으켜 형의 두 손을 잡고 애원했다. 나도 모르게 형 앞에 꿇어앉아 절규했다. 가다가 결코 주저앉지도 않을 것이며, 형마저 가버리면 이 지옥 같은 곳에서 나 혼자 어떻게 살란 말이냐고 울부짖었다. 내 입에서 '지옥'이라는 말이 튀어나오자 형이 크게 놀란 것 같았다. 형 앞에서 극단적인 표현을 쓴 것도 처음이려니와, 그 같은 표현이 친척집에서의 머슴살이로 인해 나온 건 아니었지만 듣기에 따라서는 그렇게 해석될 수도 있어 더욱 놀랐는지도 몰랐다.

어쩌다가 학교에서 졸업식 날 축가를 배울 때, "해를 이어 쌓은 공, 오늘 이루어 광영의 졸업으로 꽃 피는 교정, 떠나는 마음 보내는 마음 마음은 달라도……" 이렇게 시작되는 축가를 부를 때도 나는 세상인심이 하루아침에 바뀌어버린 내 고향이 야속했지만 겉으로는 내색을 않고 즐거운 것처럼 남들보다 목청을 더 높여 소리를 질렀다. 그건 가을이 빨리 오길 기다리는 마음의 표현이기도 했다.

내가 고향 땅을 지옥 같다고 느끼고 읍내 거리를 우쭐대며 걸어 다니는 공산당 청년 당원들을 강도나 다름없는 놈들로 치부한 데는 나름대로 그럴 만한 이유가 있었다.

그해 여름 나는 읍내에 잠깐 간 일이 있었다. 오랜 만에 보는 거리는 변한 게 없었다. 나는 기가 푹 죽은 채 누가 내 얼굴을 알아볼까 봐 고개를 숙이고 그전까지 다니던 국민학교 앞을 거쳐 군청 건물 옆으로 빠져 감리교회와 구세병원, 그리고 시장통으로 향하는 큰길을 지나 정거장 앞 광장에 한참 동안 서서 즐거웠던 과거의 한때를 회상했다. 그러는 사이 나도 모르게 마음이 동요했다. 다시 읍내 쪽 중심가로 방향을 바꿨다. 해방 전 일본 아이들만 다니던 학교엔 소련군 병사들이 주둔해 있었고 우리 집 근처에 있는 김화의원과 금융조합, 우체국 건물들도 변한 게 없었다.

그러나 짐작한 대로 우리 집은 그대로가 아니었다. 대문 앞을 지나며 얼핏 보니 아버지 이름 석 자가 새겨진 문패는 간 데 없고 울타리 안에서 투박한 함경도 사투리가 섞인 웃음소리가 들렸다. 순간 내 몸엔 오싹 소름이 끼쳤다. 가슴속에서 뜨거운 것이 치솟아 얼굴이 화끈거렸다.

"천벌을 받아 모조리 죽을 놈들……."
2차 대전이 막바지에 이르러 우리네 동포 대부분이 창씨개명(創氏改名)을 했을 때도 아버지는 거대한 바위처럼 흔들리지 않았다. 바로 옆 경찰서에 근무하는 일본인 형사들과 조선사람 순사(巡査)들도 아버지가 창씨개명을 하지 않고 신기복(申基福)이라는 이름 석 자를 쓴 문패를 달고 있는 걸 뻔히 알면서도 못 본 체했었다.
그랬던 아버지의 문패를 떼고 우리 집을 차지해서 웃으며 사는 사람들은 누구인가.
그네들은 36년간 나라를 짓밟은 일본인들보다 덜할 게 없는 떼도둑이었고 이들이 득실거리는 나의 살던 고향은 더 이상 평화로이 꽃피는 산골이 아니었다. 나는 그날 읍내에 다녀온 사실을 누구에게도 말하지 않았다. 형에게도 함구했다. 가뜩이나 심약해진 형에게 그런 말까지 해서 형을 더 울적하게 만들 필요가 없어서였다.

이보다 훨씬 전 나는 우리 집에서 가까운 곳에 있는 김화읍 읍사무소에서 실시된 인민위원회 위원장을 뽑는 선거와 학교 운동장에서 열린 대규모 군중집회에 가본 일이 있었다. 붉은 깃발 아래 뭉쳐 무산계급(無産階級)의 새 시대를 열겠다고 나팔을 불어대는 사람들의 참모습을 직접 내 눈으로 살펴보기 위해서였다.
그 당시 나는 무산계급, 무산대중이라는 말은 누구에게 묻지 않아도 대강 무슨 뜻인 줄 알 것 같았다. 하지만 그들이 떠들어대는 '푸로레타리아 혁명'은 처음 듣는 말로 무엇을 뜻하는 것인지, 특히 '혁명'이라는 개념조차 모르고 있던 때였다. 물론 이런 것들은 모두 어머니가 월남하기 전의 일이었다.

돌이켜보면 어려서부터 나는 방구석에 차분히 앉아 있기보다는 밖으로 뛰어다니며 노는 걸 즐기는 편이었다. 볼거리가 있다면 머리를 싸매고서라도 달려가서 직접 보아야 직성이 풀렸던 것이다. 좋게 말하면 호기심이 강하고 나쁘게 평하면 심심하면 잠시도 못 견디는 참을성 없는 아이였던 것 같았다.

이날 선거는 읍사무소 안에 있는 허름한 창고 같은 데서 열렸다. 그런데 자세히 보니 그건 선거가 아니었다. 인민위원회 위원장이 되겠다는 인물의 이름과 사진 같은 걸 벽에 붙여놓고 그중에서 마음에 드는 사람을 골라 표를 찍어 투표함에 넣는 게 아니라, 저희들끼리 미리 한 사람을 정해 놓고 그가 마음에 들면 흰색 통에, 아니면 검은색 통에 투표용지를 넣는 식이었다.

바꾸어 말하면 특정인 한 사람을 세워놓고 찬성·반대만 표시하도록 하는 엉터리 선거였다.

그런데 그것도 못 미더워서인지 흑백투표함이 놓여 있는 벽면 한가운데에 낯선 청년 한 사람이 등받이가 앞으로 가도록 걸상을 거꾸로 놓고 앉아 있었다. 두 팔로 등받이를 껴안은 채 투표하는 사람들의 얼굴을 뚫어지게 쳐다보고 있었다.

내가 보기엔 그가 바로 우리 마을 인민위원회 위원장으로 선택된 사람이거나 아니면 그 사람의 직속 심부름꾼 같았다.

이쯤 되면 더 이상 볼 필요가 없었다. 나는 동네 아이들을 이끌고 밖으로 나와 버렸다. 함께 간 꼬마들은 우리 뒷집에 살면서 채마 농사를 크게 짓는 아주 부지런한 농사꾼 집 둘째 아들인 김승호(金承浩)와 큰 길 건너편에 사는 키가 작은 박지환(朴智煥) 등등이었다.

그때 어른들의 수군거리는 소리가 들렸다.

갑 : "무슨 놈의 선거가 이 모양이야."

을 : "그러게 말일세."

갑 : "아이들 장난도 아니고……. 하다못해 왜정(倭政) 때 국민학교에 서 반장을 뽑을 때도 이렇게 어처구니없는 짓은 안 했는데. 이 사람들 정말 낯 두꺼운 사람들이구먼……."

병 : "이봐. 말조심하게. 누가 들으면 어쩔려구. 당장 때갈 거야."

하지만 나는 못 들은 척했다. 그런 대화를 하며 불평하는 어른들의 얼굴을 쳐다보지도 않았다. 비록 우리들이 철부지 꼬마들이라고 해도 그런 얘기를 들었다는 표시로 얼굴을 돌려 쳐다봤다면 얼마나 무안해 했을까 싶어서였다.

흑백 선거가 있기 며칠 전 인민학교 운동장에선 군중대회라는 게 열렸다. 그것도 내가 다니는 학교에서가 아니라 길 건너편에 있는 허허벌 판처럼 넓은 신교사 운동장에서였다.

일제 말년에 공사를 시작해서 일(一)자로 된 교실 6개와 별도로 변소 2동을 지어놓고 그만둔 신교사는 교문도 없고 울타리도 만들지 않았다. 산골에 흔해 빠진 나무 한 그루 꽂아놓은 게 없는 데다가 운동장 끝자락엔 1년 열두 달 사람의 발길이 닿지 않아 호랑이가 새끼를 쳐도 모를 만큼 잡초가 우거져 보기에도 흉측했다. 신교사에서는 그 당시 국민학교를 막 졸업한 학생들이 '고등과(高等科)'라고 해서 중학교 1~2년 과정을 배우고 있었다.

이에 비해 우리 국민학교는 짜임새가 있었다. 나란히 서 있는 교실이 ㄱ자로 꺾이는 부분엔 교무실 등이 있고, 그 옆엔 별채로 제법 크고 지붕이 높은 강당이 있어 학예회를 하거나 일본인 선생들이 유도나 검도를 하는 등 체력단련장으로 사용되기도 했다.

이 밖에도 평지보다 약간 높게 흙을 쌓아 만든 울타리엔 노간주나무가 빽빽이 심어져 있었으며, 교문 양쪽 기둥 옆엔 포플러나무 두 그루가 하늘을 찌를 듯이 치솟아 한여름 아이들이 뛰놀 때 시원한 그늘을 만들어주기도 했다.

해방되기 전 우리 학교에선 매년 여름 2~3일 동안 전교생이 총동원되는 개미 역사(役事)가 있었다. 그건 겨우내 난로에 피울 땔감을 운반하는 작업이었다. 학교 경비도 아낄 뿐 아니라 학생들에게 노력 봉사 정신을 심어준다는 취지에서 하는 일이라는 게 선생님의 설명이었다.

작업이 개시되는 날 학생들은 학교에서 2km쯤 떨어진 산 밑에 집결, 인솔하는 선생님들 지시에 따라 1~2학년 꼬마들은 비교적 낮은 곳에 올라가 장작더미를 풀어헤쳐 한두 개비씩을 들고 왔으며 3~4학년은 좀 더 높은 곳에, 그리고 5~6학년 상급생들은 능선 꼭대기까지 구불구불 대오를 지어 올라가 제일 굵은 장작개비를 운반했던 것이다.

이런 날이면 여자아이들은 수건으로 똬리를 만들어 머리에 얹은 다음 장작을 이고 왔다. 개중에 힘이 센 형들은 칡넝쿨로 멜빵을 만들고 다리엔 각반(脚絆)까지 차고 와서 땀을 뻘뻘 흘리며 힘자랑을 했었다.

이렇게 운반된 땔감은 어른 키보다 더 큰 높이로 운동장을 거의 메웠다. 그런데 겨울을 지나고 나면 그 많던 장작더미가 모조리 난로에 들어가 우리들의 몸을 덥혀주고는 연기로 사라졌던 것이다. 추위가 물러가는 것과 연료가 동이 나는 날짜가 거의 맞아떨어지는 게 무척 신기하게 느껴졌었다.

나는 학교에서 무슨 대회가 열린다고 해서 달려갔었다. 과연 그 넓은 운동장엔 인파가 꽉 차 넘쳐날 지경이었다. 이날 동원된 사람 수는 운동장이 생긴 이래 제일 많은 것 같았고 어쩌면 김화읍이라는 고을이 탄생한 후 가장 큰 규모의 군중대회일지도 몰랐다.

얼핏 보니 맨 앞줄에 서 있는 사람들은 각자 자기네 고을의 명칭을 쓴 팻말 — 예컨대 서면, 근남면, 근북면, 근동면으로부터 창도, 김성, 원남, 원동, 원북, 통구, 임남면에 이르기까지 김화군 1개 읍, 11개 면 주민들이 다 참가했다는 표지를 들고 있었으며 곳곳에 검정 글씨를 크게 써서 들고 온 기다란 헝겊이 바람에 펄럭였다.

제일 많이 눈에 띈 게 '김일성 장군 만세!'였다. 그 뒤를 이어 '푸로레타리아 계급 혁명 완성'이라든가 '단결하자 무산대중 이룩하자 계급투쟁'이라는 글귀도 보였으며 '일제 잔재(殘滓) 몰아내서 새 나라 건설하자'는 구호도 적혀 있었다.

맨 먼저 연단에 오른 사람이 개회 선언을 하자 요란한 박수 소리와 함께 함성이 터졌다. 이어진 연설 때도 옳소! 옳소! 하는 소리가 군중들 사이에서 연달아 나와 말이 중단되기 일쑤였다. 낡아빠진 마이크 때문에 목이 쉰 것처럼 들려 알아듣기 힘들었지만 이날 연단에 선 사람들은 대충 '김일성 장군의 영도 하에 일치단결하여 새로운 나라를 건설하는 데 앞장서자'고 촉구하는 것 같았다.

나는 대회가 진행되는 동안 우리 동네에서 온 사람들 가운데 혹시 아는 얼굴이라도 있는가 싶어 군중 속에 파고 들어갔다. 4줄로 서 있는 사람들의 맨 앞쪽부터 끝까지 가며 얼굴을 훑어보았으나 낯익은 사람은 한 사람도 없었다.

읍내리에 사는 사람들은 물론 집에서 가까운 생창리, 암정리, 운장리나 학사리 등에서도 대체로 머슴살이를 하는 듯한 가난한 사람들만 골라서 동원해온 것 같았다. 주최 측 사람들 몇 명만 빼고는 양복을 걸치고 온 백성은 눈을 씻고 봐도 한 사람도 없었던 게 궐기대회의 모습이었다.

이날 대회는 결의문 같은 걸 읽고 주최 측이 시키는 대로 박수를 쳐서 만장일치로 채택하는 것으로 끝났다. 내 생각으로는 오전 11시쯤 시작된 모임이 한 시간도 채 안 돼서 끝난 것 같았다.

나는 꼬마들과 함께 집으로 오면서 별의별 생각을 다했다. 내가 사는 김화읍 주민들을 비롯하여 가까운 근남, 서면, 근북, 근동면 사람들은 아침 일찍 조반을 먹고 걸어서 오면 별 문제가 있을 수 없었다. 말하자면 제 밥 먹고 제 발로 걸어와 대회에 참가하고 제 발로 귀가하면 그만이었다. 하지만 저 멀리 임남, 통구, 원남, 원북면 사람들은 그 전날 창도까지 와서 하룻밤을 묵고 난 뒤 금강산 전차 편으로 와야 할 텐데, 차비는 누가 줄 것이며 오가는 동안 밥은 누가 먹여주는 것인지 그런 게 궁금했다.

공산당 명령 한마디로 궐기대회에 참석하러 오는 시골 사람들의 왕복 전차 삯은 면제해줄 수는 있을 것 같았다. 그렇다고 해서 그들이 도시락을 준비해온 것 같은 기미도 안 보였다. 사실이 그런데도 면마다 한두 명씩이 아닌, 수백 명씩 동원했다면 그게 가능했겠는가 하는 점이었다. 굶어서 왔다가 굶겨서 보내줄 수는 없다는 게 내 생각이었다. 그

56

래서 내가 얻은 결론은 이런 것이었다.

운동장을 메운 인파는 가까운 산골의 까막눈들로 채우고 먼 곳에선 1개 면마다 팻말을 들 사람들을 포함해서 2~3명씩만 미리 불러 교육을 시켜놓고 집회를 열어 내막을 모르는 사람들이 볼 때는 김화군 내전 지역에서 모든 열성분자들이 참가한 것처럼 눈가림을 한 게 아닌가 하는 것이었다. 새로운 시대를 만든다는 그네들이 말과 행동이 다른, 거짓말을 밥 먹듯 하고도 눈 하나 깜짝하지 않는다는 점을 흑백 투표 등에서 보아왔기 때문이었다.

나는 이날 보고 들은 사실을 어머니에게 말하지 않았다. 그런데도 어머니는 다른 경로로 그네들의 어처구니없는 짓거리를 전해 듣고 고향을 버리고 남쪽으로 가야겠다는 결심을 앞당겨 실행했는지도 몰랐다.

내가 철이 들어서부터 1945년 8월 15일 해방되는 날까지 나는 한 번도 아버지께서 일하시는 모습을 본 적이 없었다. 아무 일도 안 하시는 무위도식(無爲徒食)의 표본이었다. 매일 늦잠에서 깨어나 조반상을 받으시면 몇 숟갈 뜨시고는 곧장 밖으로 나가셨다. 저녁엔 몇몇이 어울려 청요릿집(中國料理店)에 드나든다는 말도 있었고 기생집에서 세월을 보낸다는 소문도 없지 않았다.

어느 때는 느닷없이 술친구들을 몰고 와 도루묵 잔치를 벌이기도 했다. 그런 날이면 어머니는 혼자서 동분서주했다. 풍로에 숯을 넣고 불을 피우는 건 나도 곧잘 했다. 어머니는 고추장을 퍼다가 양념을 한 양푼에 알배기 도루묵을 잠시 재운 뒤 두세 마리씩 꺼내 벌겋게 달아오른 석쇠에 얹어놓고 손님들이 맛있게 드시도록 양념을 계속 발라가며 구워 대느라 눈코 뜰 새 없이 손을 놀렸다.

막걸리를 마셔가며 도루묵으로 실컷 배를 채운 아버지 친구분들은 "이 집 귀부인 마님의 도루묵 굽는 솜씨는 읍내에선 단연 최고"라며 찬사를 아끼지 않았다. 겨울엔 덫을 놓아 멧돼지를 잡은 산골 노인들이 미리 기별을 하고 고기를 들고 올 때 검붉은 멧돼지 피까지 특별 선물로 가져오면 아버지께선 으레 "몸에 좋은 것이니 눈 딱 감고 마시라"고 권하셨고 비위가 약한 형들은 미리 줄행랑을 쳐서 징그러운 멧돼지피 소동을 피했다.

아버지가 집에 친구분들을 불러들일 땐 몇 가지 수칙이 있었다. 시간은 언제나 점심때를 택했고 미리 예고는 안 했으며 어머니의 손을 잠시만 빌리면 푸짐하게 미각을 즐길 수 있는 안줏거리가 생겼을 때였다. 대동하는 인원은 적게는 4~5명, 많을 땐 7~8명이었고 10명을 넘는 경우는 거의 없었다.

한번은 대문 앞이 소란스러워 뛰어나가 보니 아버지 친구분들이 물에 젖은 소금가마니 같은 것을 들고 오시는 거였다. 그건 방금 해물장수가 싣고 온 트럭에서 구입한 바다 냄새 물씬 풍기는 생굴이었다. 어머니가 재빨리 우물가 마당 옆 그늘진 곳에 상을 차린 후 장독대로 달려가 양념장을 만들어오는 동안 한편에선 어른들이 망치와 장도리로 연신 굴을 두들겨 까놓은 뒤 막걸리와 함께 박장대소를 하며 마시고는 굴 껍데기만 한 무더기 남겨 놓은 채 바람처럼 사라지기도 했다.

해방되기 전 어느 이른 봄날엔 우리 집에 늘 찾아오는 단골손님들과 함께 근처 강물에서 잡은 물고기를 잔뜩 가져오셨던 일이 있었다. 그건 누구에게 받았거나 아니면 수고비를 주고 사온 것 같았다. 메기, 뱀장어, 쏘가리, 모래무지, 매자, 개리, 갈겨니로부터 꺽지와 뚝지, 무지개 색깔을 띤 수수종개, 톡 쏘면 피가 나는 퉁가리, 쉬리, 돌무지에 어른 손가락만 한 긴 수염이 달린 민물 새우와 가재 등에 이르기까지 우리 고장 강물에 서식하는 다양한 물고기가 골고루 섞여 있었다. 내장을 빼내고 깨끗이 손질한 고기 중엔 내가 제일 맛이 없다고 싫어하는 옆구리에 검은 줄이 나 있는 독고기도 몇 마리 있었다.

그럴 때면 어머니는 아껴둔 달걀을 몇 개 꺼내 그릇에 풀어 놓고 물고기를 굴려 밀가루 옷을 입힌 다음 고추장과 양념을 푼 국물이 펄펄 끓는 순간 솥에 넣었다. 식초를 약간 뿌리고 동시에 새봄에 돋아난 어린 쑥을 한 움큼 넣으면 아주 멋진 민물고기 매운탕이 되는 것이었다.

그날 어머니가 끓인 매운탕을 드신 분 가운데 정거장 부근에서 포목상을 경영하는 분은 매운탕 맛이 워낙 좋아 집에 모시고 사는 어머니에게 드리고 싶다고 해서 주전자에 담아가기도 했다.

민물고기 매운탕은 처음부터 물고기를 넣고 끓이면 살이 풀어져 볼품이 없어지고 그만큼 맛도 적어진다. 하지만 국물이 한참 끓을 때 넣으면 물고기 형체가 그대로 살아 있어 보기도 좋고 맛도 뛰어난데 이것이 어머니가 매운탕을 맛있게 끓이는 비결이었다.

우리 집에 자주 오시는 아버지 친구분들 중엔 군청 옆에서 구세병원을 하시는 원장도 있었다. 일본 유학을 마치고도 마땅한 직장이 없어 놀며 지내는 부잣집에서 태어난 팔자 좋은 기혼자들이 많았다.

내가 훨씬 어렸을 때 민물고기 매운탕을 잘 끓이는 걸로 동네에 소문난 어머니에게 이렇게 물은 일이 있었다.

"엄마, 아버지도 물고기 잘 잡으시지요?"

"아니란다. 너희 아버지는 그런 재주가 없으셔······. 매운탕으로 끓여 놓은 물고기는 잘 잡수시지만 강물에 살아 있는 건 못 잡으신단다."

어머니가 덤덤히 말씀하시면서 웃었던 일이 있었다.

국민학교에 들어가던 해 나는 집에서 가까운 정거장 구내에 있는 꽤나 넓은 화물 하치장을 우리들만이 아는 비밀 놀이터로 개발해서 자주 드나들었다. 거기엔 언제나 원목이 겹겹이 쌓여 있어 꼬마들이 술래잡기를 하기엔 더없이 좋았다. 어떤 때는 장작과 숯섬(木炭)이 산더미처럼 쌓여 있는가 하면 활석(滑石)이나 차돌(石英)도 있었으며 스무 쾌씩 묶어 어른 키보다 더 높게 쌓아올린 북어 더미에서 파먹는 북어 눈알이 우리들을 항상 유혹했다.

거죽이 매끈매끈하고 약간 푸른색을 띤 활석은 화장품 원료로 쓰인다고 했다. 우리는 그런 걸 가져다가 길바닥에 표시를 하거나 글씨를 쓰고 땅따먹기를 할 때 경계선을 긋는 데 사용했다. 차돌은 양손에 한 개씩 들고 힘껏 부딪쳐 한밤에 도깨비불 놀이를 하는 데 제격이어서 꼬마들에게 인기가 높았다.

우리들은 그 많은 여러 종류의 화물들이 금강산을 오가는 전차에 줄줄이 엮여 끌려다니는 곳간차(貨車)에 실려, 어디서 와서 어느 곳으로 가는지 알지도 못했으며 그런 것엔 아무런 관심도 없었다. 구미가 당기는 건 오직 북어 눈알뿐이었다.

어느 날 나는 동네 꼬마 4명을 데리고 하치장으로 달려갔다. 한여름 불볕더위만 뜨겁게 내리쬘 뿐 주변엔 아무도 없었다. 우리들은 미리 준비해간 쇠꼬챙이로 잘생긴 북어만 골라 눈알을 빼먹는 데 열중했다. 북어 눈알 파먹기는 파먹는 것 자체에 재미가 있는 것이지 맛은 별로 없고 씹을수록 밍밍했다.

어릴 적부터 물고기 눈알을 많이 먹어두면 나중에 시력이 매우 좋아져 대낮에도 하늘의 별을 볼 수 있다는 꿈같은 이야기가 우리네 꼬마들 사이에 떠돌던 때였다. 한참 동안 눈알을 파먹다가 싫증을 느낀 우리는 역 구내 뒤편 철도변에 잇대어 있는 조그만 저수지에 뛰어들어 물장구를 쳤다. 온 천하가 내 것처럼 그렇게 시원할 수가 없었다.

그런데 이게 웬일인가. 얼마간 물장난을 하다가 집에 가려고 하는데 옷이 보이질 않았다. 참으로 놀랄 일이었다. 분명히 북어 더미 옆 그늘진 곳에 가지런히 옷을 벗어놓았는데 그게 사라지다니, 옷이 날개라더니 정말 날개가 달려 날아간 것인지……. 이건 귀신도 울고 갈 일이었다. 아무리 남의 눈치 안 보는 철없는 꼬마들이라고 해도 대낮에 그걸 드러내놓고 읍내 중심가를 달려 집에까지 갈 수는 없었다. 정말 난감했다. 특히 대장 노릇을 자처하는 나로서는 체면이 말이 아니었다.

그 순간 북어 더미가 쌓여 있는 한구석에서 벼락 치는 소리가 들렸다.

"야! 이 나쁜 놈들. 무위도식하는 꼬마 도둑놈들! 듣거라. 네놈들 오늘 아주 잘 걸렸다. 당장 여기 와서 모두 무릎 꿇어. 잘못했다고 빌면 용서해줄 테고 아니면 어림없어. 네놈들 그전부터 여기 와서 북어 눈깔 빼먹었지? 이 무위도식하는 놈들."

말은 맞았다. 우리를 보고 무위도식했다고 몰아붙이는 어른들은 역에서 일하는 인부들이었다. 도둑질을 해서 먹었다고 야단을 치는 인부들에게 우리는 하는 수없이 무릎을 꿇고 용서해달라고 싹싹 빌었다.

그날 처음으로 내 부하가 되어 북어 눈알 파먹기 작전에 참여했던 나이 어린 대원은 눈물을 펑펑 쏟았다. 너무 겁에 질린 나머지 울음보를 터뜨렸던 것이다.

"앞으로 너희 놈들 이런 짓 다시 하면 그땐 정말 ××깔 거야. 알았어, 몰랐어? 알았으면 얼른 알았다고 대답해!"

"네, 알겠습니다. 다시는 안 하겠습니다."

우리는 윽박지르는 인부들 앞에서 "다시는 정말 이런 짓 안 하겠다"

고 큰소리로 합창을 하고 풀려났다.

여담이지만 이날 풀려난 벌거숭이 가운데는 훗날 감리교신학대학 총장을 지낸 염필형(廉必炯) 박사도 있었다. 그는 감리교신학대를 나와 미국에서 철학박사 학위를 취득한 후 필라델피아에서 오랫동안 목회활동을 하다가 모교 교수로 영입되었다. 총장으로 재직 중 '한국감리교 100주년 기념관'을 짓는 데 앞장서 동분서주하는 동안 병을 얻어 기념관이 준공된 후인 2000년 8월 5일 별세했다.

염 박사는 신입생 때부터 신학대학 캠퍼스에 우거진 아카시아 숲 사이로 보이는 삼각산 너머에서 피어오르는 여름날의 뭉게구름이 너무 좋아 '우하(優夏)'라고 스스로 호를 지었으며, 그 산 위로 흰 구름이 피어오르던 한여름 바로 그런 날 세상을 떠났다. 그가 열성을 다해 모금해서 준공한 100주년 기념관에서 영결식을 갖고 하늘나라로 갔던 것이다. 염 박사는 기념관 건립계획을 세우고 모금운동을 할 당시 얼마를 내는 게 적당한가를 놓고 서로 눈치를 볼 때 제일 먼저 자기 능력의 열 배가 넘는 전 재산이나 다름없는 헌금을 솔선해서 동문들이 아무 소리 못하고 따라오게 하는 지도력을 보여 예정대로 기념관을 완성케 했던 것이다.

그를 떠나보내는 추도사가 읽혀지는 동안 나는 망연자실한 채 영결식장 한구석에 앉아 있었다. 검정 넥타이를 맨 내 시야가 뿌옇게 흐려지기 시작했다. 그 잘난 신문기자를 한답시고 바쁘다는 핑계 하나로 손짓하면 금방 갈 수 있는 곳 ― 그가 있는 곳에 달려가 따뜻한 점심 한 그릇이라도 대접하며 그가 이 세상에 태어나 이룬 커다란 성취를 치하했더라면 이보다는 더 허망하지는 않았을 것을 ― 그가 그렇게 훌륭한 일을 했다는 사실을 그가 세상을 떠난 뒤에야 겨우 알아낸 나의 우둔함이 가슴을 더욱 쥐어짰다.

염 박사가 세상을 떠나기 1년 전 그의 어머니가 돌아가셨을 때도 그는 자기 몸에 그렇게 큰 병이 있다는 사실을 내게는 물론 누구에게도 내색을 하지 않았다. 그건 자신의 병이 알려지면 100주년 기념관 모금운동에 차질이 빚어질 것으로 염려해서였거나, 아니면 자신의 병은 이미 고치기 어려운 하느님의 뜻으로 받아들였는지도 몰랐다. 그날 내가 염 박사의 손을 잡고 그의 뚱뚱한 배를 가리키며 "배가 좀 나온 것 아냐?"라고 물었을 때 "아냐, 나 어려서부터 너보다 더 뚱뚱했잖아"라고 가볍게 웃어 넘겨 나를 안심시켰었다.

염 박사는 1957년 봄 대학 입학시험 때 서울대학교 문리과대학 이학부에 합격했다. 그런데도 젊어서 홀몸이 되어 삯바느질로 외아들을 키우며 "하느님을 의지해 살아온 어머님의 뜻"에 따라 등록을 포기하고 감리교신학대학에 진학했던 것이다.

염 박사와 나는 김화국민학교 동기동창으로 1학년 때 그는 1반 반장을 하고 나는 2반 반장을 했다. 2학년이 되어서는 그가 2반 반장, 나는 1반 반장을 하는 등 학교에선 우등생으로 소문이 난 가운데 절친한 벗으로 성장했다.

그가 6·25이후 서울에서 배재(培材)고교에 다닐 때도 나는 해마다 추석이나 명절 때 돈암동에 있는 그의 집을 찾아가 홀어머니께 인사를 드리고 둘이서 떡국을 나눠 먹으며 꿈 많은 청소년 시절의 인생 설계를 했던 사이였다.

세월을 훌쩍 뛰어넘어 1980년대 중반 어느 날 염 박사로부터 전화가 걸려왔다. 잠깐 시간을 낼 수 있느냐고 묻는 거였다. 그가 미국으로 유학을 간다고 했을 때 공항에 나가지도 못하고 전화로 작별 인사를 나눈 뒤 참으로 오랜 만에 듣는 그의 목소리였다.

잠시 후 내게 달려온 그는 악수를 하자마자 연례행사 같은 거라며 한마디 던지는 것이었다.

"이번에는 말이야. 미리 해결해야 될 것 같은 생각이 들어 제일 먼저 너에게 뛰어온 거야."

"그게 도대체 뭔데 그렇게 야단이야? 차라도 한 잔 하면서 차분히 얘기해봐……."

"모르긴 해도, 나는 지금까지 저쪽 국적을 포기하지 않아 말할 자격이 없긴 하지만, 대한민국 식으로 너희들이 밀어붙이면 될 것 같은 생각이 드는 민원이야."

나는 그때까지 염 박사가 국내에 들어와 있다는 사실조차 모르고 있었다. 그는 내 시간을 조금이라도 덜 뺏으려는 듯 거두절미하고 본론부터 풀어놓았다.

자신은 모교 교수로 일하고 부인이 혼자 집에서 세월을 보내기가 무료해서 Y대학 부설 어문학당에 나가 외국인 학생들을 상대로 한국어를 가르치는 일을 하고 있다는 것이었다. 그런데 대한민국의 법 규정이 얼마나 딱딱한지 부인에겐 해마다 한 번은 반드시 미국행 비행기를 타야 하는 비자를 내줘 울며 겨자 먹기 식으로 혼자서 다녀오는데 시간과 돈을 많이 써야 하는 등 번거롭기 짝이 없어 금년부터 면제시켜 줄 수 없겠느냐는 얘기였다.

"그런데 염 박사. 무슨 근거로 이 문제를 내가 풀 수 있을 거라고 생각한 거야?"

"특별한 근거는 없어. 다만 대한민국에선 신문기자들이 세다는 사실은 나도 들어왔으니까. 그 점을 믿고 찾아온 거지."

우리는 이렇게 한마디씩 교환하며 함께 웃었다. 그를 보낸 뒤 즉시 작업에 착수했다. 언론계 출신인 내무부 R 대변인과 전화로 상의했다. 그는 자기네 소관은 아니라면서도 법무부 N 대변인과 몇 마디 주고받고는 이틀 만에 즉각 해결했던 것이다.

부인에게 새로운 비자를 선물한 염 박사는 전화기를 통해 "역시 나의 조국 대한민국은 좋은 나라로군. 신문기자들도 듣던 대로 파워맨"이라며 파안대소했었다. 자기로서는 도저히 풀 수 없는 민원(民怨)을 원하는 방향의 진짜 민원(民願)으로 해결해주어 고맙기 그지없다고 치하했다.

염 박사의 부인은 미국 가기 전까지 서울에서 고교 교사로 재직했었다.

(나는 지금 38선을 넘은 내 이야기를 회상하며 70여 년 전 그 시절의 염필형 박사 일화까지 썼다. 이렇게 장황하게 쓰는 게 고인의 명예에 손상을 주는 게 아닌가 하면서도 그의 인간성이 더없이 훌륭하고 소탈했기에, 그를 추모하는 뜻에서 이 대목을 꺼낸 것이다.)

그날 밤 나는 어머니에게 '무위도식'이 무슨 뜻이냐고 물었다. 하지만 나는 비겁하게도 북어 눈알을 빼먹다가 혼쭐이 난 이야기는 하지 않았다. 어머니는 너희 아버지처럼 사시사철 아무 일도 안 하시고 노는 사람, 다시 말하면 밥만 치우고 일은 전혀 하지 않는 사람을 가리키는 말이라고 정확하게 알려주셨다.

4

아버지가 광복을 계기로 치안대장(治安隊長)이 되셨다. 그것도 손바닥만 한 산골마을의 치안 책임자가 아니라 김화군 전체 1개 읍, 11개 면에 사는 10만 8,000여 주민들의 생명과 재산을 보호하고 공공의 안녕과 질서를 유지하는 총책임자가 되었던 것이다.

하지만 이날 아버지를 치안 책임자로 임명한 임용권자는 세상 어디에도 없었다. 일본제국주의는 역사상 최초로 원자탄 2발을 맞고 즉사했으며 조국은 통일이 안 된 가운데 38선 이남에 미군이 진주하게 된 것처럼 38선 북쪽에서 군정을 펴기로 예정된 소련군은 미처 우리 고향 땅에 얼굴을 내밀지 않은 상태였다.

치안행정의 공백기로서 일부 지역에선 일제 때 악질적으로 친일했던 인물들이 마을 주민들에게 끌려나와 뭇매를 맞아 초죽음에 이른 사건들이 없지 않은 등 문자 그대로 난세(亂世)였고 심지어는 패망한 일본인 경찰관들이 무장해제를 거부한 채 눈치를 보는 격동기였기 때문이다.

아버지는 경찰서 접수 작업부터 착수했다. 광복의 감격으로 들떠 있는 읍내 청년들과 11개 면에서 달려온 장정들을 모두 이끌고 경찰서 앞길 한복판에 나서 일본인 서장과 단독으로 담판을 벌였다. 서장은 허리에 권총을 찬 채 건물 안에서 농성·저항할 듯이 무장을 하고 있는 부하들의 엄호를 받고 있었다.

하지만 그건 담판이라기보다는 처음부터 승패가 결정된, 일본인들에겐 '명분'이 안 서는 뻔한 싸움이었다. 그들로서는 투항하면 당장 유치장에 갇히는 신세가 될 수도 있다는 걸 우려하지 않을 수 없었겠지만 무력으로 혈로를 열어 야반도주를 하더라도 김화 땅은 벗어날 수는 있지만 무사히 일본까지 가는 건 불가능하다는 점을 너무나 잘 알고 있었다. 그럼에도 불구하고 그 와중에 광기 어린 놈이 총기를 발사하면 아버지가 목숨을 잃을 위험천만의 순간이기도 했다. 얼마간 대치해서 문답을 하던 아버지가 마침내 최후통첩을 한다고 선언했다.

"우리는 지금 너희들 일본인들에게 350년 전 임진왜란 때 네놈들의 조상들이 남원(南原)성과 진주(晉州)성 등에서 저지른 것과 똑같이 야만적인 보복을 할 수 있다. 자유진영을 상대로 싸움질을 벌였다가 완패한 네놈들의 코를 베고 귀를 잘라 소금에 절이는 일도 할 수 있다.

그러나 우리 조선사람들은 예부터 예의를 숭상하는 문화민족이어서 그런 짓은 절대로 안 한다. 나는 다음과 같이 최후통첩을 한다. 후회 없도록 현명하게 처신하길 바란다……."

아버지의 우렁찬 목소리가 천지를 뒤흔들자 서장이 새파랗게 질리기 시작했다고 한다. 이어 아버지는 확실하게 선언했다.

"지금부터 기물을 부수거나 총기를 들고 발악적인 난동을 부릴 경우 네놈들 경찰관은 물론 김화 땅에 살고 있는 일본인들은 남녀노소를 불문, 모조리 멸종시킬 것이며, 무기를 버리고 순리대로 투항하면 그만큼 선처를 고려하겠다는 점을 약속한다."

기세가 당당한 아버지의 최후통첩은 주변을 압도했다.

일본인 서장이 권총을 풀어 땅에 놓으며 무릎을 꿇고 투항했다. 숨을 죽여 가며 극적인 장면을 보고 있던 청년들 사이에서 만세 소리가 한꺼번에 터졌다. 조선독립 만세를 외치는 함성과 박수 소리가 뒤섞여 진동하는 가운데 경찰서 무기고와 유치장 열쇠가 청년들에게 인계되고 36년간 '김화경찰서'로 군림하던 간판이 떨어져나간 대신 그 자리를 '김화군치안대'가 차지했다.

이와 때를 같이해서 김화읍 읍내리 거리는 변두리에서 몰려든 인파로 넘치고 밤새워 춤추며 열광하는 축제의 거리로 변했다. 일본인들은 치안대장이 공개석상에서 약속한 대로 신변보장을 받아 아무런 충돌 없이 모두 24시간 내에 김화군 관내를 벗어났던 것이다.

이날 아버지와 일본 경찰서장 사이에 벌어진 담판은 많은 목격자들에 의해 조금씩 더 극적으로 윤색되어 우리 고을의 '역사적 순간'으로 오랫동안 주민들 입에 오르내렸다.

아버지가 치안대장이 되던 날, 우리 집 길 건너에 있는 김화의원 원장으로 계신 오명량(吳明亮) 박사가 광복 후 초대 김화군수로 추대되었다. 오 박사는 연로하다는 이유로 극구 사양했으나 열화 같은 군민들의 뜻을 못 꺾고 시국이 안정되면 즉시 후임자에게 자리를 물려준다는 조건으로 군수 직을 승낙했던 것이다. 오 박사의 쌍둥이 두 아들인 재인(在仁)·재희(在熙)는 아버지의 친구이며 그중 한 분의 장남인 홍조(興

祚)는 나와 동갑인 동네의 장난꾸러기였다. 오홍조는 우리 형제보다 먼저 월남, 1957년 양정(養正)고교를 거쳐 아버지(吳在仁)가 교수로 재직 중이던 서울대학교 치과대학을 나와 1980년대 초까지 서울 종로에서 개업했었다. 그 후 미국으로 이민을 떠나 LA에서 개업의로 일하면서 동창회 활동을 게을리 하지 않아 2006년 3월엔 서울대학교 동창회가 수여하는 제8회 관악대상 해외부문 본상을 받기도 했다.

치안대장이 된 아버지는 권총을 휴대하고 출근은 일찍, 퇴근은 내가 언제 오셨는지 모를 정도로 새벽에 귀가하는 날이 많았다. 그 좋아하시던 술도 끊고 뭔가 늘 골똘히 생각하는 표정이셨고 해방 전에 자주 파안대소하시던 웃음소리도 사라졌다.

그런 어느 날 아버지께선 어머니와 이런 대화를 나누셨다. 청년 대원 한 명이 일본 경찰의 비밀 장부를 찾아내 검토한 결과 아버지와 생사고락을 함께할 것처럼 동지애를 보였던 한 분이 일본 경찰의 밀정(密偵) 노릇을 하고 그 대가로 매달 상당한 활동비를 받아왔으며 그의 도장이 찍힌 장부까지 나왔는데 그걸 어떻게 처리하면 좋겠느냐고 묻더라는 것이었다.

나는 어릴 적부터 '남의 이야기를 엿듣는 건 죄를 짓는 것'이라고 어머니에게 배워 와서 평소에도 부모님의 얘기를 엿들으려 하지 않았다. 하지만 이날 부모님께선 내가 같은 방에 놀고 있는 것을 아시면서 그런 말을 하셨기에 내 귀에 자연스럽게 들려 알게 되었던 것이다. 일본 경찰의 밀정 노릇을 했다는 박씨 성을 가진 그분은 우리 집에 자주 놀러오고 아버지가 매번 초청해서 알배기 도루묵 잔치 때도 있었던 분이라는 사실을 알고 크게 놀랐었다.

아버지가 치안대장이 되고 오 박사님이 군수 직을 맡은 이후 김화 땅
엔 별다른 말썽 없이 평화가 정착되는 듯싶었다. 적어도 내 눈엔 그렇
게 보였다.

그건 주민들 성품이 비교적 온순한 데다가 지리적으로 산이 많고 전
답이 적어 지주와 소작인들 사이에 밀고 당기는 분쟁— 예를 들면 평
시에는 잠재해 있다가 격변기에 분출하기 마련인— 누가 누구에게 착
취(搾取)를 당한다거나 누구의 고혈을 빨아 수탈(收奪)했다는 따위의
쌀농사로 인한 말썽의 소지가 원천적으로 적어서이기도 했다.

흔히들 내 고향 농촌에선 부농(富農)이라고 말하면 한 해 300~500석
이상의 쌀을 생산하는 집을 지칭했고 1,000석을 생산하는 부농은 군내
전체를 통틀어도 열 손가락으로 꼽기도 어려울 정도로 많지 않았다. 이
점에서는 1만 석 이상의 벼농사를 짓는 집이 수두룩한 철원 지방의 부
농과는 처음부터 비교가 되지 않았다.

누가 언제부터 그런 기준을 만들었는지 몰라도 옥수수, 감자로부터
콩, 팥, 녹두, 동부와 메밀, 조, 수수, 호밀, 기장과 같은 잡곡은 한 해에
수십 가마씩 생산하는 집이라도 쌀 수확량이 300석 이상이 안 되면 부
농으로 간주되지 않았다. 이 밖에도 누에를 치거나 목화를 심고 담배
농사를 대규모로 해서 쌀로 환산하면 수백 가마분 이상의 돈을 만져도
그는 부잣집 반열에 못 들고 중농(中農) 정도의 대접을 받았던 것이다.

세상이 조용해진 또 다른 요인들로는 해방 전 일본인 헌병 보조원 노
릇을 하거나 순사로 근무하면서 동포들에게 인심을 잃은 사람들이 타
관으로 달아났고 이따금 이웃 마을 소를 끌어가거나 야밤에 남의 집에
몰래 들어가 고무신이나 먹을 것을 훔치던 좀도둑들도 광복의 기쁨 때
문에 일제히 휴업을 한 것도 조용해진 이유가 될만했다.

해방의 열기가 다소 가라앉으면서 아버지는 군수를 모시고 관내 시찰을 자주 다니셨다. 군청과 치안대는 엄연히 별도 기관으로 어느 한쪽 기관장이 다른 쪽 수장을 모시고 다닌다는 말은 어울리지 않았으나, 당시의 김화 군민들은 치안대장이 군수를 모시고 다닌다는 표현을 자연스럽게 했다. 이는 오 군수가 환갑이 가까운 노신사인 데다가 그분의 쌍둥이 장남이 아버지의 친구였기 때문이었을 것이다. 오 군수는 의사로서 활동하는 동안 관내의 심산유곡을 돌아본 기회가 없어 차제에 산천경개를 확실히 파악해둘 필요가 있어서이기도 했다.

처음엔 읍과 인접한 근동, 근남, 근북면 일대를 순시할 때는 군청 차와 치안대 차량이 대오를 이뤄 면사무소와 치안대 지대(支隊) 등을 둘러보고 그곳 유력 인사들과 회식을 하며 협조를 부탁하고 애로사항을 듣는 건 일제 때 했던 것과 흡사했다. 회식 때 참석자는 향교를 중심으로 한 유림 대표를 비롯하여, 국민학교 교장, 대지주, 산림조합장, 기타 유력 인사가 얼굴을 보였고 언제나 우체국장이 말석을 차지했다.

하지만 육로가 구불구불하고 군청에서 멀리 떨어진 동북쪽으로 원남, 원동, 임남면 지역에 갈 때는 금강산 전차를 이용했다.

금강산 전차는 앞서 언급한 대로 철원에서 시발, 중간에 평강(平康) 땅의 한 귀퉁이와 김화 관내를 계속 달려 회양(淮陽) 땅인 내금강(內金剛)까지 갔으나 일제가 전쟁 말기에 군수물자가 부족해지자 포탄을 제조하는 데 쓴다고 레일을 뜯어 절름발이가 되어 있었다.

창도역으로부터 동쪽으로 기성(岐城)역을 거쳐 현리(縣里), 도파(桃坡), 화계(花溪), 오량(五兩), 단발령(斷髮嶺), 말휘(末輝), 병무(竝武), 내금강까지 9개 역 구간의 49km가 철거되어 결과적으로는 67.6km만 운행되는 가운데 이 중에서도 회양 땅에 속한 말휘, 병무, 내금강 등을 제외한 모든 지역이 오 군수가 초도순시를 가게 되어 있는 곳이었다.

　오 박사가 군수를 맡기까지 진통이 없지 않았다. 처음 알려진 것처럼 연로한 것도 문제였으나 무엇보다도 그 자리를 완강하게 고사했기 때문이었다.

　한참 뒤 알려진 얘기이지만 군내 유지들이 김화의원에 찾아가 군수로 모시겠다고 화두를 꺼냈을 때 오 박사의 반응은 아주 냉담했다는 것이다.

　"여보게들, 지금 무슨 말을 하는 거요? 당신들이 알고 있다시피 나는 의술을 공부해 환자를 치료하는 데 전념하는 몸이오. 왕진 가방을 들고 아픈 사람 찾아다니며 진찰하고 주사 놔주는 것, 당신들도 잘 알고 있는 것 아니오. 그런데 날보고 군수를 하라니. 내가 행정을 압니까, 용인술(用人術)을 압니까? 나는 못 하오. 그런 줄 알고 돌아들 가시오."

　"오 박사님, 안악 군수라는 말 들어본 일 있으시지요? 그냥 안악 군수처럼 해주시면 되는 겁니다."

　"내가 그 말 듣긴 했소만 여기가 황해도요? 강원도 땅인데 날 보고 안악 군수를 하라니 그게 무슨 뚱딴지같은 소리요. 안 그렇소?"

　하지만 오 박사를 모시고자 온 유지들도 끈질겼다.

　"저희가 말하는 건 오 박사님께서 군수 직만 맡아주신다면 모든 걸 저희들이 알아서 잘 모시겠다는 뜻입니다. 우리 고을엔 잘 아시다시피 골치 아픈 일이 생길 게 하나도 없습니다. 고을의 주민들이 유순한 데다 엊그제까지 일본 사람들에게 빌붙어 아부하던 놈들은 일본이 망하자마자 제 발이 저려 모두 도망치지 않았습니까? 그러니 말썽이 생길 일이 없고 여하튼 골치 아플 게 하나도 없습니다.

"어쨌거나 나는 못 하오. 어서들 물러가서 다른 인물을 구해보시오."

오 박사가 거듭 사양했지만 그를 군수로 추대하려는 사람들도 뒤로 물러서지 않았다. 오 박사님은 김화 땅에 있는 누구보다도 인품이 뛰어나고 지혜와 덕성을 지녔으니 군수로 모시지 않으면 안 된다고 이구동성으로 설득했다.

"그런데 오 박사님! 어차피 알게 되실 것 같아 이 자리에서 터뜨리겠습니다만 오 박사님을 꼭 모셔와야 한다는 말씀은 여기 한 동네에 사는 열혈청년한테서 나온 겁니다. 오 박사님에게 먼저 군수 직을 맡아주신다고 승낙을 받아오면 자신도 치안대장이 되어 전심전력을 다해 살기 좋은 나라를 건설하는 데 헌신하겠노라고 저희들과 약속했습니다."

"허, 허. 그래요? 그 사람 그런데 왜 나한테 직접 와서 그런 말을 안 해요? 내 알겠소. 무슨 말인지……. 그가 나선다면 나도 그 자리에 앉아 한번 열심히 해보리다."

황해도 한복판에 있는 안악(安岳) 땅의 안악 군수는 말 그대로 안악 군수 노릇만 하면 됐다. 들이 넓고 풍요로워 곡식이 많아 백성들이 항상 배불리 먹고 너나없이 비교적 잘 살았다. 도둑이 없고 따라서 송사(訟事)도 안 생겨 군수는 그냥 자리만 지키면서 토산품을 챙겨먹고 음풍농월(吟風弄月)만 잘하면 만사형통이었다.

가끔 한양에서 내려오는 고관대작들을 정성껏 대접하고 적당히 수청을 들이면서 임기를 채운 뒤 더 좋은 자리로 영전하면 되는 것이었다.

이런 건 같은 황해도 땅에 붙어 있는 평산(平山) 고을의 군수와는 비교가 안 되는 행운이었다. 멸악산맥(滅惡山脈) 끝자락 험한 바윗돌투성이여서 경지가 좁은 평산은 쌀을 비롯한 물산이 부족해서 예부터 도둑이 들끓고 가뭄이 들면 군수가 솔선해서 먹는 걸 줄이고 관내 이재민들의 구휼(救恤)에 나서야 하는 등 편할 날이 없었다는 것이다.

게다가 산중엔 이따금 호랑이가 나타나 군민들의 가슴을 쓸어내리게 하는 일도 비일비재했으며 호환(虎患)으로 목숨을 잃는 일도 적지 않아 이 고장 군수는 영일(寧日)이 없었다는 것이다. 나이 지긋한 촌로들은 자기네 할아버지들로부터 심심찮게 호랑이 얘기를 많이 들었다는데, 그중엔 산골마을 부근 길목에는 대낮에도 호랑이가 팔짱을 낀 채 양반 다리를 하고 앉아 지나는 길손들을 혼비백산케 했다는 일화도 적지 않았다.

예를 들면 人자로 갈라진 길목을 지키고 앉은 호랑이 녀석은 맞은편에서 오는 인물이 마음에 들면 긴 허리를 편 채 오른손을 밖으로 저어 무사통과시키고 기분이 안 좋으면 '어흥'소리를 내서 길손의 혼쭐을 뽑아 오던 길로 도망치게 하는 등 마음 내키는 대로 교통정리까지 했다는 식의 우스갯소리도 없지 않는 그런 산골이었던 것이다. 아무튼 이 무렵의 김화 땅은 안악처럼 풍요로운 곳도 아니고 평산과 같이 호랑이가 길목에 앉아 행인들을 검문검색을 하는 곳도 아니지만 인심이 무던하고 소요가 일어날 소지가 없는 평화로운 지대였다.

그런데 그런 조용한 땅에 소련군이 오면서 세상이 뒤바뀌었다. 소련군은 압박과 설움에 얽매어 있는 백성들을 해방시켜주려고 온 해방군이 아니라 이미 해방된 남의 땅에 해방군이라는 가면을 쓰고 나타나 멋대로 주민들을 체포, 연행, 구금하는 등 만행을 서슴지 않았던 것이나.

나는 고향 땅에 소련 점령군이 처음 입성하는 장면을 확실히 목격했다. 하지만 그게 꼭 어느 날이었는지는 지금 기억하고 있지 못한다. 그날은 아버지가 치안대장으로 건재해 있던 그해 음력으로 추석이 경과한 며칠 후인 것만은 확실하지만 그날이 9월 25일인지, 26일인지, 아니면 9월 말인지, 10월 초하루였는지는 모른다는 뜻이다.

내가 "추석을 넘긴 후"라는 사실을 똑똑히 기억하고 있는 것은 우리 집에 특별한 일이 생겨서였다. 그건 할머니의 장례였다. 할아버지가 세상을 떠나고 3년째 되던 그해 가을까지 건강했던 할머니께서 갑자기 누우시더니 추석을 사흘 앞두고 그만 눈을 감으셨다.

조부모님이 사시던 가게 안채에서 5일장을 치르는 동안 아버지께서는 치안대장 업무로 바빠 빈소를 제대로 지키지 못했다. 그 대신 아버지 형제자매분들이 연일 구름같이 몰려드는 조문객들을 맞이했으며, 상여가 나가던 날엔 군내 각지에서 보내온 만장(輓章) 행렬이 10리 길에 이어지는 등 보기 드문 호상(好喪)이라고 소문이 자자했기 때문이다.

특히 출상 당일에는 치안대 본부에서 나온 청년대원들이 큰길 양쪽에 늘어선 채 지휘자의 구령에 따라 빈소를 떠나는 장의 행렬을 향해 집총자세로 거수경례를 하는 게 내 눈엔 아주 인상적으로 보였다.

따라서 그때 이후 추석 이틀 전이 할머니 제삿날로 정해져 그 당시의 일을 더 확실히 기억할 수 있었던 것이다.

장례 기간 중 우리 집 사랑방 아궁이에선 연일 통돼지 고기를 삶아 빈소에 공급했다. 그러던 어느 비가 내리는 대낮에 일본 사람 2명이 와서 돼지고지를 끓이는 가마솥에 불을 때주고 있었다. 나이가 30대 후반쯤 되어 보이는 이들은 민간인으로 위장한 일본군 패잔병이거나 아니면 단순한 거류민으로 북쪽에서 김화 관내를 지나 남하하다가 치안대에 잡혀 취조를 당하던 중 잠시 초상집에 와서 허드렛일을 거들고 있는 듯했다.

나는 그들에겐 관심이 없었다. 그래서 그들과는 한마디도 안 했다.

다만 군불을 때는 그들 옆에 앉아 감자를 구워 먹는 데 열중했다.

그런데 그중의 한 사람은 형에게 일본말로 '우리가 이렇게 열심히 일하고 있다는 사실을 오늘밤 늦게라도 너희 아버지께 말씀드려 하루 빨리 고향에 갈 수 있도록 해달라'고 부탁하기도 했다. 불과 며칠 전까지만 해도 거들먹거리고 다니던 일본 사람들이 나라가 망하고 나니까 철부지 꼬마에게까지 아부를 하는 비굴한 모습이 보기에 유쾌하지 않았다.

그날 나는 소련 군인들이 읍내로 입성한다는 소문을 듣고 구경하러 나섰다. 길거리엔 동네 어른들이 더러 있었으나 꼬마로서는 나 혼자였다. 나는 당연히 그 사람들이 철원 쪽으로 가는 길을 따라서 내려올 줄 알고 그쪽에서 서성거렸다.

그러나 내 예상은 빗나갔다. 그들은 트럭에 탄 채 총을 하늘로 쳐들고 "우라! 우라!"소리를 외치며 금강산으로 가는 방향에서 거꾸로 들어오고 있었던 것이다. 말하자면 원산(元山)에서 출발했다고 가정할 경우 평강-철원을 경유해서 온 것이 아니라 동해안을 따라 남쪽으로 가다가 통천-회양을 지나 김화 땅에 진군한 게 아닌가 여겨졌다. 그날 나는 하루 종일 원산에서 김화까지 오는 육로가 어떻게 개설되어 있는가 하는 점에 관해 골똘히 생각했었다.

이때까지만 해도 내가 바깥세상으로 나가 본 건 서쪽으로는 철원읍이 제일 먼 곳이었고 동쪽으로는 금강산 전철 길을 따라 광삼(光三), 하소(下所), 행정(杏亭)역 근처까지 딱 한 번 가본 게 고작이었다. 남쪽으로는 친척집이 있는 마을에서 강을 건너 인민학교가 있는 곳까지 가본 것이 한계점이었으며, 북쪽으로는 김화읍의 뒷산 격인 엎어지면 코 닿을 데라고 어른들이 말하는 오성산의 경우 발밑에도 가본 일이 없었다.

철길 건너 인삼밭이 있는 구릉지 중간 지점까지 올라가 본 것이 내 기록이었다. 거기서 조금만 더 올라가면 꼭대기에 이르고 그곳에 앉으면 김화읍 전경이 한눈에 내려다보이는 데다가 북쪽을 향해 똑바로 서면 오성산의 발톱부터 이마 위까지 한꺼번에 보이는 데도 못 갔던 것이다.

따라서 나는 우물 안 개구리라기보다는, 그 무렵 우리 꼬마들이 잘 쓰던 말 그대로 아예 "존재가 없는"옹달샘 속 올챙이였다고 하는 게 옳았다.

여름날 잠깐 스쳐본 광삼역 근처는 풍광이 또 다른 묘한 산골이었다. 국도가 구불구불 휘어져 있고 철로만 곧게 뻗어 있을 뿐, 산과 계류(溪流) 사이로 어른 손바닥만 한 다락논이 다닥다닥 붙어 있는 게 우리 읍내와는 분위기가 전혀 달랐다. 논배미가 작고 윗논과 아랫논의 경사가 급해 물을 대는 관개(灌漑)시설로 어른 키 두 배쯤 되는 통나무를 잘라 속을 후벼 파내 여러 개를 잇대어 파이프처럼 사용하는 게 신기했다.

이보다 며칠 전 나는 막내 고모의 심부름을 했었다. 당시 고모(申慶姫)는 이화(梨花)여중 4학년에 적을 두고 기숙사 생활을 하던 중 잠시 귀향해 있었다. 고모가 준 것은 창호지 뭉치였고 전달하라는 곳은 김화역 맞은편에 있는 여관집 안채였다. 아무 생각 없는 내게 방문이 안에서 열리는 순간 나는 깜짝 놀랐다. 서울에 유학 중인 고모 또래 여학생 5~6명이 둘러앉아 소련 국기를 그리고 있었다.

전쟁 말기 물자가 귀한 시절 붉은색 종이가 없어 일일이 물감으로 색칠을 해서 국기를 만들고 있었다. 한쪽에서 물감으로 붉은색을 칠하면 또 다른 학생이 노란 물감으로 망치와 낫을 그려 넣어 소련 국기를 완성하는 식이었다. 방 한구석에는 '소련 해방군 만세', '환영! 소련군 입성 만세'라고 크게 써 놓은 플래카드도 보였다. 소련 국기 만들기 작업자 가운데는 읍내에서 제일 큰 건어물 사업을 하는 분의 딸(張應玉)도 있었다. 그녀는 숙명(淑明)여중 상급반에 다니고 있었고 그로부터 2년 후 교사가 되어 내가 다니던 국민학교에 부임, 잠시 우리들의 담임을 맡았었다.

나는 봐서는 안 될 것을 본 것처럼 마음이 심란했다. 세상이 변하긴 변하겠구나. 그날 나는 내가 본 걸 어머니에게도 말하지 않았다. 잘못되었다가는 아버지에게 모든 사실이 전해져 막내 고모가 벼락치기 야단을 맞을까 저어해서였다.

그러나 정작 소련군이 입성하던 날 내 눈엔 그녀들이 소련 국기를 들고 환영하는 모습은 보이질 않았다. 정보가 미리 새나가 어른들로부터 철없는 짓 하지 말라고 호되게 야단을 맞아 취소되었는지도 몰랐다.

5

전곡을 향해 걷는 동안 우리 형제는 별 말을 안 했다. 특별히 할 말도 없었다. 사방은 조용하고 깜깜했다. 한밤중인지 아니면 여명(黎明)이 가까워지는 것인지조차 가늠할 수 없었다.

연천을 떠난 지도 꽤 오래됐고 도중에 한 번도 쉬지 않아 많이 왔을 텐데도 길은 여전히 끝이 안 보였다. 며칠째 먹은 게 없고 긴장된 탓인지 요의(尿意)조차 느끼지 못했다.

나는 왼쪽에, 형은 오른쪽에 나란히 서서 걸었다. 시계가 없어 몇 시쯤인지 알 수 없었다. 있다 해도 너무 깜깜해 성냥불이라도 켜야 문자를 식별할 수 있는 형편이었다.

그래도 한두 가지 변한 게 있었다. 연천을 출발할 때 을씨년스럽게 몸을 휘감던 찬바람이 어느새 멎은 게 그중 하나이며, 하늘의 구름이 벗겨져 별이 빛나는 밤이 된 게 또 다른 변화였다.

그 순간 산 넘어 먼 곳에서 별똥별이 우수수 떨어졌다. 하늘에서 구슬을 담아 한꺼번에 뿌리는 것 같은 별똥별의 빛나는 향연이 내 눈앞에 전개되었던 것이다. 형도 이 장면을 목격했는지는 알 수 없었다. 형에게 묻지도 않았고 형도 내게 그에 관해 아무런 말을 안 했다.

하지만 나는 어떤 감흥도 느끼지 못했다. 별똥별이 떨어지는 것을 분명히 보았지만 그건 지나간 여름날 한밤중에 쏟아진 별똥별의 향연을 보았을 때와는 느낌이 달랐다.

"그날의 별똥별은 더없이 아름답고 찬란했었는데……."나는 혼잣말로 중얼거리며 그날 밤 어머니와 함께 본 별똥별의 잊을 수 없는 광경을 회상했다.

그때는 감자 수확기였다. 친척집 마님께서 감자를 주고 싶어도 일손이 없어 못 준다며 아침 일찍 아이들을 데리고 와서 놀다가 점심 지어 먹고 감자 좀 캐 가라는 전갈이 왔다는 것이었다. 하지만 어머니는 아들 다섯을 모두 대동하지 않고 첫째, 둘째, 넷째 아들은 둔 채, 나와 다섯째 젖먹이만 데리고 길을 나섰던 것이다. 그것도 아침나절이 아닌 오후였다.

점심때가 되어 집을 나선 우리는 부지런히 한 시간 반쯤 걸어가 감자를 조금 캐서 얼른 돌아오면 될 일이었다. 그러려고 어머니는 친척집에도 안 들르고 감자밭으로 직행했던 것이다. 그러나 친척집 마님께서 밭에 나와 "저녁밥을 지어놓았으니 들고 가라"고 강권하는 것이었다. 해는 꽤나 기울어 있었다. 마을에 들어가 식사를 하면 해가 더 기울 텐데 어둠이 깃들면 고개를 어찌 넘을까 걱정이 태산 같았다. 그냥 가길 바랐으나 내 마음대로 되질 않았다.

성황당이 있는 고갯마루에서 읍내 쪽으로 난 도로는 말발굽에 붙이는 편자처럼 길게 구부러져 이곳을 지나려면 시간이 많이 걸렸다. 그래서 대부분의 나그네들은 반대편 산비탈 옆으로 나 있는 지름길을 택했다. 하지만 그 길은 거리를 줄여주는 대신 매우 험했다. 깔딱 고개나 다름없이 경사가 급하고 바닥엔 바위가 튀어나와 울퉁불퉁한 데다 여름철엔 잡초가 우거진 가운데 곳곳에 물이 넘쳐흘러 질척거리기가 일쑤였다. 한편으로는 논밭이 개간되어 있고 다른 쪽엔 깎아지른 절벽 위에 잣나무와 낙엽송이 군락을 이루고 잡목들 사이로 어른 키보다 더 큰 싸리나무 더미와 칡넝쿨이 뒤엉켜 하늘을 가리는 등 대낮에도 혼자 걷기엔 으스스한 애로(隘路)였다.

우리는 부지런히 고개를 넘어 지름길로 들어섰다. 그러나 몇 발짝을 떼기도 전에 해가 뚝 떨어지며 사방이 깜깜해졌다. 아무것도 안 보였다. 진퇴양난이었다. 시간이 걸리더라도 큰길로 돌았더라면 이 정도로 암담하지는 않았을 텐데 후회가 됐지만 어쩔 수 없었다. 한참을 길에 선 채 어둠에 눈이 익길 기다렸다. 여름 해, 특히 음력으로 초하루나 그믐께의 여름 해는 지고 나면 그 순간부터 온 세상이 까맣게 된다는 사실을 간과했던 것이다.

그때부터 논밭에 진을 치고 있던 개구리 떼가 일제히 개굴개굴 울기 시작했다. 곧이어 찌르륵, 찌르륵 풀벌레들이 뒤를 따르고 '째액째액' 거리는 산새들의 울음소리와 계곡을 흐르는 물소리까지 뒤섞여, 금방이라도 숲 속에서 무당귀신이 튀어나와 내 목덜미를 낚아챌 것 같아 오금이 저려 발걸음을 옮기지 못할 정도였다.

해가 지기 전에 이 고개를 넘었어야 했는데……. 짜증이 나고 후회가 막심했다. 어머니도 이런 길 우려해서 친척집 마님의 저녁밥 권유를 사양했지만 그건 이미 흘러간 일로 엎질러진 물이나 다름없었다. 가끔씩 끼르륵, 끼르륵 하는 산비둘기 울음소리가 들리는가 하면 장끼 놈이 바

로 지척에서 푸드득, 푸드득 날갯짓을 하며 공중으로 솟아올라 깜짝깜
짝 놀라게 했다. 이런 가운데에서도 네발 달린 산짐승의 울음소리가 들
리지 않은 게 천만다행이었다.

어머니는 말이 없었고 나도 아무 말을 못했다. 가까스로 지름길을 반
쯤 내려온 것 같은 지점에 이르자 어머니는 내 손을 잡으며 입을 열었다.

"셋째야, 너 지금 무서워 떨고 있니?"
"아냐, 엄마. 나 안 무서워. 엄마가 있는데 뭐가 무서워?"
그러면서 나는 어머니의 손을 더 힘껏 잡았다. 그 손엔 땀이 배어 있
었다.
"그러면 엄마는 무서워?"
"아냐, 나도 안 무섭단다. 사내대장부인 네가 옆에 있는데 뭐가 무섭
겠어. 안 그래?"
두 돌 지난 막내는 어머니 등에 업혀 쌔근쌔근 자고 있었다. 나는 하
나도 안 무섭다고 어머니에게 말했지만, 그건 허풍이었다.
그 순간 어디선가 반딧불이 떼가 나타나 춤을 추었다. 일정한 거리를
두고 군무(群舞)를 하는 반딧불이는 공중에서 하나의 불덩어리를 형성
했다. 온 세상의 반딧불이가 총궐기한 듯 큰 불덩어리 여러 개가 커다
란 원을 그리며 공중을 날아다녔다. 우리가 걷는 아래쪽으로 앞서거니
뒤서거니 반딧불이 덩어리가 춤을 추며 떠다녔다. 풀벌레 소리와 산새
울음까지 뒤섞여 어지러웠다. 그냥 어지럽다기보다는 무서웠고 신비스
럽기까지 했다.
그때 지름길 아래쪽, 큰길과 합쳐지는 부분 근처에 뿌옇게 흰 물체의
윤곽이 나타났다. 저건 또 뭔가. 어머니도 긴장했고 나 역시 오싹했다.

인적이 끊긴 밤길에선 네발 달린 짐승보다 두 발 달린 사람이 더 무섭다는 어른들의 말씀이 떠올랐다. 한 걸음 한 걸음씩 나는 어머니의 손을 꽉 잡고 숨을 죽인 채 내려갔다. 너무 겁에 질려 어찌해야 할지 엄두가 안 났다. 대낮에 이런 길에서 수상한 사람을 만날 경우 먼발치에서 상대가 모르게 먼저 봤다면 숲 속에 숨었다가 그가 통과한 다음에 가면 그만이었다. 그러나 그땐 그럴 형편이 아니었다. 거리가 좁혀지자 그쪽에서 '헛기침'을 하는 소리가 들려왔다. 그건 들짐승이 아니라는 사실을 알려주는 인기척인 동시에 놀라지 말라는 인사이기도 했다.

하지만 그것으로도 안심이 안 됐다. 만약 그가 '밤손님'이라면 어쩔 것인가. 나는 아랫배에 힘을 주고 황급히 돌을 몇 개 주워 호주머니에 넣었다. 막대기까지 한 개 구해 들고 싸울 태세를 갖추었다. 그가 진짜 날강도 짓을 하려는 본색을 드러낼 경우 돌로 이마빡을 쳐서라도 어머니를 보호할 의무가 내게 있어서였다.

그 순간 하늘에서 별똥별이 와르르 떨어졌다. 소낙비 내리듯, 여름날 우박이 쏟아지듯 두서너 차례 퍼부어 순간적으로 어둠을 삼켜버린 듯했다.

마주 오던 나그네는 노인이었다. 아래위 흰 적삼과 흰 바지를 걸친 그 노인도 우릴 보고 놀랐었는지 안도의 한숨을 길게 내쉬며 지나갔다. 그가 먼저 통과하도록 길을 비켜준 우리 옆을 천천히 아주 천천히 한 걸음 한 걸음씩 발을 옮겨 놓으면서 지나갔다. 얼굴을 약간 숙인 채 아무 말도 안 했고 우리도 입을 열지 않았다.

그때 본 우주의 신비가 나를 황홀케 했다. 극도의 공포심이 신비감으로 바뀐 후에 내 옷은 물이 흥건했다. 땀에 젖은 것인지 밤이슬 때문인지 분간이 안 됐다. 이 밤중에 어디를 가는 길손일까. 우리는 조금만 더 가면 집이 있지만 정해진 곳 없이 무인지경(無人之境)을 가는 듯한 노인이 안쓰러워 보였다.

금강산 가는 방향에서 흘러내리는 강물을 옆에 끼고 마지막 산모퉁이를 돌자 멀리 우리 집이 있는 읍내의 전깃불이 시야에 들어왔다. 평소에 별것 아닌 걸로 우습게 봤던 전깃불이 그렇게 고맙고 반가울 수가 없었다. 잠시 후 통행금지 30분 전을 알리는 예비 사이렌이 울렸다. 집에 도착했을 때 형들과 동생은 걱정이 돼서였는지 잠을 안 자고 있었다.

어머니가 그 후 이웃 아주머니들에게 그날 밤 성황당이 있는 고개를 넘어 지름길로 오던 때 얼마나 무서웠는지 몰랐다고 실토하는 걸 나는 들었다. 어머니는 그날 밤의 무서운 경험이 평생 처음이자 마지막이었다고 말씀하셨고 나 역시 평생 잊을 수 없는 가장 무서웠던 경험이었다.

6

소련군이 김화에 진주하자마자 아버지가 집에서 사라지셨다. 행방불명
이었다. 처음 며칠간 우리 형제들은 아버지께서 잠시 볼일이 생겨 근처
에 다니러 가신 줄 알고 별로 신경을 안 썼다. 그때까지만 해도 나는 동
네에서 소문난 장난꾸러기였다. 위로 두 형은 모범생이었지만 나는 달
랐다. 학교에 갔다 오면 책가방을 던져 놓고 노는 게 일과였다. 동네 꼬
마들과 어울려 경찰서 뒷마당에 모여 해가 질 때까지 공차기를 하기도
했고 들판에 나가 메뚜기를 잡기도 했다. 따라서 밤에 잠을 자고 이튿
날 등교할 때까지 책가방을 한 번도 풀지 않은 채 그대로 가져가는 게
예사였다. 그만큼 나는 노는 데 열중했다.

그러나 김화의원 맞은편에 사는 키가 큰 신씨 아저씨가 소련 군인들
이 신고 다니는 것과 똑같은 가죽 장화를 신고 허리엔 권총을 찬 채 우
리 집 앞길을 활보하는 것을 보며 뭔가 심상치 않은 일이 벌어진 걸 감
지할 수 있었다.

나는 슬며시 치안대 본부가 있던 경찰서 앞 광장에 나가 봤다. 예상

대로 '김화군치안대'라고 한자로 크게 쓰여 있던 간판이 없어지고 그 자리엔 '김화보안서(金化保安署)'라는 큼지막한 간판이 걸려 있는 게 눈에 띄었다. 키가 큰 신임 보안서장의 장남은 우리 집 큰형보다 세 살쯤 위이고 그 집 차남은 작은형과 동갑내기였다. 그러나 그 집은 명절이나 생일날 떡을 해서 이웃에 돌릴 때 우리 집과 주고받는 사이가 아니었다. 그 부인은 개성 출신으로 매사에 경우가 밝고 깔끔하다고 동네에 평판이 나 있었다.

소련군은 아무도 모르게, 심지어는 어머니도 모르는 사이에 아버지를 연행해서 콘트라지에 감금해두었다는 얘기가 읍내에 돌았다. 어떤 사람은 그 콘트라지라는 게 원산에 있다고 수군대고 또 다른 사람들은 원산이 아닌 철원읍에 있다고 했으나 정확한 정보가 없어 어머니는 애만 태울 뿐 어찌할 바를 몰라 했다.

해방되면서 한반도가 북위 38도선을 기준으로 양분될 때 다른 도와 달리 강원도는 인구수와 면적이 엇비슷하게 남북으로 갈렸다.

미군의 통치를 받은 38선 이남은 춘천(春川), 홍천(洪川), 평창(平昌), 강릉(江陵), 원주(原州), 횡성(橫城), 영월(寧越), 정선(旌善), 삼척(三陟), 울진(蔚珍) 등 10개 시·군이었고, 소련군 치하에 들어간 곳은 동해 바다를 끼고 있는 양양(襄陽), 고성(高城), 통천(通川)을 비롯해 인제(麟蹄), 양구(楊口), 화천(華川), 회양(淮陽), 김화(金化), 평강(平康), 철원(鐵原), 이천(伊川) 등 11개 고을이었다.

이 가운데 인구가 제일 많고 교통이 편한 요지는 철원읍으로 소련군의 콘트라지도 철원에 있다는 게 그 무렵 아는 체를 잘 하는 어른들의 설명이었다. 나중에 확인된 얘기지만 새로 발족한 북강원도 11개 군

보안서장 회의도 철원읍에서 열리는 등 철원은 글자 그대로 38선 이북 강원도의 중심지 구실을 했었다.

아버지가 실종된 시점을 전후로 군청에 나타난 소련군들에 의해 오명량 박사도 끌려갔다는 얘기가 들렸다. 오 박사는 몇 명의 읍내 젊은 이들과 함께 체포되어 아라사(俄羅斯)로 연행되어갔다는 소문도 있었고 한편으로는 아오지(阿吾地) 탄광에 끌려가 강제 노역에 투입된 게 틀림없다는 추측이 나돌았다. 오 박사가 연행되어간 곳이 어디든지 간에 그 어른은 그 후 영원히 김화 땅에 얼굴을 보이지 못했다. 그건 연행 당시 "왜 내가 자네들에게 끌려가야 하느냐?"고 호통을 친 오 박사를 도중에 처단해버렸을 수도 있다는 게 우리들의 생각이었다. 그 무렵 소련군정 당국과 이들을 등에 업고 날뛴 완장 찬 공산주의자들의 행태가 그러했기 때문이었다.

나는 아버지가 별 탈 없이 석방될 것으로 확신하고 있었다. 그건 나의 확고한 믿음이었다. 내가 그렇게 믿은 근거는 아버지는 친일파도 아니고 그네들이 1차 숙청 대상으로 삼은 모리배(謀利輩)도 아닐뿐더러 지주계급의 부르주아도 아니어서였다. 죄가 없는데 어떻게 처벌이 가능하겠는가 하는 게 나의 순진한 생각이었다.

소련군이 진주하면서 우리 고장엔 친일파 등 민족 반역자들의 재산과 3정보(9,000평) 이상의 토지를 소유한 지주들의 땅을 모조리 몰수해서 핍박받은 소작농민들에게 분배한다는 소문이 나돌았다.

그 당시 아버지가 소유하고 있던 토지는 소작을 주어 우리 집 식구가 1년간 먹고 지낼 만한 얼마간의 논밭 말고도 남대천 하류에 6만여 평이 있었다. 하지만 그건 쌀 한 톨의 소출도 없는 황무지나 다름없는 쓸

모없는 땅이었다. 해방 전까지 생존해 계셨던 할아버지 말씀에 의하면 마을에서 멀지 않은 곳에 있는 그 땅은 문전옥답(門前沃畓)이나 다름없는 기름진 곳이었으나 1925년 7월과 8월 두 차례나 한반도의 허리를 할퀴고 간 그 유명한 을축년 장마 때 탁류가 몰고 온 모래더미에 파묻혀 폐허가 된 가운데 20여 년이 다 되도록 방치된 채 여름이면 개미귀신이 집을 짓는 등 잡초까지도 뿌리를 못 내리는 그런 메마른 땅이었기 때문이다.

어머니는 처음 며칠간 금강산 전차 편으로 철원읍에 가서 소문대로 아버지가 그곳 소련군 콘트라지에 감금되어 있는가를 알아봤다. 하지만 번번이 실패했다. 그러기를 여러 번 반복한 끝에 어머니는 마침내 밝은 얼굴로 귀가하셨다. 아버지 면회는 하지 못했지만 그곳에 감금되어 있다는 사실은 확인됐다는 것이었다.

그 무렵 어느 날 밤 나는 깊은 잠에서 깨어났다. 안방에 내려가 보았으나 어머니가 안 보였다. 이상했다. 무슨 일이 있는가 싶어 걱정이 됐다. 마당 한가운데 희미한 달빛이 비치는 초겨울의 싸늘한 밤이었다.

나는 조용히 방문을 열고 마루 아래로 내려가 뜰 안을 살폈다. 어머니는 거기에도 안 보였다. 하는 수 없이 뒤뜰 쪽으로 갔더니 그곳엔 머리를 단정히 가다듬고 새하얀 치마저고리를 입은 어머니의 모습이 보였다. 두 팔을 공중에 높이 쳐들었다가 앞으로 합장(合掌)하는 식으로 연거푸 하늘에 떠 있는 조각달을 향해 치성을 드리는 것이었다. 삼라만상이 모두 잠든 이 밤중에 홀로 나와 남편의 무사귀환을 비는 어머니의 모습은 내가 늘 보아온 어머니가 아니었다. 어딘가 한없이 슬퍼 보였다. 신비스럽기도 했고 거룩해 보이기까지 했다. 거울처럼 맑은 물을 떠 놓고 치성을 드리는 어머니의 정성이 저럴진대 아버지는 곧 석방되어 귀가할 것이라고 생각했다. 그런 어머니가 나를 향해 한마디 하셨다.

"너 왜 잠 안 자고 여기까지 나왔어?"

나는 움찔했다. 치성을 드리는 어머니를 방해하지 않기 위해 발소리를 죽여 가며 마당에 내려온 것뿐이지 그건 어머니의 모습을 훔쳐보기 위해 나온 건 아니어서였다.

"그냥 잠이 깼어요. 안방에 가봤더니 동생들만 자고 있고 엄마가 안 계셔서 궁금해서 찾아 나온 거예요."

"밤공기가 무척 차다. 얼른 들어가 자거라. 나도 곧 들어갈 테니 그리 알거라."

그때부터 아버지가 석방될 때까지 어머니는 매일 새벽 우물에서 정화수(井華水)를 퍼 올려 물동이에 담아 놓았다가 한밤중에 사기대접에 떠 놓고 달님을 향해 치성을 드렸던 것이다. 어머니는 '지성(至誠)이면 감천(感天)'이라는 말을 자주 쓰셨다. 무슨 일이든지 정성을 들여 열심히 하면 하늘도 감복해서 이루게 해준다는 뜻이라는 것이었다.

일찍이 금강산 가는 쪽 기성(岐城) 근처 두메산골에서 경주 최씨 가문의 무남독녀로 태어난 어머니는 밝고 현명하게 세상을 살라는 바람으로 밝을 명(明)자 하나로 이름 지어 받았다. 이른바 신식 학교엔 다니지 못했는데 워낙 깊은 산골이어서 멀리 떨어진 면사무소가 있는 마을 학교까지 혼자서는 다닐 형편이 되지 못해서였다. 그 대신 한학(漢學)을 한 걸로 알려진 외조부님으로부터 『천자문(千字文)』과 『동몽선습(童

蒙先習)』, 『명심보감(明心寶鑑)』 등에서 여자로서 일생을 살아가는 데 알아야 할 덕목을 배웠고 그 당시 아녀자들의 필독서 격인『심청전』, 『춘향전』같은 책을 읽어서 이들 소설의 웬만한 대목은 줄줄 외우고 있는 터였다.

그랬던 외조부님께서 갑자기 세상을 떠나자 외조모님은 데리고 있던 머슴 2명에게 먹고살 만한 논밭을 나눠주고 나머지는 모두 정리한 후 최씨 일가의 친인척이 살고 있는 철원으로 이사를 하셨고 이건 어머니가 결혼하기 얼마 전의 일이었다고 했다.

우리가 아주 어릴 때 이따금 심심하다고 조르면 어머니는 바느질거리를 가지고 재봉틀을 돌리면서 심청전 얘기를 해주곤 했다. 특히 심청이 공양미 300석에 몸이 팔려 인당수에 빠지는 장면을 말해주실 때는 정말로 눈물을 보이며 슬퍼하셨고, 심 봉사를 골탕 먹인 뺑덕어멈 대목에서는 그런 나쁜 짓을 하면 반드시 벌을 받게 마련이라는 권선징악(勸善懲惡)의 교훈을 가르쳐주셨던 것이다.

어머니는 생활력이 강하고 근면하셨다. 사람은 무엇을 하든지 언제나 맺고 끊는 게 정확해야 한다고 입버릇처럼 말씀하셨다. 호기심도 많았고 스스로 모든 일을 깔끔하게 처리하는 성격의 소유자였다.

어느 해 봄 우리 집 윗방 한쪽엔 난데없이 베틀이 차려졌다. 그건 어머니가 어디서 빌려온 것이었다. 살림하는 틈틈이 어머니는 부지런히 손발을 움직여 여름 내내 옷감을 짜셨다. 가을이 끝날 무렵엔 물감을 들여 마름질을 한 다음 겨우내 재봉틀을 돌려 3형제가 입을 옷을 거뜬히 만들었다. 짙푸른 뽕나무 잎 빛깔 옷이었다. 나는 새봄이 되어 그 옷을 입고 동네를 돌아다녔다. 이웃 아주머니들이 "그 옷은 누가 해준 것이냐?"하고 물을 때마다 "엄마가 직접 무명실을 짜서 만들어준 것"이라고 자랑스럽게 말했었다.

그 당시 어머니는 씨아를 돌려 목화씨를 제거하고 물레질을 해서 실을 뽑아 내는 제사(製絲) 과정까지는 하지 않았다. 내가 보기에 어머니가 굳이 옷감을 짠 것은 언젠가 어른이 되면 베틀에 직접 앉아 단 한 번이라도 옷감을 만들어보겠다는 두메 출신다운 어릴 적 소망이 있었기 때문이 아닌가 생각되었다. 돈을 주고 베틀을 빌려오고 실타래까지 사다가 밤잠을 줄여가며 몇 달씩 짜느니 차라리 천을 사오거나 아니면 기성복을 사 입히면 될 텐데도 그렇게 안 한 것은 당신이 직접 짠 옷감으로 양복을 만들어 자식들에게 입히는 데서 어머니로서의 보람을 느끼려 했던 것 같았다.

김화보안서가 생긴 지 한 달여 만에 김화내무서(金化內務署)로 또 간판이 바뀌면서 예의 신씨 성을 가진 키가 큰 보안서장도 자취를 감추었다. 이번엔 낯선 타관 사람이 내무서장이 되어 오면서 읍내의 공기가 더 살벌해졌다. 툭하면 누가 잡혀가 없어지고 누구는 체포되어 아오지 탄광으로 직행했다는 소문이 끊이지 않았다. 어떤 사람은 미리 서울 쪽으로 도피했다는 말도 들렸다.

해방 전 우리 집에 자주 놀러오던 구세병원 원장도 어디론가 연행되어 소식이 두절되었다는 얘기도 들렸다. 이런 식으로 한두 명씩 소련군 당국에 잡혀가다가는 읍내엔 쓸 만한 젊은이가 모두 사라져 씨가 마를 것이라는 흉흉한 말도 돌았다.

그중에서도 우리를 놀라게 한 것은 직전까지 보안서장으로 김화군 전체의 치안 책임자 노릇을 하던 신씨 역시 처형되었다는 사실이었다. 그가 잡혀가는 장면을 본 사람은 없었다. 하지만 그는 철원읍에서 개최된 38 이북 강원도 보안서장 회의에 출석했다가 총살되었다는 것이었다. 그에 관한 이야기는 얼마 후에 석방된 아버지의 증언으로도 확인됐다.

아버지 말씀에 따르면 황해도가 고향인 신씨는 동경 유학까지 한 인텔리로 자처하며 5~6년 전 김화읍으로 이사를 와서 살았으나 이웃 간에 교류도 없었고 그가 이전에는 무슨 일을 하면서 지냈는지 아무도 몰랐다는 것이었다. 그런 그가 보안서장이 되어 철원읍에서 열린 북강원도 보안서장 회의에 참석하기 위해 회의장에 들어가는 순간, 먼저 와 있던 다른 지역 보안서장과 눈이 마주쳤고 자기를 알아봤다고 판단하자마자 도망쳤으나 "저놈 잡아라"소리치며 따라오는 요원들에게 잡혀 죄상을 고백하자마자 밖으로 끌려 나가 즉결처분되었다는 것이었다. 요컨대 그는 고향에 있을 때 일본 헌병의 스파이(密偵) 노릇을 하며 동포들을 괴롭혔으며, 특히 자기의 정체를 알아본 타지역 보안서장을 감금하고 직접 고문까지 하는 등 악질 노릇을 한 사실이 탄로 났다는 것이었다.

내가 해방 전후 그 집에 들어가 보았을 때 대청마루에 걸린 액자 밑으로 엽총이 여러 자루 놓여 있고 방에는 각종 서적이 많이 진열되어 있어 마음속으로 대단한 어른이라고 우러러봤었다.

광복과 더불어 김화경찰서가 김화군치안대→김화보안서→김화내무서로 개편된 지 얼마 안 되어 아버지가 돌아오셨다.

오랜만에 집엔 생기가 돌았다. 어머니의 기쁨은 말할 것도 없고 우리 형제들도 태어난 순서대로 아버지께 큰절을 올렸다. 한 달 남짓 감금된 아버지에 대해 궁금한 게 많았다. 어느 날, 누가, 어디서 아버지를 연행해가서 지금까지 어디에 계셨으며 어떤 대우를 받았는가 등 물어볼 게 한둘이 아니었다.

특히 무슨 이유로 체포되었으며 어떻게 해서 풀려났는가 하는 점이 가장 알고 싶었다. 하지만 나는 꾹 참았다. 아버지가 풀려났으면 됐지 그런 것까지 소상하게 알아서 무얼 하겠는가 하는 마음도 없지 않았다. 그래서 아무런 질문도 안 했다. 형들도 나와 비슷한 생각인 듯했다. 이런 궁금증은 그날 저녁 식사 때 어머니가 먼저 말을 꺼내 자연스럽게 해소되었다.

"감옥에 갇혔을 때 고생 많으셨지요?"

"고생 안 했다고 할 수는 없지만 하여튼 굳세게 견뎠다오."

"식사는 하루 세 끼 제대로 하셨나요? 아라사 군인들이 겨드랑이에 끼고 다니다가 뜯어먹는 흘레바리라는 빵도 잡수셨겠군요?"

"그 안에선 그런 건 구경도 못했소. 그 녀석들이 요강 뚜껑에 밥을 담아주기도 하고……. 대우랄 것도 없이 형편없었소."

"아니. 당신 같은 분에게도 그런 대우를 했어요?"

어머니는 놀라서 되물었다. 하지만 아버지는 그런 건 별로 문제가 안된다는 투였다. 자칫 잘못되면 사지(死地)로 끌려갈 수도 있었는데 식사 타령 같은 걸 말하는 것 자체가 사치스럽다는 뜻으로 내게 들렸다.

"나한테 꼭 그랬다는 건 아니고 하루는 수감자들에게 배식(配食)하는 걸 보았는데 식기가 모자라서였는지 놋요강 뚜껑까지 가져다가 밥을 주더군. 하긴 아라사 군인들이 요강이 무엇인지 알기나 했겠소? 그쪽 사람들 문화엔 요강이라는 물건이 없었을 수도 있을 테니까……. "

그러면서 아버지는 참으로 어처구니없는 일을 당했다는 듯이 웃으셨다.

"그건 그렇다 치고 당신께선 어떻게 풀려나신 것 같아요?"

어머니의 물음에 아버지는 잠시 생각에 잠기는 듯했다. 그리고 입을 열었다.

"글쎄. 그게 나도 제일 궁금해요. 이건 순전히 내가 추측해서 말하는 건데 아마도 고려공산당(高麗共産黨) 사람들이 나를 풀어주라고 해서 석방된 게 아닌가 여겨져요."

"그쪽에 아는 사람이라도 있습니까?"

"있긴 뭐가 있겠소? 당신도 알다시피 나는 평생 그쪽 사람들과 인사도 나눈 일이 없고 따라서 아는 사람이라고는 하나도 없는데……. 그래도 그쪽 사람들이 작용한 게 아닌가 생각되는 거라오."

"그러면 그들이 왜 당신께 은혜를 베풀었을까요? 그게 궁금해지는군요."

"그건 이렇게 해석해야 될 것 같아요. 너는 소련으로 압송되거나 아오지 탄전으로 갈 수도 있는 운명인데 우리가 소련 콘트라지에 건의해서 석방시킨 것이다, 따라서 이제부터는 공산당에 입당해서 해방된 조국 건설에 매진하는 것으로 은혜에 보답하라는 게 아닌가 생각되오. 아무리 생각해도 그쪽 사람들밖에 나를 석방시켜줄 사람들이 없어서 하는 얘기요."

"아무런 죄가 없는 사람을 가뒀다가 석방시켜주면서 은혜를 입었으니 결초보은(結草報恩)하라는 건 그야말로 병 주고 약 주는 그런 것이군요. 안 그래요? 저는 그렇게 생각하는데요……."

"듣고 보니 당신 말도 맞는 것 같소."

"학생 시절 독립만세운동에 앞장섰다가 일본 사람 밑에서 감옥살이를 하시고 그것도 모자라 또다시 해방된 조국에서 아라사 놈들에 의해

고초를 겪으셨으니 그런 걸 모두 당신의 운명으로 받아들여야 하겠군
요……."

"그래야지 어쩌겠소. 오늘은 그쯤 해둡시다."

이날 우리 형제들은 아버지와 어머니께서 나누는 대화를 들으면서
소련군정 당국이 아버지를 체포-구금한 것은 그들이 바라는 대로 길들
이기를 해서 북조선 건설에 투입하기 위해 꾸며낸 일이리라고 결론을
냈다.

7

전곡으로 가는 길은 멀었다. 여전히 세상은 깜깜하고 언제 밝을지 몰랐다. 하긴 날이 밝기 전에 도착해서 한탄강을 건널 수만 있다면 뛰어서라도 가야 했겠지만 그것도 아니었다. 전곡에 가면 한탄강 물이 흐르고 그걸 건너면 부모님이 살고 계신 자유의 땅이 있는데, 문제의 전곡은 아직 눈앞에 나타나지 않고 그 한탄강 역시 암흑 속에 파묻혀 있었다.

형과 나는 아무런 대화도 안 한 채 걸음을 재촉했다. 몸이 너무 아파 잠깐만이라도 쉬고 싶었으나 그럴 형편이 못 되었다. 신열(身熱)이 뻗쳐 온몸이 떨렸다가 갑자기 식은땀이 나는 게 되풀이됐지만 죽을힘을 다해 걸음을 재촉했다. 그러면서도 우리들이 가는 길 앞에 불길한 일이 벌어질 것만 같아 마음을 졸였다.

아버지가 서울로 탈출한 후 우리 집은 비상사태에 돌입했다. 밥을 지을 때 잡곡을 섞는가 하면 반찬을 줄이는 등 긴축의 흔적은 식탁에서부터 나타났다. 슬며시 곳간에 들어가 봤더니 쌀가마가 꽤 많이 쌓여 있어 쌀밥만 해 먹어도 얼마든지 견딜 수 있을 것 같았는데도 어머니는 밥을 지을 때 콩이나 팥, 또는 보리, 좁쌀, 수수 등을 약간씩 섞어 우리들의 입을 불편하게 만드셨다. 모르긴 해도 소작농이 배신을 해서 추수 때 작물을 안 가져오는 등의 어려운 시절을 대비해서 미리 내핍 훈련을 시키는 것으로 이해했다. 하지만 어머니는 막냇동생에게는 쌀밥을 따로 짓고 영양가 높은 반찬을 해주는 배려도 잊지 않았다.

또 한 가지 어머니가 달라진 점은 아버지가 걸어온 과거를 우리들에게 조금씩 들려주는 것이었다. 아버지가 어떤 인물이며 어떤 일을 하셨고 또 무엇을 지향하며 살아오셨는가를 알려주는 것이었다. 이것 역시 분명히 목적이 있어 하는 것 같았다. 세상이 험악하고 누구도 어떻게 될지 모르는 때이므로 앞으로 어떤 고난이 닥치더라도 굳세게 헤쳐 나가는 데 교훈을 삼으라는 주문 같기도 했다.

어머니는 아버지가 사업을 하셨다는 얘기부터 들려주셨다. 우리 형제가 태어나기 훨씬 전부터 한동안 아버지는 고향에서 생산되는 임산물을 가공해서 파는 목상(木商)을 시작해서 꽤 많은 재산을 축적했다는 것이었다.

어머니 말씀에 따르면 처음엔 모든 가정에서 쓰는 값이 덜 비싼 시커먼 숯, 즉 검탄(黔炭)만 생산하다가 가끔씩 값비싼 백탄(白炭)도 만드는 등 숯을 굽는 일에 손을 댔고 조금씩 자금의 여유가 생기자 장작(長斫)도 대량으로 취급하고 나아가서는 아름드리 원목을 벌채해서 판매하는 본격적인 목재상(木材商)으로 사업 영역을 넓혀갔다는 것이었다. 말하자면 정석대로 해서 돈을 벌었다는 게 어머니의 말씀이었다.

예부터 우리네 조상들은 먹는 양식 못지않게 숯과 장작 등 땔감을 매우 중요시했다. 예컨대 대화를 하면서 "자네들 이번 겨울 지낼 시량(柴糧)은 준비했는가"라고 할 때도 양식보다 땔감을 앞에 놓아 묻는 것은 겨울이 춥고 긴 자연환경 속에서 먹는 건 한두 끼 건너뛰어도 죽지 않지만 땔감이 떨어지면 당장 목숨을 잃게 되어 그랬던 것이다.

물론 땔감의 주종은 장작이다. 지역에 따라 석탄이 있는 곳도 없지는 않지만 장작으로 불을 때서 밥을 짓고 온돌을 덥히더라도 방바닥의 온기가 오래 지속되지 않아 대부분의 가정에선 겨울 동안 숯을 가지고 화롯불을 만들어 보조 난방의 구실을 했다.

예를 들어 장작을 때서 밥을 짓고 난 다음 아궁이에 남아 있는 불덩어리를 화로에 긁어모아 방 안에 옮겨놓더라도 순식간에 재로 변해버려 소용이 없었다. 그래서 웬만한 집에선 취사가 끝날 무렵 아궁이에 숯을 넣어 유독가스를 제거한 다음 화로에 담아 재를 덮어두면 밤새도록 실내 공기를 덥혀주고 이튿날 아침까지 온기가 남아 있었다. 또 숯은 집에서 장을 담그거나 여아가 태어났을 때 대문 앞에 새끼줄을 매달아 놓는 데도 썼지만 연료로 없어서는 안 될 물건이었다.

그만큼 숯은 우리네 주거 생활에 필수적이었다. 일부 부잣집에선 화로에 삼발이를 꽂고 그 위에 주전자를 얹어 물을 끓여 방 안의 습도를 조절하는 일도 숯이 있어 가능했다. 해방 직전엔 휘발유가 모자라 모든 버스와 트럭이 카바이드 통을 달고 다니며 물을 섞어 거기서 분출되는 가스의 힘으로 달리기도 했는데 끝내는 숯을 태워서 발생하는, 일산화탄소가 주성분인 가스로 엔진을 돌리는 이른바 목탄차(木炭車)가 등장해 숯의 수요를 크게 늘렸었다. 말하자면 숯은 인구가 늘어나면 늘어날수록 그 수요도 증가할 수밖에 없다는 게 아버지가 목탄 사업에 손을 댄 이유 같다는 게 어머니의 설명이었다.

더구나 아버지는 이 사업을 하시면서 주먹구구식으로 달려든 게 아니라, 김화·철원 일대에서 생산되는 숯의 연간 생산량과 소비량은 물론 전국적인 생산·수요 현황과 가격 동향까지 미리 머리에 넣고 조금씩 생산해서 이웃에 파는 게 아니라 대량생산-대량소비를 목표로 서울로 반출하는 길까지 알아보고 사업을 했다는 것이었다.

아버지가 목탄 제조업으로 성공한 또 하나의 요인은 고향 땅의 자연 환경이 절대적으로 한몫을 거든 점이었다. 군 전체 면적의 75% 이상이 산림지역으로 거기엔 소나무, 잣나무, 낙엽송 등 침엽수림이 우거져 있고 최고 품질의 백탄 원료가 되는 질 좋은 참나무를 비롯해 박달나무, 떡갈나무, 느티나무, 밤나무, 물푸레나무, 산뽕나무 등 비교적 육질이 단단한 활엽수림이 적절하게 분포되어 있어 마음만 먹으면 어디서든지 손쉽게 숯을 굽는 일이 가능했기 때문이었다. 여기에 추가해서 산골짜기마다 우마차길이 개설되어 있고 제품을 서울로 반출하는 금강산 전차가 원활히 움직여 이른바 수송비용이 적게 드는 것도 아버지의 사업이 성공한 요인 같았다.

본격적으로 사업에 뛰어들기 전 아버지는 느닷없이 삭발(削髮)을 하고 어머니 앞에 나타나 이렇게 선언을 했다는 것이었다.

"여보, 나 이제부터 돈벌이에 나설 작정이오. 돈을 벌어서 어디에 쓸 것인가는 벌어놓은 다음에 생각할 것이며 일단 나의 결심이 결코 작심 삼일이 아니라는 사실을 나를 알고 있는 온 세상 사람들에게 보여주기 위해 이렇게 머리를 빡빡 깎았소."

놀란 어머니가 어떤 사업을 할 것인가 등 궁금한 게 많았으나 아무런 질문도 하지 않았다는 것이었다. 대장부가 모처럼 큰마음 먹고 칼을 뺀 마당에 아녀자가 이러쿵저러쿵 묻는 게 도리가 아니어서 참았다는 것이 어머니의 얘기였다.

아버지는 그 좋아하던 술과 담배도 끊고 매일 새벽 새로 사온 자전거를 타고 집을 나서서 어딘가로 다녀오길 며칠간 되풀이한 끝에 목탄 제조업에 뛰어들었다는 것이었다.

그 당시 숯을 굽는 과정은 대강 이러했다. 우선 나무가 울창한 산을 사고 인부를 동원해서 벌채를 하는 동시에 한쪽으론 숯가마를 걸고 불을 지펴 목탄을 제조한 다음 가마를 부숴놓고 6kg, 8kg씩 정량대로 갈대를 엮어 만든 숯섬에 넣어 포장하면 그만이었다.

이런 작업은 앞서 말한 것처럼 땔감으로서 숯의 수요가 많은 데다가 품질만 좋으면 서로 사가려고 서울에서 수집상들이 달려오는 등, 말하자면 이윤이 높고 자본의 회전이 빠른 것이 장점이었다.

이 무렵 목상들 사이에선 "산을 산다"는 말을 흔히 썼다. 하지만 그건 산지(山地)를 통째로 매입해서 소유권을 이전해놓고 벌채 허가를 받아 숯을 굽는 걸 말하는 게 아니라 그 산에 우거져 있는 산림자원만 매입하는 것을 뜻했다. 아버지는 처음엔 집에서 가까운 근남면과 서면 일대의 산을 대상으로 나무를 사서 벌목을 하고 숯가마를 만들어 목탄을 생산하는 과정을 통해 신용을 쌓고 부(富)를 축적하게 되었다는 것이었다.

어머니 말씀에 따르면 아버지는 인부들, 예컨대 노련한 숯쟁이들을 모집해서 작업장에 투입하고 상품이 만들어지면 즉각 임금을 지불하되 다른 가마터보다 후하게 품삯을 주었다는 것이었다.

특히 서울에서 찾아오는 수집상들에게도 참나무 숯만 골라 담도록 하는 등 품질로 승부해서 수입상끼리도 아버지가 만드는 숯을 사기 위해 경쟁을 펴는 가운데 몇몇 업자들은 선수금(先受金)을 맡기는 등 사업이 번창했다는 것이었다. 말하자면 "일취월장(日就月將)했었다"고 이 대목에서 어머니는 예의 문자를 또 쓰셨다. 아버지가 사업을 할 때 한 가지 고집스러운 원칙이 있고 이것을 끝까지 지켰다는 것이었다. 그건 숯을 구워 팔 때도 자신의 가마에서 나온 숯만 취급하고 다른 사람이 생산해놓은 것을 사다가 웃돈을 얹어 받고 파는 일은 결코 하지 않았다는 얘기였다. 아버지가 이런 식으로 고집을 부림에 따라 다른 업자들도 하는 수 없이 품질을 높여 결과적으로 김화 땅에서 생산되는 숯은 "믿어도 된다"는 신용을 쌓게 되었다는 것이었다.

"맨 처음 네 아버지가 사업을 한다고 했을 때 나는 속으로 무척 걱정을 했단다. 잘 되면 좋지만 그렇지 않을 땐 어떻게 되겠어? 분가할 때 부모님으로부터 물려받은 집 한 채와 얼마 안 되는 전답까지 모두 날아가 버리면 어쩔까 싶어 며칠씩 잠을 설쳤단다. 그런데 가만히 보니 너희 아버지 결의가 대단하셨어. 그렇게 좋아해서 입에 달고 다니던 술도 끊고 결기를 보이는데 나도 놀랐단다. 역시 너희 아버지는 훌륭하고 정신력이 강인한 분이야……."

"그땐 엄마도 꽤나 좋으셨겠군요?"

형이 그렇게 묻자 어머니는 자신보다도 할아버지와 할머니께서 더 좋아하셨다고 했다.

"나야 좋구말구지 뭐. 그런데 너희 할머니는 어땠는지 아니? 동네방네 다니면서 우리 집 아무개 아범이 최고라고 연일 입에 침이 마를 정도로 자랑하느라고 정작 볼일도 제대로 못 보셨단다……."

그 당시 할아버지는 변두리에 농토도 많이 소유하고 있었다. 읍내에선 하나뿐인 대규모 사기전(沙器廛)을 경영하는 한편 산림조합 간부로 활동하셨다. 따라서 관내 산주들의 근황이나 산림 정보에 관해서 아버지에게 많은 도움을 주신 것으로 알려졌다. 당연히 아버지가 사업 밑천으로 삼은 종잣돈 역시 할아버지 호주머니에서 나온 것 같다는 게 어머니의 말씀이었다.

아버지는 근처의 숯 굽는 자원이 고갈되면 다른 곳으로 사업장을 옮기면서 참나무 등이 많은 지역을 골라 아랫사람에게 책임을 맡기고 자신은 제천·단양 땅으로 진출, 소백산 근처에 자생하는 금강송(金剛松) 등을 벌채해서 더 많은 이윤을 남겼다는 것이었다. 어머니 말씀에 따르면 아버지의 사업이 한창일 때 그야말로 땅 짚고 헤엄치기처럼 자고나서 눈만 뜨면 돈이 저절로 굴러왔다는 것이었다.

"엄마, 그 제천·단양이라는 곳이 어디쯤 있어요?"

형이 묻자 어머니는 충청북도에 있다고 말하면서 특히 단양 지역엔 석회석 광산이 많다고 알려주기도 했다.

"그럼 여기서 하루에 갔다 올 수는 없겠네요?"

"그야 물론이지. 기차 시간을 잘 맞추어 아침 일찍 떠나면 서울에 들려 저녁나절에 그곳에 도착할 수는 있겠지만 그날로 되돌아오는 건 불가능하단다. 날도 저물고 또 되돌아오는 열차 편이 없어 그건 불가능해."

나는 아무 말도 안 하고 어머니와 형의 대화를 듣기만 했다. 하지만 뭐든지 궁금한 게 생기면 묻고야 마는 형은 그렇지 않았다.

"나도 그런 곳에 가보고 싶은데……. 지금이라도 당장 기차를 타고 멀리 아주 멀리 가봤으면 좋겠어요."

"공부 열심히 해서 나중에 훌륭한 사람이 되면 거기뿐만 아니라 더 먼 곳도 갈 수 있을 거야. 지금은 네가 너무 어려 그럴 수 없지만……."

그 무렵 어머니는 아버지를 따라 여러 번 제천·단양 지방을 다녀왔다는 것이었다.

"여기서 단양까지 가려면 무척 멀어. 기차를 여러 번 갈아타야 해. 철원까지는 전차로 가서 거기서 경원선 열차에 몸을 싣고 서울로 간 뒤 다시 중앙선 열차를 갈아타고 제천·단양으로 가는 거야. 그러지 않고 여기서 서울까지는 버스로 올라가 기차를 타기도 하지만 버스는 길이 워낙 나빠 고생이 심해서 잘 안 탔어. 원주를 지나 한참 더 내려가면 신림(神林)이라는 기차역이 있어. 그런데 이 구간은 산세가 워낙 험해 기차가 숨이 차서 그대로 못 달려. 그래서 똬리굴이라는 게 있는데 처음 볼 때는 무척 신기했단다."

"엄마, 똬리굴이 뭔데요?"

형이 다시 묻자 어머니는 여자들이 물동이를 이고 다닐 때 머리에 얹는 똬리를 예를 들며 굴의 모양을 설명하셨다.

"그 굴은 말이야. 보통 기차 터널처럼 수평으로 곧게 뚫린 게 아니라 똬리처럼 둥글게 뚫려 있다고 해서 붙여진 이름이야. 기차가 깜깜한 굴 속을 한참 동안 달려 아주 갑갑해질 때쯤 다시 밖으로 나오면 바로 아래쪽으로 그 기차가 들어왔던 터널의 입구가 보이는 거야. 신기하지? 그러니까 철로가 터널 속에서 마치 똬리를 틀어 놓은 것처럼 한 바퀴 돌아 더 높은 곳으로 올라오도록 놓여 있다는 뜻이지. 이제 뭔지 알겠어?"

어머니는 아버지와 함께 제천·단양 땅을 여행하던 새색시 시절이 꿈처럼 아름다운 세월이었다고 이따금 회상하셨다.

"그러면 그때 벌어들인 그 많은 돈은 어떻게 됐어요?"

이번엔 내가 궁금해서 물었다. 어머니의 표정이 다소 굳어지는 듯싶었다.

아버지는 서울에 들를 때마다 한문으로 된 고전 등 많은 책을 사 오셨다는 것이었다. 방 한구석에 천장까지 닿도록 쌓여 있는 책을 비롯해 『사서삼경(四書三經)』 등 동양고전은 물론 『삼국지(三國志)』, 『열국지(列國志)』 같은 소설부터 내가 봐서는 뭔지도 모르는 엄청나게 크고 두꺼운 책들을 사는 데 돈을 물 쓰듯 쓰셨고 "무엇보다 아버지는 돈에 관해선 욕심이 전혀 없는, 돈을 관리할 줄 모르는 분"이라는 것이었다.

어느 날 이웃 마을에 사는 잘 아는 젊은이가 찾아와 운전면허를 취득했는데 트럭을 한 대 사주시면 운수업으로 먹고살겠다고 해서 몇 마디 주고받고는 3,000원이라는 큰돈을 들여 트럭을 한 대 사주었다고도 했다.

그런데 그 청년이 처음으로 화물을 싣고 서울로 가던 중 의정부 못 미쳐 축석령 고개를 넘다가 굴렀다는 것이었다. 원인은 물론 운전 미숙이었다. 이 사고로 인해 부러진 전신주를 다시 세우고 끊어진 전화 줄을 잇는 등 돈이 엄청나게 들어가 결국엔 트럭 한 대 값이 거의 다 날아갔다는 것이었다.

사고 수습 후 그 청년이 찾아와 눈물을 뚝뚝 흘리면서 자초지종을 말할 때도 다친 데가 없는 걸 다행으로 알라면서 아버지께서 먼저 "없었던 일"로 선언해버렸다는 것이었다. 말하자면 면죄부를 주었다는 얘기였다.

어머니가 이 얘기를 하시는 요지는 이런 거였다. "요즘 세상에선 돈이 바로 제갈량(諸葛亮)인데도 너희 아버지께선 돈을 너무 가볍게 보시는 분"이라면서 "그 무렵 돈을 흥청망청 쓰실 때 서울에 집이라도 한 채 장만해 두었더라면 지금 같은 비상시국에 좋을 텐데 그런 걸 못해 아쉽기 그지없다"고 말하는 것이었다.

이러한 모든 사실은 아버지가 서울로 탈출한 후 어머니로부터 들은 아버지에 관한 새로운 사실이었다. 우리들에게는 아버지가 지난날 목상을 해서 돈을 번 사실이 있다는 게 놀랍고 신기하게 들리기까지 했다.

내가 태어나 살던 집은 큰길을 향해 길게 늘어선 점포가 있고 살림집은 안쪽으로 길게 잇대어 있는, 양철지붕으로 된 구조였다. 해방을 전후로 우리 집 한쪽 가게엔 한약방이 들어서 있었다. 중간엔 무슨 사무실로 쓰는지 책상과 의자 등이 비치된 가운데 젊은이들이 드나들었고 맨 옆 가게는 길 쪽으로 난 문을 닫고 덧문까지 닫아버린 채 아예 창고처럼 쓰고 있었다.

나는 어릴 때 그 창고 안에 무엇이 있는가를 알아보기 위해 어른들 몰래 들어가 본 일이 있었다. 낮에도 어두컴컴한 그 창고 속 한쪽엔 곡식 가마니가 쌓여 있고 다른 공간은 대부분 책으로 채워져 있었다. 어떤 책은 너무 두껍고 무거워서 나 혼자서는 들기도 어려워 무슨 책인가 꺼내 보려다가 포기한 적도 한두 번이 아니었다. 국민학교에 들어가던 해, 한번은 그 책들 가운데는 한문으로만 쓰여 있는 것도 있었고 이따금 일본어로 된 책도 많았으며 개중에는 영어로 된 원서도 있다는 사실을 알게 되었던 것이다. 책이 쌓여 있는 한쪽엔 골동품도 몇 점 있어 도대체 아버지의 취미가 무엇이기에 이런 걸 수집해놓았는가 고개를 갸우뚱했던 일도 있었다.

그곳이 말하자면, 아버지의 서고(書庫)였던 셈이다. 아버지께서 책을 구입하는 데 얼마나 많은 돈을 물 쓰듯 하셨는가를 보여주는 또 하나의 증거이기도 했다. 아버지가 그런 책들을 사실 때는 충분히 구입할 만한 가치가 있다고 생각되어 사셨겠지만 집에 가져오셔서 꼼꼼히 읽은 흔적은 어느 책에도 없어 보이는 모두가 새것 그대로였다.

한번은 이런 일도 있었다. 그건 해방 직후여서 나도 잘 기억하고 있는 손재 사건이었다. 아버지는 문제의 서고 안에 쌓여 있는 값비싼 한약재와 돈이 될 만한 골동품, 그리고 두꺼운 책들을 묶어 3대의 수레에 나눠 싣고 서울에 있는 먼 친지 집에 일단 옮겨놓도록 출발시켰다. 수송 책임자는 우리 집 점포에 세 들어 사는 한약방 집 큰아들로 아버지에게 늘 형님, 형님 하며 졸졸 따라다니는 장씨 성을 가진 분이었다.

어머니 얘기로는 나중에 그것들만 잘 처분해도 많은 돈이 된다는 것이었다. 그러나 떠난 지 며칠 안 돼 장씨가 빈손으로 돌아왔다. 그리고 한다는 소리가 38선을 넘을 때 떼도둑에게 붙잡혀 매를 맞고 가까스로 몸만 풀려났다는 것이었다. 한약재와 골동품 등 값나가는 물건은 물론 책들과 수레를 끌던 암소 3마리까지 몽땅 빼앗겨 아버지를 대할 면목이 없는데도 죽지 못해 돌아와서 사죄를 한다고 했다.

이에 대해서도 아버지는 별다른 말씀을 안 하셨다. 나는 장씨가 값비싼 물건을 다른 데서 처분해버리고 아버지 앞에서 엉뚱한 핑계를 대는 게 아닌가 의심했다. 어머니는 그날 저녁 우리 형제들만 있는 자리에서 "내 칼도 남의 칼집에 들어가면 내 칼이 아닌데……. 너희 아버지께서는 남의 말을 너무 믿어 낭패를 당하는 일이 한두 번이 아니었다"고 조용한 목소리로 한탄했었다.

　문제의 그 장씨에 관한 얘기지만 아버지가 월남하고 난 이듬해 여름날, 나는 꼬마들과 함께 읍내 뒤쪽, 정거장으로 가는 지름길 목재소 옆을 가로질러 흐르는 작은 냇물에서 물장난을 치며 놀고 있었다. 그런데 물살이 빠른 상류 쪽을 보니 누가 벌거벗고 목욕을 하고 있었다. 자세히 보니 장씨 아저씨였다. 내가 듣기로는 그분은 그해 봄철에 무슨 좋지 못한 사건에 얽혀 내무서에 잡혀가 여름내 유치장에 갇혀 콩밥을 먹고 있는 중이라는 것이었다. 그런데 이날 풀려나 묵은 때를 벗기고 있는 중인 것 같았다. 나는 38선 수레 사건이 생각나 일부러 외면했다. 그 사건이 없을 때만 해도 그분에게 인사도 잘 하고 동생뻘 되는 그 집 아이들도 잘 보살펴주던 사이였다.

8

전곡으로 가는 길은 여전히 멀고 깜깜했다. 태산이 제아무리 높아 보았자 하늘 아래 산이라고, 세상일이라는 게 시작이 있으면 끝이 있기 마련이라는 생각으로 우리는 계속 걸었다.

걸음을 재촉하자 어둠 속 길 옆 벌판에 마구간처럼 생긴 허름한 물체가 한두 개 있는 것 같았다. 이제야 겨우 무인지경을 벗어나 마을이 있는 곳에 가까워지고 있다는 느낌이 들었다.

연천을 떠난 지 몇 시간 만에 처음 보는 건물 같은 거였다. 잇따라 길 양편으로 초가지붕 모양의 물체가 듬성듬성 보이는가 싶더니 제법 높은 곳엔 크고 아주 긴 물체의 윤곽이 시야에 들어왔다. 이것 역시 불빛한 줄기 없이 유령 같았다. 걸음을 잠시 멈춰 자세히 보니 그쪽이 갑자기 높아진 게 아니라 우리가 가는 길의 경사가 가파른 내리막길이어서 그렇게 느껴진 것 같았다. 어쩌면 그게 경원선의 전곡역인지도 모를 일이었다.

"형! 여기가 전곡인 것 같아."

"그래. 나도 지금 그렇게 생각하고 있다."

오랜만에 침묵을 깬 내 말에 형도 전곡에 도착한 것 같다고 동의했다. 우리는 쉼 없이 어둠 속을 헤쳐 나갔다. 마을이 들어서 있을 법한 지역을 벗어나 황량한 길을 계속 줄여 나갔다. 전곡이라는 마을은 38선으로 남북이 갈라지면서 한탄강과 함께 이름이 많이 알려진 것에 걸맞지 않게 집이 몇 채 안 되는 한촌(寒村) 같다는 인상을 받았다.

얼마나 더 걸었을까. 도로가 시곗바늘 흐르는 방향으로 꺾이는 지점에 갈림길이 나 있었다. 우리는 누가 뭐랄 것도 없이 수레바퀴 자국인 듯 노면이 두 줄로 움푹 파인 좁은 길을 택했다. 그게 한탄강 나루터로 가는 지름길 같아서였다. 날은 좀처럼 밝을 기미를 보이지 않았다.

한참을 더 걸어가자 도로가 끝나고 굵은 돌덩어리와 자갈이 군데군데 박혀 있는 강바닥이 나타났다. 한탄강 북녘 기슭의 하상(河床)임이 틀림없었다. 여기서부터 우리 형제는 넘어지지 않으려고 손을 맞잡고 뒤뚱거리며 전진했다. 장마 때면 탁류가 범람하고 갈수기엔 모래와 자갈이 튀어나온 울퉁불퉁한 메마른 강바닥이었다.

마침내 우리는 한탄강변에 도착했다. 콩닥콩닥 두근거리는 가슴을 안고 여기까지 오는 데는 성공했다. 하지만 그게 전부였다. 문제는 이제부터였다. 이 시점에서 우리가 할 수 있는 건 더 이상 아무것도 없었다. 우선 해가 뜰 때까지 기다려야 했다. 그다음 일은 하늘이 시키는 대로 운명에 맡기자고 다짐했다.

나는 형과 함께 물가에 다가가 커다란 돌덩이를 깔고 앉아 강물에 손을 담가봤다. 얼음처럼 차가웠다. 걸어온 길을 되짚어보면서 상념에 잠

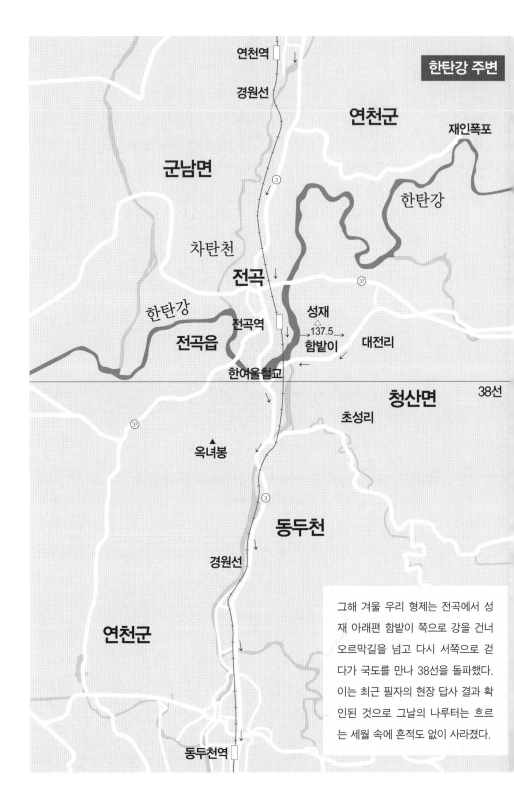

연천역

경원선

한탄강 주변

연천군

재인폭포

군남면

한탄강

차탄천

전곡

성재
△
137.5
함밭이

대전리

한탄강

전곡역

전곡읍

한여울철교

청산면

38선

초성리

옥녀봉

동두천

경원선

연천군

동두천역

그해 겨울 우리 형제는 전곡에서 성
재 아래편 함밭이 쪽으로 강을 건너
오르막길을 넘고 다시 서쪽으로 걷
다가 국도를 만나 38선을 돌파했다.
이는 최근 필자의 현장 답사 결과 확
인된 것으로 그날의 나루터는 흐르
는 세월 속에 흔적도 없이 사라졌다.

겠다. 뭔지 모르게 억울하고 서러웠다. 분명이 강물은 우리가 앉아 있는 지점에서 오른쪽 방향으로 흐르고 있을 텐데도 물소리 하나 들리지 않았다. 어둠 속을 뚫어져라 쳐다본 맞은편엔 거대한 괴물 같은 게 버티고 서 있고, 그 아래로는 한탄강의 원류가 흐르고 있는 듯했다.

38선을 넘는 문제가 대두되었을 때 나는 친척집 어른은 신뢰했다. 그러나 철원에서 칙사 대접을 했다는 노인은 믿지 않았다. 밥 한두 끼 얻어먹고 돈 몇 푼 챙겨 가려고 감언이설을 늘어놓고 호언장담을 하는 예는 그 무렵 내 고향 부근에선 흔하다는 사실을 많이 들어왔기 때문이었다. 그 노인 역시 허풍을 떠는 그런 부류 중의 한 사람일 거라고 치부하고 있었다. 한탄강 물을 제 집 앞 도랑물 건너뛰듯 어디로 건너면 안전한가를 다 안다고 큰소리치던 그 노인은 남행열차를 타자마자 우리들 시야에서 사라졌다. 짐 보따리를 이고 진 여객들 틈에서 우리가 그 노인을 찾을 수도 없으려니와 찾았다고 해도 별수가 없는 터인데도 아예 다른 객차로 옮겨 가 숨어버린 듯했다. 연천역에서도 안 보였고 전곡으로 가는 동안에도 결코 모습을 드러내지 않았다. 세상엔 그런 식으로 먹고 튀는 사람투성이였으니 그 사람만 나쁘다고 욕할 일이 못 되었다.

그러나 친척집 어른의 경우는 달랐다. 나는 당초부터 최소한 한탄강이 가까운 전곡까지는 우리를 데려다줄 것으로 믿고 있었다. 하지만 전날 밤 남행열차를 탈 때 기대를 저버려 우리를 더 외롭고 슬프게 했다. 그 친척 어른께선 '아이들을 서울까지 데려다줄 터이니 안심하시라'는 허풍쟁이 칙사에게 속아 그에게 노잣돈까지 보태준 채 안심하고 귀향했는지도 모른다는 데까지 생각을 해봤다.

이런저런 상념에 잠겨 있는 사이에 동쪽 하늘 아래 지평선이 뿌옇게 변하기 시작했다. 먼동이 트려는 것이었다. 그랬다. 밤새워 걸으며 고대하던 먼동이 마침내 트고 있었다. 눈 깜짝할 사이에 세상이 밝아지며 사방에 물안개가 피어오르는 게 보였다. 햇빛이 어둠을 삼켜버리기 시작하자 맞은편에 병풍을 두른 것처럼 우뚝 선 괴물은 절벽이었고 강물이 휘감아 도는 하류 쪽 공중 높은 곳에 길게 걸쳐 있는 구조물은 한탄강 철교라는 것도 확실히 알게 됐다. 처음 본 이 지역의 경치는 듣던 대로 절경이었다. 주변의 산천경개가 금강산 전차가 지나다니는 내 고향 인근의 정연 일대와 흡사하면서도 규모가 훨씬 커서 한탄강이 그 명성을 뽐낼 만하다고 생각됐다.

"저 강물만 건너면 자유의 땅이 될 텐데……." 나는 잠시 눈을 감았다. 그리고 방금 떠오르기 시작한 태양을 향해 빌었다. 불쌍한 우리 형제가 강물을 건너게 제발 도와주십사고 두 손을 모아 빌었던 것이다.

너무 막막해서, 되지도 않을 상상까지 해봤다. 지금이 겨울이 아니고 또 내가 병든 몸이 아닌 데다가 나 혼자서 강물을 건너야 할 운명이라면 개헤엄을 쳐서라도 맞은편까지 갈 수 있을 것 같았다. 어려서 나는 수영을 잘했다. 동네 꼬마들이 보는 앞에서 시범을 보인답시고 산골 거친 물에 개헤엄으로 도전했다가 죽을 뻔한 일도 한두 번 없지 않았다.

그런데 그 순간 이상한 소리가 조용한 강변의 공기를 흔들었다. 귀를 기울여 들어보니 우리를 부르는 소리 같았다. 너무 긴장한 나머지 환청이 아닌가 귀를 의심해보기도 했다. 먼 데서부터 가냘프게 소리가 들린 것 같아 또 귀를 기울여봤다. 그러나 아무 소리도 나지 않았다. 그러다가 다시 가냘픈 목소리가 들리는 것 같았다. 결국 그 소리는 끊겼다가 다시 이어지는 등 여러 번 반복한 끝에 사람의 목소리가 분명하다는 사실을 알게 됐다.

그러나 사방을 둘러봐도 여전히 아무도 없었다. 그 순간에도 우리를 부르는 것 같은 소리는 끊이지 않았다. 소리를 낼 만한 사람은 안 보이고 눈에 차는 건 오로지 흐르는 강물과 그 옆으로 이어진 돌과 자갈이 울퉁불퉁하게 나 있는 강바닥뿐이었다. 또다시 귀를 기울여봤다. 그건 분명히 남자 목소리였다. 우리를 향해 자기가 있는 곳으로 와달라는 것이었다. 아주 작게, 아주 느린 목소리로 다급한 일이 생긴 것처럼 우리를 부르는 소리는 이러했다.

"어이! 거기 누구요? 두 사람 이리로 좀 오시오……."
가물가물 모기 우는 소리만 한 목소리로 거듭 우리를 부르는 것이었다.
"어이! 여보시오. 내 말 들려요? 두 사람 이쪽으로 빨리 오시오."

반말로 부르는 게 아니었다. 그렇다고 존댓말도 아니었고 더군다나 명령조도 아닌 어정쩡한 말투였다. 재차 소리가 들리는 하류 쪽을 훑어봤다. 아무것도 안 보였다. 나는 형과 함께 소리가 들려온 아래쪽으로 느리게, 아주 느리게 걸음을 옮겼다. 목소리의 주인공이 물에 빠져 허우적거리는 조난자일 수도 있고 아니면 새벽에 강변에 나와 고성을 질러대는 미치광이일 수도 있겠다고 생각되어서였다. 철교가 있는 하류 쪽으로 300m쯤 걸어갔을 때였다. 강물이 흐르는 바로 옆 하상에 돌덩어리로 둘레를 쌓아놓은 참호 속에 엎드린 자세로 우리 형제를 향해 총구를 겨누고 있는 군복 차림의 청년이 한 명 있었다.

그가 모기 소리만 한 목소리를 낸 주인공이었다. 양쪽의 거리가 워낙 멀다 보니 아무리 소리를 크게 질러도 그 정도로밖에 들릴 수 없었던 사정을 알 만했다. 그는 우리가 적수가 안 되는 꼬마들이라는 걸 알고 툭툭 털고 일어섰다. 얼핏 보니 바닥엔 군용 담요 한 장이 깔려 있는 게 눈에 띄었다. 38경비대 소속 보초병 같았다. 얼굴엔 솜털이 가시지 않았고 그가 들고 있는 일제 99식 장총보다 키가 더 작아 보이는, 어쩌면 나이를 부풀려 자원입대한 18살도 채 안 돼 보이는 아주 마음씨 착하게 생긴 소년병이었다.

"너희들 저 위쪽에서 뭐 했어?"
"한탄강 건너려고 날이 밝기를 기다렸어요."
그가 조용히 묻는 말에 형은 차분하게 대답했다.
"한탄강은 왜 건너려고 그래?"
"아버지와 어머니가 살고 있는 서울에 갈려구요."
"그래? 그렇다면 어떻게 건너려고 여기까지 온 거야?"
그 소년병은 근처에서 태어나 줄곧 그곳에서 자란 듯 그가 하는 말에는 다른 지방 사투리 같은 억양이 전혀 섞여 있지 않았다.
"아저씨처럼 착한 군인 만나 사정을 얘기하고 건너게 해달라고 부탁하려고 했어요."

형은 그렇게 대답했다. 38경비대원이 묻는 대로 전날 오후 늦게 김화읍에서 전차를 타고 철원을 거쳐 어젯밤 야간열차 편으로 연천에 내려 밤새도록 둘이 걸어서 방금 전 여기에 도착했노라고 사실대로 털어놓았다. 함께 온 얘는 내 동생인데 오래전에 병에 걸려 죽을지도 모르니 제발 강을 건너게 도와달라고 말했다.

형의 말투는 명료했으나 목소리는 반쯤 울먹이고 있었다. 나도 통사정을 하려 했다. 그런데도 목이 메어 말이 안 나왔다. 몸이 지쳐 당장 쓰러질 것 같은 데다가 속까지 울렁거리며 떨려 목소리가 제대로 안 나왔던 것이다.

처음 그 병사는 참으로 딱하고 어이없다는 표정을 짓는 것처럼 내 눈에 비쳤다. 측은한 눈빛으로 우리를 내려 보며 난감해하는 게 분명했다. 이 불쌍한 꼬마들을 남쪽으로 보낼 것인가, 아니면 초소에 데려다 놓았다가 상급자에게 보고한 뒤 그의 판단에 따라 북쪽으로 되돌려 보내는 게 좋은지 고민하고 있는 것 같았다. 마음씨 착하게 생긴 그 소년병은 우리들에게 저승사자가 될 수도 있고 수호천사가 될 수도 있는 권력자였던 셈이다.

그리고 침묵이 흘렀다. 시간도 계속 흘렀다. 상황이 그런데도 그는 우리에게 아무런 말도 안 했다. 앞서의 오간 대화 말고는 우리들이 희망을 가질 수 있는 어떤 내색도 전혀 하지 않았다. 쓰다 달다 말 한 마디 없이 침묵으로 일관했다. 시간은 자꾸 흘렀다. 이러다가 시간이 더 흘러 험상궂은 상급자라도 나타나거나 또 다른 보초병이 교대하러 와서 사태가 악화되면 어쩌나 싶어 초조해졌다.

그래서 나도 나섰다. 벙어리처럼 말 한 마디 못하고 처분만 기다리기보다는 진심을 말하면 그의 흔들리는 마음을 우리들이 바라는 방향으로 굳혀줄 수도 있지 않을까 하는 기대에서였다.

"아저씨, 우리 형제 좀 도와주세요. 은혜는 평생토록 잊지 않겠습니다. 나는 방금 형이 말한 대로 병이 깊어 가다가 길에 주저앉을지도 몰라요. 하지만 길에서 죽더라도 어머니, 아버지가 계신 남쪽 땅에 가서 죽도록 강을 건너게 도와주세요. 제발 부탁합니다."

아무런 말도 안 한 채 내 말만 듣고 있던 소년병에게 나는 한 마디 더 보탰다. 어느덧 눈물이 쏟아지기 시작했다.

"아저씨, 우릴 도와주세요. 내가 죽지 않고 언젠가 38선이 무너져 마음씨 착한 아저씨를 만나게 되는 그날이 오면 오늘 베풀어주신 이 은혜 꼭 열 배로 갚아드릴게요. 이렇게 맹세합니다."

나는 돌무더기 옆에 쭈그리고 앉아 두 손을 합장한 채 맹세한다는 말을 여러 번 되풀이했다. 그러다가 총을 멘 채 상류 쪽 뱃터께를 응시하고 똑바로 서 있는 소년병의 오른쪽 다리를 부여잡고 애원했다.

여느 때 같으면 아무리 억울하고 슬픈 일이 있어도 남들 앞에서 눈물을 안 보였던 나였지만 여기선 달랐다. 오랫동안 밥 한 그릇 못 먹고 물도 마시지 못했는데도 어디서 그렇게 많은 눈물이 솟아나는지 나도 놀랐다. 가슴속 깊은 곳에서 뜨거운 것이 치밀어 올라와 말이 이어지질 않았다. 그냥 눈물이 펑펑 쏟아졌다. 흔히 눈물과 슬픔은 정비례한다지만 슬픔이 커서 눈물이 나오는 건지 눈물이 쏟아져서 더 슬픈 건지 분간이 안 됐다.

특히 시골 친척집에서의 '머슴살이'가 나를 더 서럽게 했다. 열 달 남짓 시키는 대로 우직하게 일만 하면서 참았던 그때가 되살아나 나는 더 울었다. 마음씨 착하게 생긴 소년병과 형, 그리고 나. 이렇게 셋밖에 없는 강변에서 나는 목 놓아 엉엉 소리 내며 통곡했던 것이다. 이날 새벽 전곡 나루터 앞의 한탄강은 나로 인해 한순간 '통곡의 강'이 되었던 것이다.

116

9

"이봐. 눈 좀 떠 봐. 이제 정신 좀 차리고 일어나 봐. 빨리 벌떡 일어나. 너 가다가 주저앉지 않겠다고 나한테 맹세했잖아."

　형이 흔드는 바람에 눈을 떴다. 내가 누워 있었다. 강기슭 나지막한 언덕 위에 세워진 성냥갑만 한 38경비대 초소 안에 내가 있었던 것이다. 낯선 경비병과 함께 있던 형이 내게 눈짓을 했다. 일이 잘 풀리고 있다는 뜻으로 보였다. 그때 초소 밖의 전망대에선 건너편에 있는 뱃사공에게 빨리 나룻배를 이쪽으로 끌고 와 대기시켜놓으라는 소리가 들렸다. 그 소년병의 목소리였다. 나는 밖으로 나왔다. 우리가 있는 쪽을 향해 나룻배가 미끄러지듯이 오는 게 보였다.

　첫인상부터 착하게 보인 소년병은 잠시 무슨 생각을 하는 듯하더니 우리 형제에게 속삭이듯 조용히 말했다.

　"이제부터 너희 형제들을 남쪽으로 보내주겠다. 그러나 강 건너 절벽 왼쪽 위에 있는 마을도 38선 이북 땅이다. 따라서 오른쪽 언덕길을 빠져나갈 때까지도 너무 뛰지 말고 조심해서 가길 바란다." 이를테면 너무 기뻐도, 너무 좋은 척도 하지 말고 차분하게 그 마을을 통과해달라는 주문이었다. 그가 말하는 건너편 선착장 절벽 위엔 왼쪽 능선을 따라서 초가지붕 몇 개가 눈에 띄었다.

나룻배가 도착하자마자 소년병은 나이 듬직한 뱃사공을 향해 또 한번 소리를 크게 질렀다. 두 손바닥을 합쳐 깔때기처럼 만들어 입에 대고 아주 천천히 큰소리로 나룻배에 타고 있는 사람들이 모두 들을 수 있도록 이렇게 외쳤다.

"여보시오, 사공 양반. 이 아이들을 강 건너까지 안전하게 태워다 주시오!"

그렇게 큰소리로 외쳤다. 그랬는데 그건 듣기에 따라서는 사공에게 부탁을 하는 게 아니라 엄하게 명령하는 걸로 들렸다. 나이 든 뱃사공의 비위를 뒤집어놓고도 남을 만했다. 하긴 소년병으로서도 나룻배가 있는 데까지는 거리가 멀어 큰소리로 외치지 않으면 의사 전달이 확실하게 되지 않을 것 같아 부득이 그랬을 수도 있었다.

곧이어 소년병은 형에게 악수를 청했다. 손을 잡은 채 무슨 말을 형에게 해주는 것이었다. 나는 아픈 몸이어서인지 내겐 아무 말로 안 했다. 그러고는 "배가 기다리고 있으니 얼른 가보라"고 말하는 것이었다. 그 말이 떨어지기 무섭게 우리는 뛰기 시작했다. 소년병에게 고맙다는 인사를 했을 텐데도 했는지 안 했는지 기억이 안 날 정도로 정신이 없었다. 숨이 턱에 닿아 헐떡거리며 선착장에 이르자 부녀자 4~5명과 병거지를 눌러 쓴 성인 남자 2~3명 가운데 누군가가 우리들의 팔을 번쩍 들어 올려 배에 태웠다. 먼저 탄 나는 뱃머리 쪽으로 가고 뒤미처 형이 배에 오른 게 확인되자 사공은 노를 젓기 시작했다.

"마침내 가긴 가는구나." 뛰는 가슴은 진정되지 않았다. 누가 우리 형제를 잡으러 뒤쫓아 오는 것도 아닌데도 초조했다. 시간은 왜 이처럼 더디고 배는 또 왜 그토록 느린지 입술이 바짝바짝 타들어갔다.

배가 점차 깊은 곳에 들어갈 무렵, 이번엔 또 다른 큰소리가 우리를 경악하게 했다. 문제는 뱃사공이었다. 그는 주변이 모두 놀라 자빠질 정도의 큰소리로 엄포를 놓았다.

"오늘 여기 내 배에 탄 첫 손님들, 내 말 잘 들으시오. 지금부터 모두들 바닥에 납작 엎드려 고개를 숙이고 밖은 절대로 내다보지 마시오. 알겠소? 내 말이 무슨 얘기인지……. 빨리 몸을 숨기시오. 말을 안 듣는 반역자는 내가 처단할 것이오."

이건 완전한 협박 공갈이었다. 한탄강 나룻배를 일단 승선하는 것으로 38선을 다 넘은 걸로 안도했는데 아직도 순탄치 못한 장애가 남아 있다니 한숨이 저절로 나왔다. 불길한 일이 벌어질 것 같아 조마조마했다.

단순히 멀리서 볼 때 아무도 타지 않은 빈 배로 보이도록 위장하려는 것인지, 아니면 소년병에게 어처구니없이 당한 분풀이로 단체기합을 주어 벌충을 하려는 것인지 도무지 이해가 되지 않았다. 그것도 아니라면 뭘까. 나는 쥐 죽은 듯이 숨어 머리를 굴려봤다. 딱 한 가지 이런 추리는 가능했다.

그 무렵 한탄강을 건너려고 허겁지겁 달려오다가 떠나는 배를 불러놓고 가까스로 얻어 탄 나그네의 경우 너무 고마워서 뱃삯 이외에 사례비를 두둑하게 찔러주는 일이 있을 수 있다는 걸 상상하자 의문은 쉽게 풀렸다. 대세가 그런데도 명색이 38선을 넘는다는 주제에 이른 아침 첫 손님이라는 녀석들이 뱃삯조차 낼 형편이 못 되는 거지꼴을 한 꼬마들이라는 데 화가 치밀어 심통을 부리는 게 아닌가 여겨졌다. 그날 나는 돈 한 푼도 갖고 있지 않았다. 남쪽에서 사용할 비상금은 형이 꼭꼭 숨겨 지니고 있었다. 그것도 손쉽게 꺼내도록 호주머니에 넣은 게 아니라 윗도리 안감을 뜯어 그 안에 감추고는 바느질을 해서 꿰맨 것이었다. 사정이 어쨌든지 사공은 실제로 내게 뱃삯을 내라는 말조차 하지 않았다.

모두가 죽은 목숨처럼 엎드려 있는 사이 배는 점점 강심을 지나 대안(對岸)을 향해 미끄러져 갔다. 아주 느리게, 더욱 느리게 ─ 노 젓는 소리도 안 들리고 세상의 모든 것이 정지되어 있는 것처럼 느껴졌다.

나는 사공 모르게 고개를 쳐들었다. 강물을 내려다 봤다. 어쩌면 내게 있어서 처음이자 마지막으로 보는 한탄강 물은 어떤 모습을 하고 있는지 호기심이 발동했다.

그 순간 한탄강 물은 분명히 흐르는 물일 텐데도 거울처럼 맑게 수척해진 내 얼굴을 비춰주고 있었다. 그건 어쩌면 거울보다 더 맑고 거울보다 더 깨끗하게 내 얼굴을 비춰볼 수 있는, 흐르는 강물이 아닌 "조용히 머물러(靜止) 있는 명경지수(明鏡止水)였던 것이다". 그랬다. 그건 어머니가 치성을 드릴 때 고향집 우물에서 퍼 올린 정화수보다도 더 맑은 것처럼 보이는 명경지수였던 것이다.

나는 다시 목을 길게 늘어뜨려 이번엔 눈을 수면 위에 바짝 대고 물밑을 살펴봤다. 햇빛을 잔뜩 머금은 물속은 수정보다 더 맑은 투명체였다. 자갈과 모래가 섞여 반짝이는 가운데 어른 키로 두세 길은 되어 보이는 깊은 강바닥엔 이마에 검은 반점이 얼룩얼룩한 모래무지 왕초들이 비취색 영롱한 비늘을 달고 멋을 한껏 부린 매자 떼와 이웃해서 무리지어 있었다. 흐르는 강물을 거슬러 오르는 자세로 상류 쪽으로 머리를 향한 채 모래 위에 배를 깔고 엎드려 긴 수염을 깃발처럼 흔들어 뽐내면서 먹이 활동을 하는 게 선명히 보였다. 그건 정말 경이로운 광경이었다. 어름치, 누치 등 어른 팔뚝만 한 냉수성 어류들이 회유하는 등 그날의 한탄강 물은 틀림없는 명경지수였던 것이다.

강을 건너자마자 벙거지를 쓴 사내들이 일제히 뛰기 시작했다. 보따리를 짊어진 이들이 뛰자 머리에 짐을 인 아녀자들도 덩달아 절벽 위쪽을 향해 걸음아 나 살려라는 식으로 달리기 시작했다.

하지만 우리는 뛰지 않았다. 방금 전 우리들에게 조용히 마을 앞을 통과해달라고 부탁한 그 소년병과의 약속을 지키기 위해서였다. 뒤를 돌아볼 마음의 여유도 없었지만 마치 그가 강 건너편에서 망원경을 들고 우리 형제가 걷고 있는지 지켜보고 있는 것 같았다. 우리들마저 약속을 깨고 뛴다면 그가 배신감으로 실망하지 않겠느냐는 게 형의 생각이었다. 나 역시 그렇게 생각했다. 절벽 위의 뒷길을 돌아 도로가 능선 남쪽 아래로 굽어져 더 이상 한탄강 북쪽에서 보이지 않는 곳에 이르자 형이 뛰기 시작했다. 소년병과의 약속을 지켰으므로 이제부터는 뛰어도 괜찮다는 게 형의 판단이었다. 불과 몇 분 사이였지만 우리와 함께 배를 건넌 벙거지들과 아녀자 일당은 어디까지 갔는지 흔적도 안 보였다.

우리는 또다시 외톨이가 되었다. 도중에 동남쪽에서 흘러와 한탄강에 유입되는 것 같은 큰 개울을 건너가자 제법 넓은 수렛길이 나타나고, 얼마 동안 이 길을 따라가자 이번엔 연천에서 전곡을 거쳐 동두천 쪽으로 향하는 것 같은 국도가 나왔다.

남쪽으로 걷던 나그네 중 누군가가 우리 형제에게 들으라고 "여기쯤 이 바로 38선이야. 이젠 38선을 넘었으므로 안심해도 된다"고 큰소리 로 외쳤다.

그러나 그가 말하는 길목엔 아무런 표시도 없었다. 38선을 넘었다는 게 실감이 되지 않았다. 그로부터 조금 더 가서 조그만 산모퉁이를 돌 자 검은색 제복을 걸친 경찰관들과 함께 키가 큰 미군 MP들이 길을 막 고 한탄강을 건너 남하하는 실향민들에게 일일이 DDT를 뿌려주고 있 었다. 길 옆에 철제 책상을 길게 늘어뜨려 놓고 앉아 있는 MP들이 무 엇인가 서류에 적고 있었다. 실향민들의 숫자를 통계로 잡고 있는 듯 했다. 잔등 뒤쪽 옷 속에 펌프를 찔러 넣고 흠뻑 뿌려주는 DDT 냄새가 다소 역겨웠으나 자유를 찾았다는 기쁨에 묻혀 아무렇지도 않았다.

10

동두천으로 가는 길이 얼마나 먼지 우리는 알지 못했다. 하지만 그건 전날 밤 연천을 떠나 밤새도록 전곡을 향해 걸어오던 길에 비하면 천양지차(天壤之差)였다. 아니, 그건 단순히 하늘과 땅의 차이 정도가 아니었다. 저쪽은 공산 치하의 달도 없는 깜깜한 밤이었고 이쪽은 자유가 맘껏 살아 숨쉬는, 햇빛 쏟아지는 한낮 이상의 길이었다.

특히 우리 형제처럼 자나 깨나 부모형제를 만나고 싶어 노심초사했던 입장에서 보면 북쪽은 미친 듯이 눈보라 휘몰아치는 지옥이고 남쪽은 꽃이 활짝 피고 신록이 돋아나는 천국이라고 해도 지나친 말이 아니었다.

38선을 넘었다는 안도감에 피로가 엄습하는 등 긴장이 풀리자 주저 앉을 것 같았다. 모두들 동두천까지는 걸어가야 거기서 오후 3시40분쯤 떠나는 마지막 열차편으로 서울에 갈 수 있다고 했다. 따라서 38선을 넘어 월남하는 실향민들은 남녀노소를 막론하고 동두천까지는 걸어야 한다는 것이었다. 그 길엔 자동차는 고사하고 그 시절 농촌엔 흔한 우마차 한 대도 안 보였다. 짐을 실은 수레라도 있으면 한쪽 구석에 쭈그리고 앉아 눈을 감고 가면 좋으련만 한탄강을 건너 동두천까지 이르는 길엔 리어카 한 대 없는 게 그날 아침의 풍경이었다.

나는 형에게 잠시 쉬어가자고 사정을 해서 길가에 주저앉았다. 갖고 있던 시루떡 보따리를 옆에 끼고 앉아 숨을 가다듬었다. 나룻배를 건너기 전 그 소년병이 형을 따로 불러 해준 얘기가 무엇이었는지 궁금해서 입을 열었다.

"형, 아까 그 마음씨 착하게 생긴 소년병이 형한테 해준 이야기가 뭐였어?"
"응, 그건 딱 두 가지야."
"뭔데?"
"하나는 말야, 남쪽에 내려가거든 공부 열심히 해서 나라에 보탬이 되는 일을 하는 훌륭한 인물이 되라는 거구……."
"어느 쪽 나라에 도움이 되라는 건데?"
나는 괜스레 형의 말에 딴지를 걸어봤다.
"그거야 뻔하지 않아? 우리가 지금 남쪽으로 가는데 설마 북쪽에 있는 나라에 도움을 주는 인물이 되라는 얘기는 아닐 것 아냐. 그렇지 않으면 머지않아 38선이 없어지고 통일이 될 테니까 통일된 조국을 위해 보탬이 되는 인물이 되라는 것인지도 모르지……. 안 그래? 나는 그렇게 들었단다."
형은 이쯤에서 머뭇거리는 듯했다. 그래서 나는 재차 물어봤다.

"그럼 또 하나는 뭔데 말을 안 하고 우물쭈물 거려?"

"그것도 별것 아냐. 서울에 가서 살면서 누구든지 왜 북쪽에 살지 않고 38선을 넘어왔느냐고 묻거든 북쪽이 못살고 나쁜 곳은 아닌데도 부모님이 서울에 살고 있어 하는 수 없이 월남했다고 말해 달라는 거야. 그 소년병 무척 순진해 보였어. 너도 그렇게 생각하지?"

"순진한 것 같기는 했어. 그렇지만 북쪽이 괜찮은 나라라고 선전해 달라는 대목은 말이 안 되는 것 아냐? 그 소년병 너무 세상을 모르는 것 같애."

그가 비록 공산주의에 대해 호의적으로 말해 달라고 해서 좀 실망했지만, 나 역시 그가 세상의 때가 묻지 않은 청년이라는 점엔 동의했다. 우리 형제에게는 평생 잊을 수 없는 은혜를 베풀어준 그의 신상 ― 이를테면 이름, 나이, 계급, 고향 그리고 가능하면 부모형제에 관해서 몇 가지만 묻고 왔어도 좋았을 텐데 왜 그 앞에선 사시나무 떨 듯하며 눈물만 펑펑 쏟았는지 후회가 됐다.

내가 38선을 넘는 순간까지 나는 아버지가 젊었을 때 한 사업 얘기는 어머니로부터 들은 게 처음이었고 앞서 쓴 대로 아버지로부터는 당신이 돈벌이를 했다는 말은 한 번도 들어본 일이 없었다.

하지만 아버지가 오산고등보통학교(五山高等普通學校)에 다니며 독립만세 사건을 주도해서 제적당하고 감옥살이를 했다는 얘기는 아버지 입을 통해 그전부터 몇 토막 들어서 알고 있었다. 그것도 한자리에서 처음부터 끝까지 체계적으로 들은 게 아니라 어떤 대목은 어머니와 함께 있을 때, 또 다른 대목은 아버지 친구분들이 계실 때 직접 말씀하신 것으로, 모두가 때와 장소, 그리고 듣는 사람 등이 다른 데서 들은 단편적인 것이었다.

어릴 적부터 나는 어머니가 무슨 말씀을 하실 때 궁금한 대목이 생기면 "왜요?", "어째서요?", "그래서요?"라는 등의 토를 달았으나 아버지 말씀엔 그러질 않았다. 그건 아버지가 어렵고 무서워서가 아니었다. 내 딴엔 이미 까마득한 옛이야기가 되어버린 아버지의 학창 시절에 관해 별 흥미가 없었고 자세히 알아봤자 별 소용없는 것 아니냐는 내 나름의 생각이었다. 언젠가는 나도 어른이 되면 자연스럽게 알게 될 터인데 굳이 아버지 말씀에 질문까지 해서 궁금증을 풀어야 할 필요성을 느끼지 않았던 것이다.

그런 가운데서도 아버지는 오산고보 시절의 기숙사 생활이 어떻고, 가령 영어나 수학은 잘하고 물리, 화학 같은 과학은 재미가 없었다는 따위의 말은 한 번도 안 하셨다. 학교 성적은 꽤나 우수했을 것 같았는데도 도대체 공부 이야기는 한 마디도 한 일이 없었다. 다만 오산고보 재학생의 98% 이상이 평안북도 출신인 데 비해 강원도 산골 태생인 아버지를 두고 거의 모든 학생들이 서울에서 특수 임무를 띠고 전학을 온 학생으로 오해하고 있었다는 말을 하셨고, 씨을 함석헌(咸錫憲) 선생으로부터 국사를 배웠다는 말을 여러 번 하셨다.

한 번은 오산학교 재학 시절 얘기 끝에 일본에서 유학을 하고 온 아버지 친구 한 분이 "일본어는 배우기 쉬운 말"이라고 하자 "그건 자네가 일본어의 옛말(古語)을 몰라서 그러는 것이며 고어까지 정확하게 배우려면 얼마나 어려운데 그런 말을 하는가"라고 말씀하시기도 했다. 그런 정도가 공부에 관해 아버지가 하신 말씀으로 내가 들은 것의 전부였다.

어쨌든 내가 어려서 아버지로부터 들은 오산학교 재학 시절 얘기는 이런 것들이었다.

• 아버지가 오산고보에 등교하던 첫날 교문을 들어서자 허름한 옷을 걸친 노인이 빗자루와 쓰레받기를 들고 학생 전용 변소를 청소하고 있는 모습이 눈에 띄었다.

당연히 학교 청소부인 줄 알고 눈인사만 하고 지나쳤다. 하지만 그 다음 날 알고 보니 그분이 바로 오산학교 설립자이자 3·1 독립선언서에 서명한 민족 대표 33인 중의 한 분인 남강 이승훈(南岡 李昇薰) 선생이라는 사실을 알고 너무 부끄럽고 송구스러워 한동안 그분의 얼굴을 똑바로 쳐다보지 못했다는 것이었다.

아버지는 당초 개성(開城)에 있는 송도고보(松都高普)에 진학하려고 편입 시험을 치렀다. 그런데 막상 그 학교에 가보니 그곳은 부잣집 자제들이 많이 다니는 귀족학교 같은 분위기여서 아버지 정서에 맞지 않아 등록을 포기하고 오산고보로 가게 된 것이라고 하셨다.

• 고향에서 김화보통학교를 마친 후 3년 넘게 본격적으로 한학(漢學)을 공부한 아버지는 서울로 올라가 4대문 밖에 하숙을 정해놓고 상급 학교에 진학하기 위해 학원에 다니며 영어, 수학, 역사, 과학 등을 배우고 때때로 YMCA 같은 데서 개최하는 월남 이상재(月南 李商在) 선생 등의 시국강연도 빼놓지 않고 들었다는 것이었다.

그러는 사이에 누군지 모르는 사람이 아버지가 쓰는 하숙방에 돈을 넣어주었다고 했다. 일주일에 한두 번씩 제법 많은 돈이었다는 것이었다. 너무 궁금해서 어느 날은 외출을 안 하고 숨어서 지켜본 결과 옆방에 하숙을 하면서 양초와 전구(電球) 등을 팔러 다니는 행상이 그 주인공이었다. 그 당시 40세가 넘어 보이던 그분은 "나는 돈도 많이 벌었고 돈이 더 있어도 쓸 데가 없는 몸이다. 이 돈으로 책도 사서 읽고 건강을 잃지 않도록 가끔 맛있는 음식도 사 먹거라. 그리고 공부 열심히 해서 나라를 되찾는 데 힘써 달라고 주는 것이니 부담을 갖지 말고 받아 써라"라고 말씀하셔서 감동을 받았다는 것이었다.

• 광주 학생 만세 사건이 터진 이듬해인 1930년 그 당시 오산고보 학우회장이었던 아버지는 눈보라가 휘몰아치던 1월 18일 아침 총궐기에 앞서 미리 격문(檄文)을 작성해 외부에서 프린트한 것을 그 전날 밤 동·하급생 등 3명과 함께 전교생의 책상 서랍에 넣어 두고 당일 아침 궐기를 유도했다는 것이었다.

대학에 진학하기 위해 입시 준비 중인 졸업반 70여 명을 제외한 전교생 500여 명을 이끌고 교문을 나선 아버지께선 처음엔 학교에서 2km 떨어진 고읍(古邑)까지만 갔다가 학교로 되돌아올 심산이었다. 그러나 일본 경찰이 달려와 충돌이 빚어지는 바람에 다시 10km나 떨어져 있는 정주(定州)읍까지 행진하게 되었고, 도중에 아버지는 다른 생도 한 명과 함께 곳곳에서 즉흥 연설로 학생들을 격려, 고무했다는 것이었다.

• 쏟아지는 폭설 속에 무릎까지 빠지는 눈길을 헤치고 이날 정오쯤 정주읍에 도착했을 때 학생들 눈앞엔 놀라운 광경이 벌어졌다. 그건 정주 시민들의 애국적인 호응이었다. 남녀노소가 모두 나와 길 양편에 늘어서 있다가 학생들이 구호를 외치며 도착하는 순간 길바닥 눈 위에 무릎을 꿇고 엎드려 학생들을 향해 연신 큰절을 하는 것이었다. 이들은 투박한 평안도 사투리로 "학생 여러분! 정말 장하오. 여러분은 우리의

희망이요, 기쁨입니다", "나라를 빼앗긴 이 백성들의 서러움을 씻게 해주시오"라고 눈물을 쏟으면서 격려해주어 그야말로 눈물겨웠다고 말씀하셨다.

그들은 일본 경찰관들이 말을 타고 달려와 빨리 해산하라고 고래고래 소리를 질러도 꿈쩍도 안 했다는 것이었다.

이날 아버지는 함께 있던 친구들에게 "나도 강원도 출신이지만 강원도 사람들은 겁이 많아 그런 일 절대로 못한다. 하지만 그쪽 사람들은 우리와는 달라서 일단 '이것이다'하면 불같은 성질의 결기(結氣)가 있어 그렇게 들고 일어났던 것"이라고 말씀하셨다.

• 독립만세 운동을 주도한 혐의로 동급생과 하급생 등 4명과 함께 신의주 형무소에 갇혀 있다가 징역 8월에 집행유예 4년을 선고 받고 나오던 날 아버지는 곧장 압록강을 건너 북경(北京)을 거쳐 상해(上海)로 가서 임시정부 산하에 들어가 조국이 독립하는 그날까지 분골쇄신할 작정이었다는 것이었다.

그러나 옥문을 나서는 순간 뜻밖에도 할아버지께서 와 계셨다. 할아버지께서는 차분한 목소리로 "너의 큰 뜻을 나도 잘 안다. 나도 너와 같은 아들이 있다는 걸 자랑스럽게 생각한다. 하지만 지금 너는 내가 보기에 몸이 무척 상했다. 따라서 일단 김화로 내려가 몸을 추스른 다음에 독립운동에 투신해도 늦지 않다는 게 내 생각이다. 그러니 우선 고향으로 가자"고 간곡히 말씀하셨다는 것이었다. 이것마저 거절하면 너무나 큰 불효를 저지르는 것 같아 귀향하게 되었다고 말씀하셨다.

• 귀향 후 감옥 생활 중에 얻은 위장병으로 고생을 하셨고 이걸 고치

려고 많은 약을 썼으나 별다른 효험이 없어 끝내는 삼방약수(三防藥水)에 찾아가 한 여름을 지내면서 병을 고쳤다고 말씀하셨다.

삼방약수는 철원에서 경원선 열차편으로 평강(平康), 복계(福溪), 세포(洗浦), 삼방협(三防峽)역을 지나서 있는 약수터로, 여기서 나오는 물에는 탄산가스와 수소 탄산이온이 많아 이 물로 밥을 지어 먹고 수시로 마시면 위장병에 특효가 있다고 알려졌다. 그 약수로 밥을 지으면 밥의 빛깔이 새파랗게 되는 게 무척 신기했다고 말씀하셨다.

결과적인 얘기지만 그 당시 아버지가 주도한 오산고보 만세 사건은 그 후 신의주 농고생이 궐기하는 등 관서지방 학생들의 항일운동이 잇따라 일어나는 도화선 구실을 했다는 것이었다.

• 아버지는 1933년 5월에 공고된 『신동아(新東亞)』 창간 2주년 기념으로 모집한 「문예작품 및 논문 현상 공모」에 논문 부문에 응모, 당선작이 없는 가작(佳作)으로 뽑혔다는 것이었다.

어머니 말씀에 따르면 그 당시 아버지는 동아일보에 실린 현상 공모 소식을 듣고 온 아버지와 동갑인 사촌 형님의 권유에 따라 즉석에서 논문을 쓰고 완성된 글을 그 형님이 다시 정서(整書)해서 신문사에 보내고는 한동안 응모한 사실조차 잊고 있었다는 것이었다.

그 후 동아일보 지면에 현상 공모 결과가 발표되고 논문이 실린 5월호 잡지와 부상으로 현금 10원이 송금되어 와서 모두가 기뻐했다는 것이었다.

하지만 『신동아』에 실린 아버지가 쓴 「조선 청년의 갈 길」은 결론 부분 여러 군데 활자를 거꾸로 꽂아 놓고 인쇄한 부분이 많았다. 이는 조선총독부에 소속된 일본인들이 검열을 하면서 문제가 있는 대목이라고 해서 "무슨 말인지 모르도록"활자를 뒤집어 꽂아 놓았다는 것이었다. 어머니 말씀에 따르면 이런 것들로 인해 아버지는 일본 경찰로부터 '요주의 인물'로 감시를 더 심하게 받았다는 것이었다.

• 내가 국민학교에 입학하기 직전 한번은 갓을 쓴 노인들 4~5명이 우리 집을 찾아온 일이 있었다.

오성산 뒤쪽 근북면에 사는 유생(儒生)들이라고 자기소개를 한 이들은 아버지와 『주역(周易)』에 관해 대화를 나누고 자신들의 운세도 풀어 달라고 부탁하기 위해 찾아왔다고 방문 목적을 말했다.

하지만 아버지는 이들과 긴 이야기를 나누지 않았다. 본인이 주역을 가까이 하는 것은 어디까지나 학문적으로 공부하려는 것일 뿐 타인의 운세 같은 걸 봐주는 역술인 노릇을 하기 위한 것이 아니며, 실제로 남의 운명풀이 같은 건 할 줄도 모른다고 양해를 구해 이들을 돌려보냈다.

아버지는 집에 계실 때 주역 책을 펴놓고 성냥개비를 꺼내 숫자를 계산하면서 깊은 생각에 잠기는 일이 여러 번 있었다. 모르긴 해도 이런 일로 인해 주역풀이를 잘 하신다는 소문이 산골의 유생들에게까지 전달된 게 아닌가 싶었다.

어머니 말씀에 따르면 아버지가 주역을 가까이 한 이유는 어떤 특정인의 길흉화복(吉凶禍福)을 점치려는 게 아니라 "일본이 언제쯤 항복을 해서 대한독립만세를 부르는 날이 올 것인가"를 알아보기 위해 주역 64괘(卦)를 놓고 풀어본 것이라는 얘기였다.

11

지금 나는 소년 시절에 체험한「그해 겨울밤 38선에서 생긴 일」의 이야기를 정리하면서 그날 겪은 상황은 물론, 더 어렸을 때 보고, 듣고, 느낀 것들과 나눈 대화 등을 필요한 만큼 기억을 되살려 복원하고 있는 중이다.

그렇지만 한탄강을 건너 동두천까지 가는 동안의 일은 앞서 기술한 미군 MP들로부터 DDT 세례를 받은 장면 말고는 머릿속에 남은 게 별로 없다. 텅 빈 백지 상태나 다름없다는 얘기다. 그건 주변 풍경이나 상황에 기억해둘 만한 특징이 없어서이기도 했겠지만 무엇보다도 내 몸과 마음이 쓰러지기 직전의 고목나무처럼 황폐해져 있었기 때문이 아닌가 생각된다.

불안, 초조, 공포감으로부터 해방됨으로써 정신이 반 이상 나갔던 것 같았다.

그날 낮엔 하늘에 엷은 구름이 끼고 바람 없이 비교적 포근했다. 나는 38선을 넘었다는 사실 자체로 부모형제를 만난 거나 다름없다고 생각했다. 어차피 그렇게 마음먹은 이상 한두 시간 일찍 만나거나 하루이틀 늦게 상봉해도 무방하다고 여겼다. 자나 깨나 봄부터 갈망하던 일이 확실하게 실현되었으므로 더 이상 바랄 게 없었다. 당장 아무 데서나 주저앉아 눈을 감았다가 다행히 깨어나면 좋고 아니면 아닌 대로, 그 다음 번에 할 일은 그때 가서 생각하면 될 게 아니냐는 마음뿐이었다. 그 밖의 것은 아무것도 생각하기 싫은 게 나의 솔직한 심경이었다.

그렇다고 해서 아무렇게나 될 대로 되라는 건 아니었다. 이 생각 저 생각 모조리 털어버리고 잠시만이라도 정신적으로 평온함 속에 머물고 싶다는 게 옳은 것 같았다.

그랬는데 그것 역시 마음대로 안 됐다. 지친 걸음을 한 발짝 한 발짝씩 옮겨 놓을 때마다 내 머릿속에 잠재하였던 죽음에 관한 이야기가 꿈틀거리며 되살아나 나를 멍하게 만들었다. 그 죽음은 나에 관한 것이었다. 내 죽음이었다. 그러나 나와는 전혀 상관이 없는 아주 먼 옛날, 먼 나라 이야기로 나는 당초 그 이야기를 들을 때부터 나와는 무관한, 아무 의미가 없는 것으로 치부해버렸던 것이다.

어머니 말씀에 따르면 한겨울에 첫돌을 지내고 해가 바뀐 이듬해 초여름날, 아버지가 멀리 출타 중인 때였다. 멀쩡하게 잘 놀던 아기가 갑자기 목이 붓고 열이 오르는가 하면 음식물을 토해 구세병원으로 달려갔다. 아버지 친구분인 원장은 "자세히는 몰라도 급성 폐렴인 것 같다"면서 약을 지어준 뒤 집에 눕혀 놓고 잘 돌보면 금방 차도가 있을 것이라고 말했다.

그러나 약을 다 써도 낫질 않았다. 여전히 고열에 시달리다가 마침내 사흘째 되던 날 아침나절에 아예 숨을 안 쉬고 맥박까지 멎은 듯했다. 당황한 어머니는 이영준 병원에 알렸다. 이 박사가 간호원과 함께 달려와 아기 가슴에 청진기를 대고 한참 동안 진찰한 결과 심장이 멎고 맥박이 안 뛰는 등 호흡 소리가 안 들려 부득이 사망 판정을 하고 돌아갔다는 것이었다.

하지만 쉽사리 체념할 어머니가 아니었다. 이번에는 오명량 박사에게 연락, 그분이 오셔서 진찰을 했으나 오 박사 역시 아기가 숨을 거둔 것으로 똑같은 결론을 내리고 말았다는 것이었다.

"세상에 이럴 수가 있는 건가."— 너무나 어이없는 일을 당해 비탄에 빠진 어머니는 "예부터 인중(人中)이 길면 명(命)도 길다는 속설(俗說)대로라면 절대로 단명할 아이가 아닌데, 제발 두 분 박사님들께서 오진을 한 것으로 판명되길 기대하는 마음"으로 처음 아기를 진찰했던 구세병원 의사에게 왕진을 부탁했다. 하지만 그분 역시 사망 진단을 내렸다는 것이었다.

그 당시 김화읍에서 개업 중인 의사 3명이 아침나절부터 저녁 무렵까지 일정한 시차를 두고 진찰한 결과가 사망이라면 아기의 죽음은 더 이상 의심할 여지가 없는 엄연한 사실인 셈이었다.

졸지에 아기를 잃고 실의에 빠져 허둥대던 저녁 무렵, 예고 없이 외할머니가 오셨다. 외할머니는 대문 밖에 선 채 방금 딸의 집에 일어난 슬픈 사연을 전해 듣고 그 자리에서 발길을 돌리려 하셨다. 어머니가 극구 만류했으나 외할머니는 "네가 아들 하나를 잃어 마음이 허망할 터인데 내가 무슨 낯으로 여기서 편히 잠을 자겠느냐"면서 끝내 야간 전차에 몸을 싣고 철원으로 되돌아가셨다는 얘기였다.

어머니 얘기로는 "사위도 없을 때에 딸의 집에 다니러 왔다가 외손자를 잃는 험한 일을 당했다면 나중에라도 누구한테 무슨 원망의 소리를 들을지 몰라 하룻밤도 안 묵고 발길을 돌린 것으로 보인다"는 것이었다. 외할머니로서는 신씨 집안 안팎 사돈어른들을 포함해서 누구로부터 어떤 오해도 받기 싫어 딸의 집 대문 안에 한 발자국도 디디지 않은 채 홀연히 떠난 것 같다는 게 어머니의 설명이었다.

뜬눈으로 밤을 새운 어머니는 이튿날 멀지 않은 곳에 살고 계시는 시부모님께 우선 말씀을 드리고 적절한 사후지침을 받기 위해 길을 나섰다. 그런데 문득 아기의 모습을 다시 한 번 보고 가는 게 도리일 것 같아 발길을 돌려 윗방으로 갔다는 것이었다.

그 순간 햇살이 비치는 방 한가운데 아기를 덮어놓은 모시 이불자락이 살랑살랑 흔들리는 것 같은 느낌이 들었다. 자세히 들여다보니 아기가 죽은 게 아니었다. 살아 있었다. 숨을 쉬고 있었던 것이었다. 그야말로 눈앞에 기적이 일어난 것이다.

"이럴 수도 있는 거구나."— 이거야말로 조상님들 덕분이고 천지신명께서 돌봐주신 결과라고 어머니는 너무 기쁘고 고마워 눈물을 흘렸다는 것이었다.

이게 내가 저승에 갔다가 살아 돌아온 이야기의 줄거리다. 나는 철이 든 이후부터 그 이야기를 여러 번 들어왔다. 죽었다는 시간이 최소 12시간은 넘었을 것이라는 계산을 내 나름대로 해보기도 했다. 더불어 외할머니로서는 정거장에서 걸어오는 동안 가운을 걸친 의사와 왕진 가방을 든 간호원이 우리 집이 있는 쪽에서 나와 큰길을 건너는 것을 보고 뭔가 딸의 집에 좋지 못한 일이 생긴 걸 알고 대문 앞에 버티고 서서 더 이상 부정(不淨)을 타지 않도록 안 들어오셨을 것이라는 상상까지 해봤다.

그날 이후 할아버지께서는 "그 애는 인중이 길어 오래 살 운명을 타고난 데다가 한 번 죽었다가 깨어났으니 더 장수할 것"이라는 말씀을 하셨다는 얘기도 어머니로부터 들었던 것이다. 그래서인지 알게 모르게 내 의식세계의 한쪽 구석엔 "나는 무슨 일이 있어도 쉽사리 죽지는 않을 것"이라는 믿음이 자리 잡고 있었던 게 아닌가 여겨졌다.

그날 우리 형제는 하루 종일 굶었다. 연천역에 내려 한탄강을 건너고 동두천까지 또 걸어서 열차 편으로 서울에 도착해 가족들을 만날 때까지 밥 한 끼도 먹지 않았다. 나는 지독한 몸살로 입맛을 통째로 잃어 음식물을 섭취할 수 없었지만 형은 형대로 한탄강을 넘은데 따른 기쁨에 들뜨고 부모형제를 만난다는 희망에 부풀어 허기를 느끼지 못했던 것 같았다.

훨씬 훗날 형으로부터 들은 얘기지만 우리가 그날 연천역에 도착했을 때 형은 소련 군인들이 사용하는 붉은색 군표(軍票)를 모두 털어 정거장 앞 가게에서 사과 2개를 사서 나와 함께 씹으면서 왔고 그게 그날 먹은 것의 전부라고 했다. 하지만 나는 그런 사실조차 까맣게 잊고 있었던 것이다. 어찌 보면 이 대목은 형이 착각한 게 아닌가 할 정도로 기억 밖의 것이었다.

동두천에서 열차를 타기까지 시간적인 여유도 있었을 터이고 또 보따리 속엔 쌀 한 말 분량의 백설기가 있어 마음만 먹으면 언제라도 한 움큼 뜯어 먹을 수 있었을 텐데도 형은 내게 먹어보라는 말도 안 했고 자기 자신도 먹을 생각조차 안 했던 것 같았다. 그만큼 형은 38선을 돌파했다는 기쁨에 들떠 있었던 것이다.

12

동두천발 서울역행 경원선 열차는 시발지부터 만원이었다. 나는 형의 부축을 받으며 개찰구를 빠져나가 몇 발자국 뛰어서 죽을힘을 다해 객차에 올랐다. 2호차쯤 되는 곳에 자리를 잡아 창가에 앉고 그 옆에 형이, 통로 쪽엔 또 다른 어른이 앉자마자 나는 퍼져버렸다. 당시의 열차는 좌석이 지정되어 있는 게 아니라 누구든지 먼저 자리를 잡고 앉으면 임자가 되는 그런 식이었다.

하지만 객차 내부는 무척 지저분했다. 의자의 등받이 비로드가 여기저기 뜯겨 나가고 창문은 언제 닦았는지 뿌옇게 얼룩이 져 있었다. 부드러운 등받이 천은 누군가 구두 닦는 데 쓰려고 예리한 칼로 오려간 것 같았다.

이런 것들은 그 전날 내가 마지막으로 탄 금강산 전차의 깔끔한 것과는 너무나 대조적이었다. 남반부엔 도둑이 들끓고 거지 떼가 우글거리는 등 치안 상태가 엉망진창이라고 악선전을 하던 공산당원들의 큰소리가 헛소리 아닌, 이런 것을 두고 하는 말 같다는 생각이 들기도 했다.

얼마쯤 달렸는지 모를 때였다. 열차 안이 소란스러워 눈을 떠 보니 형이 신나게 이야기를 하는 중이었다. 보통 신난 게 아니었다. 주변 사람들의 질문에 또박또박 대답하면서 그야말로 모험을 하고 난 똘똘이 소년처럼 좌중의 인기를 독차지하고 있었다. 통로를 비집고 다니는 나그네들까지 가세해서 "그놈 참 똑똑하다"고 칭찬하고 있었다. 형은 무슨 얘기인지를 모르는 길손이 궁금해서 새삼스럽게 물어도 방금 전에 한 말을 싫증도 안 내고 처음부터 또다시 여러 번 되풀이하는 것이었다.

"그런데 말이야. 너희들이 지금 서울에 가면 아버지, 어머니를 어떻게 찾을 거야? 주소라도 알고 있니?"

누군가의 질문에 형은 주소는 모른다고 대답했다.

"그렇다면 어떡해? 이 열차가 서울역에 도착하면 깜깜한 밤이 될 텐데……."

또 다른 승객이 걱정스럽다는 듯이 묻는 것이었다. 겨울의 짧은 해가 많이 기울어 벌써 어두워지는 기미를 보이는 터라 모두들 우리 형제를 걱정해주는 투였다.

"한 가지 방법은 있어요."

"방법이 있다니, 그게 뭐야?"

"친척집 어른을 찾아가면 알 수 있게 되어 있어요."

"그 친척이 어디에 살고 있는데……?"

"동대문 밖 창신동 언덕 위에 고래 등 같은 기와집에 살고 있는 이룰 성(成) 자, 매울 열(烈) 자 할아버지뻘 되는 분이 계시는데요, 근처 경찰서에 가서 그분 얘기를 하면 경찰관들이 알아서 찾아주게 되어 있대요.

올봄에 월남하신 어머니도 그 할아버지 댁을 찾아가서 아버지와 연락이 되었다는 얘기를 들었거든요."

형은 의기양양해서 무엇을 물어도 척척 대답했다. 그런데 자세히 보니 우리와 대각선 방향으로 마주 앉은 좌석에 낯익은 노인이 있었다. 철원 외갓집 동네에서 칙사 대접을 받았다는 바로 그 노인이었다. 그 노인은 마치 자기가 우리 형제를 보살피며 38선을 넘게 해준 것처럼 여러 사람들 앞에서 으스대고 있었다. 형에겐 이 자리에서 떡 보따리를 풀어 먹자고 연신 눈짓을 했으나 형은 못 본 척하며 시루떡 보따리를 꽉 껴안고 있었던 것이다.

연천을 떠날 때 이전부터 우리들의 시야에서 사라졌던 그 노인은 멀리서 우리들을 보고 온 게 틀림없는 듯싶었다. 세상엔 별의별 인간들이 많다지만 그 노인처럼 낯 두꺼운 사람도 흔치 않다는 생각이 들어 나는 아무 말도 안 했다. 그날 형은 만약 서울에 가서도 부모님을 당장 못 만나고 여관방에라도 들어가게 될 경우 우리 형제가 먹을 비상식량으로 떡을 아껴두었던 것이다.

나는 이 글을 쓰면서 그 당시의 웬만한 어른들은 모조리 노인으로 표현했다. 예를 들면 분명히 청년으로 보이면 젊은이 또는 청년이라고 썼지만, 어린 눈으로 본 어른이 정말 노인인지, 좀 더 구체적으로 말해서 그가 40대인지 아니면 50대 이상인지를 구별해서 쓴 것은 아니라는 얘기다. 당시만 해도 양복을 걸치고 넥타이까지 매고 다니는 길손은 가뭄에 콩 나듯이 드물었고 대부분이 남루한 옷을 꿰매서 입고 세수도 제대로 안 하는 등 얼굴에 수염이 텁수룩한 사람은 그가 30대 초반이었다고 해도 내 어린 눈으로는 노인으로 비쳐질 수 있었기 때문이었다.

달리는 열차가 서울이 가까워지며 날이 어두워지기 시작하자 승객 중의 어떤 사람이 "너희들은 청량리역에서 내리는 게 좋을 것 같다"고 말하는 것이었다. 서울역까지 가면 시간도 더 걸리고 날이 완전히 깜깜 해지는 데다가 다시 창신동 쪽으로 오려면 헛수고를 많이 해야 되므로 차라리 청량리역에서 내리는 게 여러 가지 면에서 편하겠다고 알려주는 것이었다.

그때 내가 처음으로 입을 열어 끼어들었다. 한 가지 걱정이 생겼던 것이다.

"우리는 서울역까지 가는 기차표를 샀는데 그걸 가지고 청량리역에 내려도 되나요?"

"그건 괜찮단다. 만약 너희들이 청량리까지 가는 기차표를 사 가지고 종착역인 서울역까지 간다면 그건 안 되지만 행선지에 못 미쳐서 미리 내리는 건 아무런 문제가 안 된단다."

나는 그때까지만 해도 열차표를 사면 반드시 그 표에 씌어 있는 목적 지에서 내려야 되는 걸로 알고 있었다. 그만큼 나는 멍청했던 것이다. 하긴 금강산 전차를 이용해서 철원읍에 다녀올 때도 항상 철원읍까지 가는 전차표를 구입해서 검표원이 행선지를 확인한 다음에야 역을 빠 져나갔고 반대로 철원에서 김화읍까지 돌아올 때도 도착지와 출발역 을 확실히 했었다. 한 정거장을 미처 못 가서 내리거나 지나쳐서 하차 한 경우가 한 번도 없어 그렇게 믿었던 것이다. 금강산 전차는 여러 번 이용해 보았지만 기차는 생전 처음 타 보는 나로서는 열차 운송에 관 한 상식이 없는 멍청한 촌뜨기였던 것이다.

청량리에 도착해서 우리 형제가 역 광장에 내려서는 순간 태양이 완전히 얼굴을 숨겼다. 어둡고 기나긴 겨울밤이 방금 시작되고 있는 것이었다.

역 광장 양쪽 옆에 도열해 있는 점포마다 하나둘씩 희미한 백열전구에 불이 밝혀졌다. 이에 뒤질세라 몇 개의 포장마차와 리어카에 물건을 잔뜩 실은 노점상들도 일제히 가스등에 불을 붙여 손님맞이 준비를 하느라 바쁘게 움직였다.

내가 본 청량리역 광장은 소란스러웠고 무질서했다. 사실 나는 그때까지도 서울에 청량리라는 변두리 동네가 있다는 사실조차 모르고 있었다. 한쪽 구석에선 목판 상자를 앞으로 멘 아이들이 웅성거리다가 그럴싸하게 생긴 행인이 나타나면 떼 지어 몰려가 서로 자기 양담배가 최고라며 팔아달라고 아우성을 치는 모습이 눈길을 끌었다. 그런가 하면 엿장수들의 가위 부딪치는 금속성 소음, 땅콩을 볶아 파는 상인, 군밤장수와 군고구마장수, 그리고 번데기를 파는 아낙네들의 목소리까지 뒤섞여 해방된 지 2년 남짓 만에 서울은 벌써 만원(滿員)인 것 같았다.

여기에 딸랑딸랑 거리를 누비며 달리는 노면전차의 듣기에 거북하지 않은 경적 소리와 도로변에 한 줄로 죽 늘어선 채 "서울역 가요. 서울역 곧 떠나요"라든가, 아니면 "마포 가요. 마포. 서대문, 마포 곧 떠납니다. 어서 타세요"라고 목청이 터져라고 외쳐 대는 역마차 차장들의 목소리까지 더해 내 눈이 휘둥그레질 수밖에 없었다.

그뿐만이 아니었다. 구두닦이 소년들이 손님 모시기 경쟁에 나섰고, "금계랍이나 다이아찡 사세요"라고 소리치며 인파 속을 비집고 다니는 구급약품을 파는 행상까지 있는 등 고향에선 상상조차 못했던 진풍경이 눈앞에 전개되었던 것이다. 금계랍(金鷄蠟)은 학질을 떼는 약이라는

걸 알고 있었으나 다이아찡은 도무지 어디에 쓰는 물건인지 짐작조차
할 수 없었다. 먹는 약인지 아니면 바르는 약인지 처음 듣는 것이었고
그저 미군 부대에서 흘러나온 것이라고 짐작했다.

나는 형이 시키는 대로 길 옆에 쪼그리고 앉아 눈앞에 전개된 서울의
야경에 넋을 잃고 있었다. 그렇지 않아도 반 정신이 나간 거나 다름없
었던 나는 열차 속에서 잠시 눈을 붙여 원기가 조금 살아난 듯했다. 형
은 저쪽에 가서 전차표를 사올 테니 꼼짝 말고 있으라면서 사라진 뒤
였다.

그런데 그때 어둠 속에서 누가 나를 향해 걸어오고 있었다. 허름한
겉옷을 걸치고 머리엔 국적 불명의 개털 모자를 눌러 쓰고 있어 행색
으로 보아서는 그가 누구인지 알 수 없었다.

"야! 짱구. 너 동철이 아냐?"

"네, 맞아요."

어릴 적부터 한동네에 사는 큰형 친구들은 나를 버젓한 내 이름 대신
짱구라는 별명으로 자주 불렀었다. 남보다 머리통이 크다고 해서 놀림
감으로 삼았던 것이다.

"나는 지금 멀리서 네 머리통만 보고도 알아봤다. 그런데 너 어떻게
이렇게 늦은 시간에 여기까지 와 있는 거야?"

"지금 막 도착하는 길이에요."

"김화에서 온다는 얘기냐?"

"네, 지금 바로 온 겁니다."

"누구하고 왔어?"

"형하고 같이 왔어요."

"영철이 말이냐?"

"네, 그래요. 그 형하고 같이 왔어요."

"그런데 영철이는 지금 어디 갔어?"

"저쪽에 가서 전차표 사올 테니 나보고 꼼짝 말고 기다리라고 해서 앉아 있는 중이에요."

"너희 아버지, 어머니도 너희들이 여기에 온 걸 알고 계시니?"

"아냐요. 모르실 거야요."

"그래. 그렇다면 아주 잘됐다. 내가 조금 있다가 다시 올 테니까 영철이가 오거든 다른 데 가지 말고 여기에 꼭 있으라구 그래. 알겠어?"

"네, 그렇게 할게요."

방금 나를 알아보고 대화를 나눈 사람은 우리 집 큰형보다 나이가 한 살쯤 더 많은 한동네에 살던 김씨 집안의 셋째 아들로 이름은 용덕이었다. 용덕이 형 아버지가 새로 지어 살던 조선 기와집은 그 당시 김화 향교 위쪽 골짜기에 있는 99간이 채 안 되는 대궐 같은 집에 이어 김화 읍내에서는 두 번째로 규모가 크고 화려한 부잣집이었다.

나는 아주 어릴 때부터 부모님 심부름으로 그 집에 자주 드나들어 그 집안 식구들은 물론이고, 안방에서부터 사랑채까지의 주거 공간과 별채로 세운 곳간 안엔 철따라 무엇이 들어 있는지까지도 대충 알고 있었다. 내가 어떤 때 심부름을 가면 그 집 할머니께선 잠깐 기다리라고 해놓고는 곳간에 들어가 엿 덩어리를 갖다 주거나 어떤 때는 곶감 몇 개를 꺼내 주신 일이 있었기 때문이었다.

그 집안의 큰아들은 우리 집 막냇삼촌과 동년배로 함께 현해탄을 건너 동경 유학을 하고 있었다. 넷째 아들과 누나뻘 되는 분들도 잘 알고 있었다. 하지만 어찌된 일인지 그 집 둘째 아들은 이름만 알 뿐, 제대로 얼굴 한 번 마주친 일이 없었다. 그랬던 그가 학도병으로 일본군에 입대하기 위해 고향집을 떠나던 날 나는 비로소 그의 얼굴을 똑똑히 볼 수 있었다.

그는 '무운장구(武運長久)'와 '진충보국(盡忠報國)'이라고 쓴 어깨띠를 X자로 가슴에 두르고 집을 떠나고 있었다. 일본인 군수와 경찰서장 등이 나와 "가네다 ○○○○ 군은 오늘 천황폐하의 부름을 받아 귀축(鬼畜) 미영격멸(米英擊滅)을 위한 성전(聖戰)에 참전하는 바 그의 앞날엔 오로지 영광만 있을지어다"라는 요지의 축사를 읽는 동안 구경하러 나온 이웃집 아낙네들 뒤편에 서 있던 그의 어머니가 눈물을 줄줄 흘리고 있었다.

그렇게 떠난 그가 얼마 안 돼 남양군도(南洋群島) 전투에서 산화(散華)했다는 비보가 들리더니만 곧이어 고향집에 유골함이 배달되었다는 소식도 있었다. 이런 얘기를 들은 이웃의 시계포집 노파가 "멀쩡한 장정이 전쟁터에 끌려가 재봉지가 되어 돌아오는 고약한 세상이 빨리 끝나야 한다"고 개탄하던 장면이 용덕이 형을 보자 새삼스럽게 떠오르기도 했다.

우리는 용덕이 형을 따라 역 광장을 지나 대기하고 있던 역마차에 올랐다. 청량리에서 서울역 구간을 운행하는 이른바 '해방된 역마차'였다. 해방이 되면서 공산당 치하가 싫어 38선 이북의 실향민들이 쏟아져 내려온 데다 일본과 중국, 멀리는 동남아 일대에 나가 있던 동포들까지 귀국해서 서울 인구가 부쩍 늘어나는 바람에 노면전차만으로는 교통인구를 감당 못해 임시방편으로 생겨난 게 바로 역마차였던 것이다.

용덕이 형은 고향 사람이 마부로 일하는 역마차에서 차장(車掌) 노릇을 하고 있었다. 그는 호객 행위를 해서 손님을 모으고, 중간에 내리는 사람에게 거스름돈을 내주는 일을 하고 있었다. 거기에 더해 마차를 청소하고 말에게 먹이를 주거나 배설물을 치우는 것도 그의 할 일이었다. 부잣집 셋째로 태어나 유복한 생활을 하던 그가 공산당 패거리들에게 전 재산을 빼앗긴 채 서울에서 험한 일을 하는 게 측은해 보였다.

우리가 탄 역마차는 서울의 밤거리를 미끄러지듯이 달려 동대문을 지나 금은방과 서점, 그리고 주단상회(綢緞商會)와 나사점(羅紗店) 등이 즐비한 종로 번화가에 잠시 멈추었다. 용덕이 형은 재빨리 골목 안으로 뛰어 들어가 꼬마 한 명을 데리고 나와서 그에게 우리들을 인계하고는 역마차를 타고 사라졌다.

우리를 떠맡은 꼬마는 창국이였다. 그는 고향에서 국민학교를 다닐 때 작은형과 동급생으로 한 반은 아니었으나 성(姓)이 같아서 우리 집과는 친척처럼 지내던 사이였다. 나도 그 집 부모님과 누이동생 창금이까지 잘 알고 있었다. 창국이네 역시 공산 집단에 토지와 가옥 등 전 재산을 몰수당하고 우리보다 먼저 월남한 사실을 나는 모르고 있었다.

우리는 창국이가 뛰어가는 대로 종로통을 건너 청계천 다리를 지나 단숨에 을지로를 가로질러 갔다. 그 당시 부모님은 충무로 4가와 인현동에 잇대어 있는 일본식 단층집에 살고 계셨다.

창국이는 그 근처 좁은 길을 요리조리 누벼 막다른 골목에 나 있는 대문 앞으로 쏜살같이 달려가서 큰소리로 이렇게 외쳤다.

"문 좀 열어주세요. 저 창국이예요. 지금 저쪽 뒤에 영철이와 동철이가 따라오고 있어요. 얼른 문 좀 열어주세요."

잠시 기다렸으나 안에서 반응이 없자 창국이는 이번엔 대문을 두드리며 먼젓번보다 훨씬 큰소리로 외쳤다.

"상철(商澈)이 어머니! 빗장 좀 따주세요. 나 창금이 오빠 창국이예요. 지금 영철이와 동철이가 38선을 넘어 김화에서 여기까지 와 있어요."

창국이의 말이 끝나기 전에 안에서 현관문을 미는 소리와 함께 뛰쳐나오는 어머니의 음성이 들렸다.

"뭐라고? 영철이와 동철이가 왔다구? 창국아, 그게 사실이냐? 어디 우리 애들 얼굴 좀 보자. 이게 정말 꿈이냐 생시냐? 얼굴 좀 보자."

어머니는 대문을 열어젖히며 희미한 불빛이 비치는 어둠 속 저만치에 우두커니 서 있는 우리 형제를 보자마자 눈물부터 쏟으셨다.

"엄마. 우리가 왔어요."
"한탄강 건너 왔어요."

형과 나는 동시에 합창하듯 소리를 지르며 어머니에게 달려갔다. 더이상 어떤 말도 필요 없었다.

"아이구, 이게 누구야? 정말 너희들이 왔구나. 천지신명(天地神明)께서 도와주시고 조상님들이 보살펴주셨구나. 너희들을 떼어놓고 와서 얼마나 많이 후회했는지 모른단다. 그런데도 이렇게 제 발로 걸어서 여기까지 찾아오다니, 이건 하늘이 도와주셔도 보통으로 도와주신 게 아니로구나."

뜻밖의 만남에 넋을 잃은 듯 온몸이 얼어붙은 것처럼 서 있던 어머니는 다음 순간 우리를 와락 껴안으셨다. 오른팔로는 형의 목을 감아 안고

왼팔로는 나를 감싸 안으신 채 눈물을 펑펑 쏟으셨다. 모르긴 해도 어머니로서는 이날 흘린 기쁨의 눈물이 생애 최고 기록이었을 것이었다.

그때 형의 기분이 어떠했는지 나는 알 수 없었다. 하지만 나는 눈물 같은 건 한 방울도 흘리지 않았다. 부모님을 만난다는 기쁨을 미리 앞당겨 실컷 맛보았기 때문이다. 38선을 넘는 순간부터 상상 속의 만남을 만끽해서였는지, 아니면 한탄강변에서 통곡을 너무 해서였는지 정작 어머니 품에 안겼을 때는 그냥 무덤덤했다.

"날씨가 점점 추워지며 아버지께서도 걱정이 되어 잠 못 이루는 밤이 많았단다. 우리가 결단을 내리기 전에 너희들이 먼저 고향을 떠날 엄두를 내고 그것도 하루 만에 한탄강을 건너 여기까지 오다니……. 이건 천지신명께서 도와주셔서 이루어진 것이지 인력(人力)으로는 도저히 안 되는 거야. 너희들 내 아들이지만 정말 장하다. 어서 방으로 들어가자. 날씨가 춥구나."

어머니는 한 대목 말씀하실 때마다 그만큼 눈물을 많이 흘리셨다. 눈물의 풍년이었다.

방에서 뛰쳐나온 큰형과 초저녁잠에서 깨어난 동생들은 우리가 나타난 엄청난 현실에 눈이 휘둥그레져 어찌 할 바를 몰라 했다.

나는 방에 들어가자마자 동생들과 말도 제대로 못 나눈 채 한쪽 구석에 쓰러져 뻗었다. 그리고 혼절(昏絶)해버렸다.

그날 밤 나는 희미하게나마 아버지의 목소리를 들은 것 같았다. 아버지의 환호성은 이런 것 같았다. '기적' 그것이었다.

"여보, 이건 기적이오. 애들 둘이서 어제 김화를 떠나 한탄강을 건너 이 시간에 여기까지 오게 되었다니 이런 게 기적이 아니면 무엇이 기적이겠소? 우리 집에 기적이 일어난 거요. 여보, 우리 축하합시다."

그러나 나는 그게 현실 속에서 들은 것인지 꿈을 꾼 것인지 구별이 안 됐다. 나는 한 번이라도, 단 몇 초만이라도 눈을 떠서 아버지께서 환호하는 모습을 보려고 끙끙거렸다. 하지만 몸이 말을 안 들었다.

오히려 내 몸은 아래로, 더욱 깊은 곳으로 가라앉고 있었다. 내가 일어서려고 안간힘을 쓰며 몸을 뒤척이려 하면 할수록 더욱더 깊은 심연 (深淵) 속으로 빠져들었다.

그 물은 모래무지 왕초들과 매자 떼가 수염을 펄럭이며 뽐내는 한탄강 깊은 곳의 명경지수일 수도 있었고, 아니면 금강산 가는 쪽에서 흘러내려 유년 시절부터 내 마음을 설레게 했던 '내 마음의 강물'이었는지도 몰랐다.

이렇게 해서 작은형이 기획하고 내가 따라 나선 '내가 넘은 38선'은 30여 시간 만에 성공적으로 서울의 부모형제를 만나는 것으로 막을 내렸다.

그로부터 꼭 10년째 되는 해, 형은 대학에 입학했다. 나 역시 그 이듬해에 형이 입학한 대학, 같은 캠퍼스에 다니는 신입생이 되었다.

그날 밤 "이건 기적이야!"라고 환호성을 터뜨리셨던 아버지께서는 내가 대학에 입학하던 해 고향에서 처음 실시된 대한민국 국회의원 선거에 출마했다가 고배를 마셨다.

패인은 정부·여당이 자행한 무궁무진한 관권선거, 부정선거 때문이었다. 그 당시 아버지께선 야당인 민주당 공천으로 출마했는데 자유당 말기 독재정권이 밀어붙인 선거 부정이 워낙 극심해서 함께 출마한 인근의 수복지구 민주당 후보들도 모조리 낙선했었다.

이 지역의 선거는 김일성의 남침으로 38선이 무너진 대신 새로 휴전선(DMZ)이 설정됨에 따라 가능했던 것이다.

8·15 광복 후 38선 이북에 속했던 강원도 땅의 경우 한반도의 중심부인 철원과 김화를 비롯, 동해안을 끼고 있는 속초, 고성, 양양 지역과 화천, 양구, 인제 등의 산악지대가 휴전과 함께 대한민국 품에 안긴 반면에 경기도 관내의 38선 이남 지역인 개성, 장단, 연백, 옹진 등은 북쪽 치하로 운명이 바뀌게 되었던 것이다.

그러나 아버지께선 1960년 7월에 실시된 제5대 국회의원 선거에 민주당 후보로 재도전, 4대 선거 때 부정선거로 당선된 자유당 후보를 물리치고 국회의원이 되셨다.

그리고 아버지께서는 75세가 되던 1985년 2월, 오산고교로부터 재학 시절 독립만세를 외치다 제적됐던 선우기성(鮮于基聖), 임창원(林昌元) 동문과 함께 명예졸업장을 받았다.

이날 조선일보는 「세 7순 노인 55년 만에 고교 졸업」이라는 4단 크기의 컷을 뜨고 「光州 학생 항일시위 때 잡혀 중퇴, 現校長이 기록 발견… 묵은 한 풀어」라는 부제(副題)를 붙여 사회면 톱 맞은편에 2단 크기의 사진과 함께 크게 보도했다. 다음은 1985년 2월 13일자 조선일보로 국·학문을 혼용해서 쓴 기사의 전문이다.

세 7旬 노인 55년 만에 高校 졸업

光州 학생 抗日시위 때 잡혀 中退

現校長이 기록 발견… 묵은 恨 풀어

1985년 2월, 제적 55년 만에 서울에 있는 오산고교로부터 명예졸업장을 받은 오산고보 항
일 독립만세를 주도한 세 분의 주인공. 왼쪽부터 선우기성, 신기복, 임창원 등 세 분이 꽃다
발을 받고 졸업장을 들고 있다.

　　칠순의 할아버지 고교생 3명이 55년 만에 모교로부터 명예졸업
장을 받았다.

　　鮮于基聖(74), 林昌元(75), 申基福(75) 등 세 할아버지는 13일 오
전 서울 용산구 보광동 오산고등학교 강당에서 있은 졸업식에서 손
자뻘 후배들과 함께 졸업장을 받아 들고는 '어떤 훈장보다도 값지
다'며 감격해했다.

　　강당을 가득 메운 1천여 명의 졸업생들도 힘찬 박수와 꽃다발로
자랑스런 노선배들의 때늦은 졸업을 축하했다.

　　세 사람은 1929년 전남 광주에서 일어난 항일 학생운동이 전국
적으로 번져 나가던 다음해 1월, 당시 평북 정주에 있던 오산고보의

전교생 5백여 명을 이끌고 만세 시위를 주도하다 일본 경찰에 구속돼 유죄 판결을 받고 퇴학당하는 바람에 졸업의 기회를 놓쳤었다.

당시 鮮于씨와 林씨는 3학년, 申씨는 4학년에 재학 중이었다. 숙부인 鮮于爀과 鮮于壎이 105인 사건에 연루돼 옥고를 치를 만큼 독립운동가의 가문에서 자란 鮮于씨가 맨 처음 만세시위를 계획했다.

여기에 오산학교 설립자인 남강 李昇薰 선생의 특별한 총애를 받고 있던 林씨와 교우회(현재의 학생회) 회장이던 申씨가 가담, 정주 읍내는 물론 경찰서 앞마당에서까지 '독립만세'를 외치는 대대적인 시위를 벌여 일본 경찰의 간담을 서늘하게 했다.

당시 일본 경찰은 이 사건과 관련, 37명의 학생을 체포했으나 재판에서는 세 사람만 유죄 판결을 받고 정든 학교를 떠나야했다.

이후 鮮于씨는 만주와 상해 등지를 돌며 독립운동을 계속했고 해방 후에는 서북청년회 등을 조직, 반공 투쟁에 앞장섰다.

또 申씨는 제5대 국회의원을 역임하는 등 정계에서 활약해왔고 林씨는 개인사업을 하는 등 제각기 가는 길이 달랐다.

세 사람 모두 후회 없는 삶을 살고 있다고 자부하면서도 늘 젊은 시절의 꿈을 키운 모교에서 졸업장을 받지 못한 것이 못내 섭섭했다. 동창생들의 모임에 참석해도 왠지 떳떳지 못한 느낌이 들었다. 해방 후 공산 치하에서 폐교됐다가 6·25 후 서울에서 다시 재건된 모교를 찾아 후배들의 발랄한 모습을 지켜보며 서운함을 달랜 적도 한두 번이 아니었다.

이들의 여생의 마지막 소원을 풀어준 사람은 1983년 이 학교에 부임한 全濟鉉 교장(56)이었다. 全 교장은 78년에 발간된 『五山 70年史』를 읽다가 세 사람에 관한 기록을 발견, "이분들이야말로 진정

한 오산인"이라고 생각하고 동창회와 재단이사회에 건의, 명예졸업
장을 주기로 승낙을 얻어냈다.

올해 오산고등학교의 졸업생은 66회. 그러나 할아버지 고교생
3명은 이날 각각 입학연도에 따라 20회와 21회의 졸업장을 받았다.

세 사람을 대표해 졸업식장에서 답사를 한 鮮于씨는 55년 만에
감격이 살아나는 듯하다"며 눈시울을 붉혔다. 식장을 메운 하객과
후배들은 힘찬 박수로 노선배들의 졸업을 축하했다. 〈金玄浩 기자〉

또 다음은 아버지께서 1934년 5월에 발표된 『新東亞』 창간 2주년 기
념 「문예작품 및 논문 현상공모」에 응모해서 당선작 없는 가작(佳作)에
뽑힌 「조선 청년의 갈길」의 전문이다.

한글만으로는 의미가 분명치 못해서 그 당시 이 잡지는 국·한문을
혼용했으나 그중의 일부 단어는 현재 사용하지 않아 현대어로 바꾸었
으며 일부 한자는 괄호 안에 살려두었음을 밝힌다.

〈論文 佳作〉

朝鮮青年의 갈길

申基福

1. 알 수 없는 文字 「就職難」

오늘날 조선사람 제반사(諸般事)에 난자(難字) 아니 붙은 일은 없
다. 총체적으로 부딪기고 있는 생활난이라는 것은 잠간 제쳐 놓고

서라도 부분적으로 말하면 왈 취직난(曰就職難), 왈 입학난(曰入學難), 왈 무슨난, 무슨무슨난 등등 매거(枚擧)키 어려운 지경이다.

신문이 매일 보도하라고 잡지가 시시(時時)로 말함이 그 어느 것 하나에 난자(難字)가 숨어 있지 아니한 것이 없고 내 몸 자신부터가 난자의 철옹성 속에서 기거(起居)하고 있는 바이지만은 취중(就中) 알 듯하면서도 모를 문자는 취직난이라는 것이라 나는 늘 이 취직난이라는 문자를 볼 때마다 많은 불쾌(不快)를 느낀다.

솔직하게 말하면 반감(反感)을 가지고 있다. 어쩌다가 소학시대(小學時代) 동창생을 만나서 무얼 하고 지내느냐 물으면 놀고 있다고 대답한다.

혹(惑) 중학교 졸업생을 만나서 무얼 하고 지내느냐 물어보면 역시 취직은 못되고 할 일이 없어 낮잠이 일이라고 한다. 기외(其外)에도 다소(多少) 지식청년들을 만나서 이야기를 하다 보면 대개는 취직은 되지 않고 할 일이 없어 낮잠이 일이라고 한다.

매년 3월 각급 학교 졸업기가 되면 신문은 특호 활자로써 그들 취직난을 알려준다. 해중(該中)에도 신문장이(新聞丈)들은 그들의 취직의 고민상(苦悶相)에 대해 만강(滿腔)의 동정을 표하는 말을 늘어놓는다. 이렇게 되고 보니 조선청년의 거의 전부가 봉급생활 이외에 여념(餘念)이 없는 것 같다.

민족과 사회를 돌보지 않고 일신의 안일(安逸)과 영화(榮華)에만 급급(汲汲)하며 따라서 신문도 잡지도 교수(敎授)도 이 경향을 찬동하며 「學問은 登用之道」라는 박물관 진열창(陳列窓) 안에나 넣어둘 관념(觀念)이 지금 세상에 일대철칙(一大鐵則)으로 되어 있으며 그들의 권세와 봉급과 양복(洋服)이 상하의 선망의 적(羨望의的)이 되어 있으며 조금이라도 지식을 가진 청년들은 일로(一路) 이 방면으로 용왕매진(勇往邁進) 혈안이 되어 있는 기관(奇觀)이다.

이러한 논법(論法)으로 진행되는 세상이다. 이 반면(反面)에는 지식 있는 자는 월급쟁이로, 그 찌꺼기 무적자(無籍者)는 농민이 되라는 것이다.

천하 인심이 이렇거늘 구구한촌(區區寒村) 일개 농부로서 새삼스럽게 「朝鮮靑年의 갈길」을 말하는 것은 한갓 지묵(紙墨)과 시간 낭비 이외에 아무런 소득이 없을 것이 아닌가, 차라리 붓을 던지는 것이 옳을까 한다.

그러나 나는 조선청년들에게 묻노니 조선청년들이여! 과연 당신네들의 갈 길은 봉급의 길 이외에 다른 길이 없는가? 기성기관에 일개 용부(傭夫) 노릇 하는 것밖에 없을 것인가? 그리하여 그 길이 막힌 자 「낮잠」 이외에 할 일이 그다지도 없는가? 그리고 한 걸음

더 나아가 주사청루(酒肆靑樓)에 빠지는 것밖에는 다른 도리가 없는가? 생각하여 보면 조선과 같이 일 많은 땅이 또 어디에 있겠는가?

조금이라도 이기적인 사상을 버리고 개인의 영귀(榮貴)를 떠나서 생각하여본다면 이 백사지(白沙地) 조선처럼 일 많이 있는 곳이 없는 줄 생각한다. 그렇거늘 할 일이 없어서 낮잠이 일이라는 말이냐 말이다. 조선청년은 그의 갈 길을 찾기 전에 먼저 취직 소리를 그만두어 보자. 그리고 개인을 떠나서 눈을 들어 좀 더 대국(大局)을 바라보자. 그리고 단 몇 시간만이라도 좋으니 현하조선(現下朝鮮)을 좀 똑똑히 정신 차려 살펴보자.

갈 길이 자연히 알려질 것이다. 우리는 우리 청년들의 갈 길을 논의하기 전에 먼저 위에 말한 몇 가지부터 실행하고 이야기해볼 것이다.

2. 朝鮮청년의 갈 길은 歸農 이외에 없다.

모든 운동을 농촌에서부터 재출발하자! 조선청년들의 갈 길은 농촌으로 가는 길밖에 없다. 다른 것보다도 현하(現下) 청년들의 일터는 농촌이라 하겠다.

수년 이래 귀농을 말하는 자 많고 일부 청년들 가운데는 벌써부터 농촌에 와서 곡괭이를 잡고 선 자 많다고 하겠지만 아직도 전체적으로 따져본다면 극소(極少)에 불과하다. 10년 전만 하여도 조선청년들의 갈 길이 다른 곳에 있었을는지도 모른다.

그러나 오늘날에 와서는 동서남북을 돌아보아도 농촌 이외엔 갈 곳이 없다. 농촌에 와서 무슨 일을 하며 어떠한 방법으로 일해야 하겠느냐는 원리 내지 방법(原理乃至方法)은 아직 논외에 두고서라도 조선청년은 어느 곳보다도 농촌으로 와야 한다.

그것은 무슨 이유인가? 그것은 농촌에 할 일이 제일 많은 까닭이며 농촌운동은 온갖 조선운동의 기초공사이며 따라서 조선 역사를 끌고 나아갈 원동력은 농촌인 까닭이다.

조선이 농업국임은 두말할 여지도 없으며 전인구의 8할 이상이 농민이다. 1,600만의 동포가 아사선상(餓死線上)에 서서 있으며 90% 이상의 문맹(文盲)을 가진 농촌의 현상이라는 것은 너무나 알려진 사실이매 장황하게 농촌의 참상을 말하는 것도 오히려 사족(蛇足)일까 한다. 이것만 가지고 말한다 하여도 조선청년은 다른 길로 갈 여지(餘地)가 없는 것이다.

귀농은 농민과 부침(浮沈)을 같이한다. 농촌갱생은 곧 조선의 갱생이요 농촌의 파멸은 곧 조선의 파멸이다. 그러므로 농촌 문제만 해결된다면 곧 조선운동의 반분(半分) 이상을 성공한 것이다. 즉 조선의 사활(死活)은 농촌에 매여 있는 것이다. 조선의 사활이 매달린 것을 버리고 우리는 어디로 갈 것이냐?

생각건대 아직껏 지난날에 조선이 행해온 모든 일에는 너무나 기초를 무시한 감(感)이 없지 않다. 개인의 일이 그러하고 사회의 일이 그러하였다.

옛날 인도(印度)에 어떤 사람이 우인(友人)의 소유인 오층루(五層樓)에 올라가보고 자기도 한번 오층루를 가져보리라 작정하였다. 그리하여 돌아가서 목수에게 청하여 오층루를 지어 달라고 하였다.

그런데 「내가 갖고 싶은 것은 오층루의 제오층(第五層)이니 다른 것은 그만두고 제 오층만 지어달라」고 하였다. 이것이 우리에게 주는 교훈(教訓)될 말이라고 나는 생각한다.

10원짜리 팸프랫트 한 권 읽고서 벌써 맑쓰·레닌의 학문을 전부 해득(解得)한 사람처럼 자칭 사상가(思想家)로 행세하며 시시한 소설 한 편, 시 한 편을 써서 값싼 조선문단(朝鮮文壇)에 내놓고 어느덧 일류 문사연(文士然)한다. 이러하니 원래 깊은 연구도 없으며 얼마 못 가서 밑천이 드러나게 된다. 그다음에 돌아올 것은 무엇이냐? 또다시 이것을 사회에 비추어 보아도 역시 그러하다.

우리의 모든 운동의 토대는 농민에게 두어야 할 것이다. 진정순서(眞正順序)는 농민 대중을 각성(覺醒)시킴으로부터 출발하여야 할 것이다. 그리고 그 뭉친 큰 힘을 구사(驅使)하여야 할 것이다. 그러나 사실은 어떠하였는가? 나의 생각까지는 이 순서에 중간에서부터 출발하거나 그렇지 않으면 그보다도 맨 꼭대기서부터 출발하였다.

그러므로 전일(前日)에 반상(班常)의 계급이 심하듯이 운동자와 일반 농민대중과의 거리가 퍽 멀다고 할 수 있다.

나의 말이 너무도 외람하고 만용적(蠻勇的)인지도 모른다. 피를 흘린 선도자(先導者)에게 스스로 죄(罪)를 범하는지도 모른다. 그러나 이 거리가 멀어진 데 대하여는 그분네들이 순서의 맨 끝에서부터 출발하였으며 잠자는 자 깨울 겨를이 없이 아는 이들끼리만 나아간 까닭이며 또 한 가지는 가슴에 제각금 영웅심(英雄心)을 품고 있는 까닭이라고 말할 수 있다.

그리하여 '큰일'만 생각하고 '적은 일'은 돌보지 않았다. 한 집을 이루는 데 기둥 될 생각만 하였지 서까래가 되기는 싫어하였다.

사세(事勢)가 이러하매 이조사(李朝史)를 타매(唾罵)할망정 삼분사열(三分四裂)의 파쟁(派爭)을 면치 못할 것은 정리(定理)이다.

그러니까 우리는 아직까지 우리 독자(獨自)의 이론(理論) 하나 가지지 못하였다. 다시 생각하여보자. 우리가 농민대중을 돌보지 않고 어떻게 무슨 일을 하겠는가? 우리의 지식 수준이 선진제국에 비하여 말할 수 없는 저열(低劣)의 도(度)를 가지고 있거늘 오로지 운동 수준에 있어서는 그들과 똑같이 진행시키려는 것은 모순(矛盾)이 아닌가? 적어도 의무교육이 실시되어 문화가 훨씬 높은 그들과 열이면 아홉 명이나 까막눈이를 가진 우리와 똑같은 방법을 가지라는 것은 무모(無謀)가 아닌가?

그야 물론 일천육백만의 무학자(無學者)가 있다 하더라도 우리보다도, 세계의 누구보다도 지지 않는 학자며 사상가가 있다. 그리하여 선진국 운동과 같은 보조(步調)로 나아갈 만한 역량을 가진 분도 다수(多數) 있다 하겠다.

그러나 그이들이 자기 갱생만 하고 그 보조(步調)로 나간다면 전에 말한 바와 같이 그 사람들끼리의 운동이다. 그러니까 독불장군(獨不將軍)이다. 역사의 무거운 수레는 결코 소수의 사람으로서 운전할 수 없다. 짐수레를 끌고 가는 자는 결코 마부(馬夫)가 아니요 우마(牛馬)인 것이다. 소가 병들어 잠자고 있거늘 어리석은 마부 홀로 날뛰며 소리를 지른대야 무슨 소용이 있겠는가?

돌아와 잠자는 소라면 깨우고 병난 소라면 약을 먹여 고쳐서 멍에를 메우고 그리고 채찍질을 하여 몰고 가는 것이 상책일 것이다. 조선의 청년들이 하루바삐 농촌으로 돌아와야 할 이유의 한 가지가 여기에 있는 것이다.

3.「가라」와「오라」의 差異

내가 보통학교를 졸업할 때의 이야기다. 졸업식 날 군수라는 양반의 연설에 다음과 같은 말을 들었다. 길다랗게 여러 가지 사연을 말한 후 농사 이야기를 꺼내는데 약국의 백복령격(白茯令格)으로 농업은 신성(神聖)이니 천하지대본(天下之大本)이니 하여간(何如間) 농사가 제일이란 말을 하였다. 그러고서 내종(乃終)에 한다는 소리가「사실이 군수의 지위도 농사만 못한 것이요」하였다. 어릴 때 생각에도 큰 의문을 가졌다.「저 사람은 왜 세상에서 제일 좋은 농사를 짓지 않고 군수 노릇을 하고 있노?」이런 의문을 가졌었다. 내가 왜 이런 말을 하느냐 하면 오늘날 식자간(識者間)에 귀농을 말하는 자 중에는 이 군수와 똑같은 사람이 많다는 것이다.

소위(所謂) 지사(志士)라는 사람들은「청년들아 농촌으로 돌아가거라」하고 외친다. 신문·잡지를 통하여 혹은 연단(演壇)에서 힘써 말한다. 그 논조, 그 웅변(雄辯)이 일견 그럴듯하지만 덮어놓고 다른 사람에게만 가라 가라 하는 것은 무책임하기 짝이 없다.

농촌운동과 같이 현하에 훌륭하고 적절한 운동도 없지만 실제는 이만큼 어렵고 위험한 노릇도 또다시 없을 것이다. 농촌이 몰락해 가는 것 즉 지주, 자작농, 소작농 할 것 없이 모두 다 밑져 간다는 것은 엄연한 사실이다. 소작인의 1개월 생활비 1원 20전이란 말은 벌써 들은 바이다. 이것이 조선농회의 조사 발표한 바가 아닌가?

수일 전 보도이지만 조선인 평균 1인당 미소비량(米消費量)이

1년에 3두9승(三斗九升)이라 한다. 보는 자마다 길게 한숨을 쉬리라. 그러나 농촌만 따로 떼어서 따로 평균을 내어본다면 3두9승이 무엇이냐? 그 아래 아래로 내려갈 것이다. 이러한 참혹한 현상이니 농촌에 돌아오는 자, 자칫하면 생활에 위협을 받아 역시 기아(飢餓)를 면치 못할 것이다. 섣불리 대들었다가는 자기 일신(一身)도 지탱치 못하게 되는 곳이다. 이러하거늘 도회(都會)의 우국지사(憂國志士)들은 자기들은 화려한 도회에 있으면서 수층 양옥(數層洋屋) 안락의자(安樂椅子)에 앉아서 구두 신고 양복 입고 심지미정(心志未定)의 청년들에게 농촌으로 가라고 외친다.

이 무슨 기관(奇觀)이냐? 자기네들에게 그만한 자각이 있다면 자신부터 먼저 농촌으로 가야 할 것이다. 그리하여 호미를 쥐고 일을 하며 농촌의 일을 겪어봐야 할 것이다. 조의(粗衣)도 입어보고 악식(惡食)도 먹어봐야 할 것이다. 여하튼 그 고락(苦樂)을 스스로 겪어봐야 하고 그 참상을 골고루 맛보아야 할 것이다. 그렇게 하는 동안에 빚어진 계획 연구 경험을 들어서 천하의 청년을 불러야 한다. 즉 농촌으로 「가라」는 소리는 듣지 말기로 하자.

4. 빛 다른 空想

귀농하려는 청년의 심리는 어떠한가. 나는 이제 농촌에 오라는 자에게 경계(警戒) 몇 가지 조건이며 어떤 각오를 가져야 하겠느냐는 데 대하여 몇 마디 말하려는데 마침 얼마 전에 나의 우인(友人) 하나가 귀농에 대하여 문의한 일이 있었다. 그래서 내가 그 회답을 써두었는데 이럭저럭 보내지 못하였다

이제 나는 자신의 편의상 그 편지(片紙)의 내용을 여기에 기록함으로써 차항(此項)을 대신하련다.

　『〈前略〉 첫째, 우리는 농촌을 볼 때 시안(詩眼)으로 보지 말고 과학안(科學眼)으로 볼 것입니다. 형이 본 농촌은 너무나 시적(詩的)입니다. 아름다운 산천, 맑은 공기 등등 농촌의 풍광에 대한, 즉 자연에 대한 동경(憧憬)이 귀농에 첫 동기가 되어서는 아니 됩니다.

　이것이 한 이유가 되지 않는 것은 아니외다. 이것은 배부른 흥정입니다. 순박한 농민들의 심정이며 유유자적(悠悠自適)한 생활을 그리워하여 은둔자(隱遁者) 비슷한 삶을 가지려는 것도 잘못입니다.

　이렇다면 나는 형에 대한 인식의 부족을 책함보다도 형을 현하 경쟁리(競爭裡)에 열패자(劣敗者)로 규정하겠습니다.

　실제로 농촌에 와서 일하게 되면 아름다운 산천 속에 살면서도 그 산천을 한가하게 바라볼 수 없게 되고 맑은 공기 속이지만 먼지 복더기를 면치 못하며 꽃놀이 단풍 구경을 다니다가는 목에 조밥도 못 넘기게 됩니다.

　나는 한 비유(譬喩)를 써서 말하려 합니다. 여기에 아름다운 한 화원(花園)이 있습니다. 날은 따뜻하고 부드러운 바람이 불어오는 날 화원의 온갖 꽃들은 활짝 피어 있습니다. 벌·나비는 이 꽃 저 꽃으로 춤추고 다니며 나무에선 새들이 지저귀고 제비는 푸른 하늘을 저어 다닙니다.

　이 광경을 시인이 볼 때는 춘흥(春興)에 잠겨 한 수의 시를 읊습니다. 그러나 자연과학자가 이를 볼 때는 어떤 결론에 도달하리까? 말할 수 없는 살풍경(殺風景)일 것이외다.

꽃이 화관(花冠)을 벌리고 있는 것은 벌·나비를 청하여 자기수정(受精)작용을 하자 함이요. 벌·나비 역시 먹을 것을 찾아다니며 새는 목청껏 이성(異性)을 부르고 제비는 이 가운데를 다니며 살생(殺生)을 감행하며 거미는 줄을 쓸고 있지 않습니까?

이렇게 보면 시인의 춘흥도 아무것도 없고 오직 그 속에는 격렬한 생존경쟁(生存競爭)뿐임을 알 것입니다. ■■ ■■■ ■■■ 現下農村은 비참(悲慘) 이외에 아무것도 없습니다. ■■■■■■ ■■■
■■■ ■■■ ■■■■■■ ■■ ■■■ ■■■ ■■■
■ (앞의 검은 네모들은 검열관이 활자를 뒤집어 꽂도록 한 부분임)

한 말로 말하자면 지옥(地獄)입니다. 이 지옥을 뜯어 고쳐서 천당(天堂)을 만드는 것이 형의 사명인 줄 알고 오시오. 무한한 고통을 미리 각오하고 들어오시오 그렇지 않으면 형은 한 달 이전에 농촌을 떠나게 됩니다.

둘째, 형은 영웅심(英雄心)에 지배를 받아서는 아니 됩니다. 백마금안(白馬金鞍)에 호화를 꿈꾸는 것도 아니요, 거부장자(巨富長子)를 바라는 것도 아니요, 오직 일개 농부로 생활하여 진심갈력(盡心竭力)하여 농촌 갱생을 도모하여 보려는 형에게 영웅심 유무를 찾는 것이 도대체 실례(失禮)가 아닐까 합니다만은 청년이라는 것은 누구나 그가 살아감에 있어 무지개 같은 공상이 뿌리박기 쉬우므로 혹시나 하는 마음에서 하는 말입니다.

형이 힘껏 몇 년만 노력하시면 형도 행복되고 따라서 농촌도 구하여져서 형은 농촌의 구주(救主)가 되고 그들의 칭송(稱頌) 가운데서 살리라고 생각 마시오.

예산(豫算)대로만 되면이야 하루저녁에도 기와집을 열둘씩도 지을 수가 있지 않아요? 물론 형이 이상(理想)하는 바가 멀지않은 장래에 실현되고 보면이야 그런 기쁠 데가 있겠소만은 일이 난중(難中)에도 난중이 매우 염려되어 목숨 있는 날까지 일하겠다는 결심을 가지시오. 사업보다도 성공한 그날에 명예의 지위를 그리고 있다면 일은 벌써부터 실패입니다. 그렇게 되면 역시 한 달 이전에 낙망하게 됩니다.

셋째, 형은 관용성(寬容性)과 인내심(忍耐心)을 가지고 오셔야 합니다. 참으로 농촌에서 일하려면 남다른 포용성과 탄력(彈力)을 가져야 합니다. 형이 농촌에 와서 농사를 지어보시오. 무슨 사업을 시작해보시오. 농민들은 형을 조소(嘲笑)하며 심지어 모욕(侮辱)합니다. 협잡관(挾雜觀)합니다.

이런 종류의 것은 무지가 낳은 중우(衆愚)에 소이(所以)라고 탓할 바도 못 되지만 그 선(善)도 그 악(惡)도 못 되고 강(强)도 유(柔)도 못 되는 미지근한 심정, 턱없는 자비심(自卑心)과 비겁(卑怯) 등등 때로는 참기 어려울 때가 많을 것입니다. 그러니까 넓은 가슴이 필요합니다. 이형! 더 자세한 것은 다음으로 미루고 이만 끝이겠습니다.』

5. 농촌은 일꾼을 기다린다. 주저 말고 하루 바삐 오라.

귀농의 필요와 그 주의에 대하여 나는 대강 말하였다. 혹자(或者)는 이 글을 보고 전부터 품었던 귀농계획을 포기할 자도 있으리라.

"그거 어디 어려워서 해먹겠나"하고 말할 자도 있으리라. 그렇다! 참으로 어려운 일이다.

　그러나 생각하여 보라. 세상에 쉬운 일이 어디 있으며 어렵다고 그 일을 하지 않으면 장래는 어찌 될 것이냐? 우리는 안일(安逸)을 구할 때가 아니다. 못살면 조상 탓을 한다. 하지만 우리의 조상이 잘 못하여 우리가 이 신세가 되었으니 또다시 우리가 안일만 구하고 있다면 장래는 어찌 될 것이냐. 쪽박 이외에 차지할 것은 아무것도 없다. 방황(彷徨)하지 말고 용기와 열정과 지식을 싸가지고 하루바 삐 일 많은 농촌으로 오라. 조선청년의 갈 길은 농촌 이곳밖에 없다. 〈끝〉

　한편, 그날 나와 함께 한탄강을 건넜던 형은 대학을 마친 후 1963년 월간『비즈니스』편집장으로 사회생활을 시작한 이래『현대경영』창간 멤버로 스카우트되어 경제·경영 전문 분야에서 일했다.

　한국능률협회를 대표해서 다보스 포럼에도 해마다 참석하는 등 미 국·일본 등의 신경영 기술과 직업훈련 시스템을 도입·보급하는 데 힘 썼다.

　형의 외국어 실력은 탁월했다. 영어와 일어는 물론, 중국어 구사능력 까지 완벽에 가까웠다. 그건 외국어 습득에 대한 선천적 재능에 못지않 게 일단 목표를 세우면 물러서지 않는 끈질긴 노력의 결과였다.

　광복 당시 국민학교 3학년에 다니며 익힌 일본어를 기초로 대학 재 학 중에도 꾸준히 일본서적을 접하고 직장생활 초기부터 일본인들과 교류했다. 이로 인해 40세 때 KMA 임원이 되기 훨씬 앞서 해외에서

38선을 넘은지 60년의 세월이 흐른 2007년 5월 31일 한국능률협회(KMA) 대표이사 회장에 취임하던 날의 형님 내외와 필자 부부가 함께 기념사진을 찍었다.

열린 국제회의에서 현지어를 막힘없이 구사해서 그 당시 연세가 많은 한·일 두 나라 참가자들을 놀라게 했다.

이에 앞서 형은 일본어판 『세계명작넌픽션시리즈』를 통해 인각의 극한상황을 대행경험하는 동시에 일본어 실력을 업그레이드시켰으며 그 다음 단계로는 영문으로 번역된 『한국단편문학전집』을 독파해서 영어 실력을 향상시켰다.

또 88서울올림픽 이전부터 "중국굴기(中國掘起)"의 가능성을 보고 중국어 습득에 매진, 1대 1 개인교습을 받는 등 3년 넘게 중국어에 매달려 베이징에서 열린 국제회의에서 자유자재로 스피치를 하는 수준까지 이르렀었다.

내가 형과 함께 동숭동 캠퍼스에서 3년 가까이 공부하는 동안 강의

1990년대 초반부터 해마다 제주에서 열린 KMA 주최 하계 최고경영자세미나에 참석한 신영철·이성자 부부.

실 근처나 연구실 또는 교정에서 한 번도 형과 마주친 일이 없었다. 나는 친구들과 자주 어울려 학교 앞 별장(別莊)다방 2층에 앉아 음악감상을 하거나 부근에 있는 무허가 판잣집 골방에 앉아 막걸리를 마시는 등 허송세월을 보냈으나 형은 이런 곳엔 얼씬도 하지 않았다.

그 시간에 형은 강의실과 도서관, 아니면 학비를 조달하기 위해 뛰는 아르바이트 현장 등 3곳만 오고갈 뿐 다른 데는 한 눈을 팔지 않았다.

따라서 도서관에 가면 언제나 형과 마주할 수 있었다. 신입생 시절 어느 가을날 형에게 전할 말이 생겨 도서관에 갔었다. 그랬는데 일본어로 된 『희랍어입문서(希臘語入門書)』를 펴놓고 있었고 그 다음 번에 갔을 때는 도서관 2층 똑같은 지정석에 앉아 『나전어초보(羅甸語初步)』라는, 역시 일본어책을 펴놓고 씨름을 하고 있었다. 그럴 때마다 나는 서

166

양철학을 전공하려면 그리스어와 라틴어는 필수여서 그럴 것이라고 가볍게 생각했었다. 하지만 철학과 학생들이라고 해서 모두가 그런 건 아니라는 사실을 나중에 알게 되었던 것이다.

어쨌든 이런저런 일로 인해 형은 철학과 동문들로부터 '마로니에 캠퍼스의 공부벌레'라는 꽤나 긴 별명을 얻었고 일부 학생들은 형을 소크라테스에 빗대어 '신크라테스(Shincrates)'라고 불렀다는 것이다. 그러나 나는 재학 중 그런 사실을 전혀 몰랐고, 직장생활을 하며 그것도 '지천명(知天命)'을 지날 무렵 형의 친구들로부터 들어서 비로소 알게 되었던 것이다.

형은 한국능률협회 컨설팅 대표이사 사장을 역임하기 전후로『상혼(商魂)』(1972),『전문가 시대』(1977),『컨설턴트가 되고 싶은 이들에게』(1986)라는 저서를 집필했다. 이 밖에도 역서로『선택의 자유』와『과학적 관리법』,『바람직한 관리자상』이 있다.

또 신영철 사장 KMA 근속 30년 기념 문집인『신사장의 편지』(1996)와 근속 40년을 맞이하여 받아서 정리한 소중한 만남과 고마움의 글 모음인『만남의 꽃다발』(2006)도 출간했다.

이 가운데 1972년 능률협회 출판부에서 펴낸『상혼』은 한국의 개성 상인과 중국의 화교(華僑), 그리고 일본의 오미상인(近江商人)의 특질과 상인정신을 비교분석한 역저로 평가되고 있다.

2006년 4월부터 2010년 3월까지 한국능률협회 대표이사 회장을 지낸 후 2014년 6월 22일 지병으로 별세했다.

아버지의 考終命,
그리고…

1

새로운 밀레니엄을 한참 앞두고 아버지께서 별세하셨다. 아버지보다 3년 늦게 태어난 어머니는 아버지가 세상을 떠난 후에도 3년을 더 생존해서 결국 두 분의 재세(在世) 기간은 83년, 동률이 됐다.

아버지는 한평생 비교적 건강하게 지내셨다. 80세가 가까워지며 조금씩 노쇠해지다가 생애 마지막 50일쯤은 서울에 있는 어느 대학병원에 입원, 친지 등을 한두 사람씩 모두 만나보고 조용히 눈을 감았다.

그 점에선 어머니도 비슷했다. 환갑을 넘길 때부터 무릎이 신통치 않고 당뇨의 초기 증상이 있어 이따금 약을 드시던 어머니도 눈을 감기 6개월 전쯤 난생처음 큰 병원에 입원하셨고 몇 차례 입·퇴원을 거듭한 끝에 새빨간 장미꽃이 활짝 피던 날 밤 떠나셨다.

5일장으로 아버지의 장례를 치를 때였다. 늦은 밤 1개 분대 병력쯤 되는 넥타이를 맨 문상객이 영안실에 쇄도했다. 나보다는 10여 년 전후의 후배들로 언론계에 발을 들여놓은 지 20여 성상(星霜)이 흘러 나름대로 신문기자로서의 관록이 붙은 엘리트들이었다. 고인의 영전에 재배를 올리고 상주들과 인사를 나눈 다음 그 가운데 한 후배가 맞은편 접객실에서 소주잔을 기울이고 있는 손님들이 모두 들을 수 있도록 우렁찬 목소리로 이렇게 외쳤다.

"신 국장! 밴드 좀 불러오세요. 밴드. 이런 장례 흔한 게 아닙니다. 옛날에 내 고향 남쪽 같으면 벌써 농악대 불러다가 상주들과 함께 마당에서 춤판을 벌였을 거예요. 이 병원엔 농악대가 없을 테니까 그 대신 밴드라도 불러오세요."

그때는 내가 언론계를 떠나 잠시 쉬고 있던 시기였다. 그 순간 빈소에선 일제히 폭소가 터졌다. 누구 한 사람 슬퍼하는 기색 없이 싱글벙글하는 초상집 분위기를 연출했던 것이다.

하긴 아버지는 나라를 잃을 때 태어난 그 시절, 이 나라의 모든 다른 아버지들처럼 고생을 많이 하셨다.

1911년 태어나기 바로 전 해에 나라를 일본에게 빼았겼으며 아홉 살때 3·1 운동의 함성(喊聲)을 들었을 터이다. 6·10 만세 사건에 이어 광주 학생 사건이 일어난 이듬해 아버지는 오산고보 만세 운동을 주도하는 기폭제(起爆劑) 구실을 했다.

또 조국이 해방된 이후에도 38선으로 남북이 분단된 가운데 6·25 동란이 발발하고 1953년 7월 27일 휴전과 더불어 한반도 허리에 DMZ가 생긴 뒤 4·19와 5·16 등 그야말로 격동의 한 시대를 살면서도 목숨을 부지했던 것이다.

특히 1950년 6월 25일 김일성이 남침을 감행, 탱크를 앞세운 적군에게 서울이 함락되던 28일 아침엔 평북 출신의 아버지 친구분 가족 등 40여 명이 여러 차례로 나뉘어 나룻배로 한강을 건넜다.

1985년 3월 오성산이 올려다 보이는 김화읍 땅에 망향탑이 세워지던 날의 아버지와 필자. 왼쪽은 임석빈과 박명환 등 필자의 경복고등학교 동문으로 박명환은 그후 서울 마포갑에서 국회의원으로 3회 연속 당선되어 의정활동을 했다.

　안양(安養) 변두리서 하룻밤을 새운 뒤 각자 살길을 찾아 흩어지기로 합의함에 따라 우리 가족들은 줄곧 걸어서 경상북도 청도(淸道)군 매전(梅田)면 면사무소가 있는 동산(東山) 마을까지 피란을 갔었다.

　그 무렵 유성(儒城)엔 아버지와 절친한 강창헌(姜昌憲) 목사님이 살고 있어 처음엔 그곳을 목표로 남하했다. 하지만 우리가 금강을 건너기 전에 유성이 적의 수중에 떨어지고 침략군이 전라도 쪽으로 진격해 갔다는 소식이 전해져 부득이 동남쪽으로 방향을 바꿨다. 추풍령을 넘고 낙

신기복·최명 부부와 12명의 아들·며느리들. 이 사진은 1984년 9월 8일 어머니가 고희를
맞았을 때 촬영한 것이다.

동강을 건너 청도까지 밀려갔던 것이다.

9·28 수복 후 서울에 복귀했다가 1·4 후퇴 때는 얼어붙은 동작동
앞 한강을 건너 충청남도 논산(論山)읍 화지(花地)리까지 피란을 갔었
다. 전란 중엔 남들처럼 먹을 것도 제대로 못 먹는 등 고생을 많이 했
다. 그런 가운데 피란길에 영천(永川)을 지나가다 나이를 부풀려 육군
에 자원입대한 큰형(洙澈)이 일선부대 통신병으로 근무하며 소식이 끊
겼다가 휴전 무렵 2등 중사 계급장을 달고 첫 휴가를 나와 우리들을 기
쁘게 했다. 그런 점에선 큰형도 운이 좋은 편이었다.

이런저런 연유로 인해 우리 고향 촌로(村老)들 사이에선 김화의 신씨
집안 후손들은 조상님의 묏자리가 좋아 큰 덕을 본 것 같다는 얘기가

나돌기도 했다.

아버지는 어머니를 만나 슬하에 아들 6형제를 둔 채 60년 이상 해로 (偕老)했다. 남녀가 결혼을 하고 그 부부가 60년 넘게 이 풍진 세상을 함께 산다는 것은 결코 흔치 않다. 확률적으로도 얼마나 될는지 짐작하는 것조차 쉽지 않다.

인간 만사는 새옹지마(塞翁之馬)라는 말이 있는 것처럼 인간의 운명은 누구도 알 수 없기에 더욱 그렇다. 예를 들어 지금 10만 쌍의 신혼부부가 탄생했다고 할 때, 그중 몇 명이 60년 넘게 함께 살아 이른바 '수부귀다남자(壽富貴多男子)'나 '수부귀고종명(壽富貴考終命)' 소리를 들을 것이며, 여기서 돈을 못 벌어 귀한 대접을 못 받았다는 이유로 '부귀(富貴)' 대목은 빼버리더라도 '수고종명(壽考終命)', 즉 제명대로 살다가 편안히 죽었다고 말할 수 있겠는가 하는 게 그날 밴드를 불러오라고 외쳐댄 후배의 논리였다.

해방되던 해 우리 형제는 5형제였다. 그런데 휴전 후 막냇동생(光澈)이 태어나 6형제가 되었다. 장례를 5일장으로 치른 것도 막냇동생의 의견을 들어서였다.

아버지가 운명(殞命)하시던 날 어머니는 모든 장례 절차를 아들들에게 위임하겠다고 말씀하셨다. 누구든지 하고 싶은 얘기가 있으면 기탄없이 말하자고 내가 운을 떼었고 이에 따라 막냇동생이 입을 열어 5일장으로 정했던 것이다.

동생이 주장한 근거는 소박한 것이었다. 형님들은 길게는 20년으로부터 짧아도 10년 이상 먼저 태어나 아버지와 함께 살아온 세월이 그만큼 길지만 자기는 그렇지 못해 장례 기간만이라도 늘려 돌아가신 아버지를 가까이서 애도하고 싶다는 얘기였다.

2006년 4월 일본 중부 지방 나들이에 나선 신씨 일가의 며느리들. 이날 모임엔 둘째 며느리가 동행하지 못했다.

　이 말에 반대할 형은 한 명도 없었다. 실제로 조문객 가운데는 "요즘처럼 바쁜 세상에 3일장이 아니고 5일장이냐?"고 묻는 분들도 많았다. 그럴 때마다 나는 막냇동생의 의견을 존중해서 그렇게 되었노라고 설명했다.

　인간이 세상에 태어나 한평생을 살고 떠날 때 그가 행복했는가 아닌가를 평가하는 일은 쉽지 않다. 특히 그게 피상적이고 형이하학적 관점에서라면 몰라도, 올바로 평가하고자 한다면 더더욱 그렇다.
　말하자면 호상(好喪) 여부를 판단하는 기준 역시 살아 있는 사람들이 편의적으로 정해 놓은 것일 뿐 이승을 떠난 고인(故人)들의 족적(足跡)을 고려해서 헤아리는 게 아니라는 것이 나의 견해이기도 하다.

아주 극단적인 예로 "나물 먹고 물 마시고 팔을 베고 누웠어도 그 속에 즐거움이 있다(飯疏食飮水 曲肱而枕之 樂亦在其中矣)"고 진정으로 만족하는 사람이라면 비록 그가 이승에서 초가삼간 집 한 채 가진 게 없다고 해도 불행했다고 단언할 수 없기 때문이다.

그날 아버지의 빈소를 다녀간 많은 문상객들은 대부분 호상이라고 여겼을 것이며 그건 돌아가신 어른이 '복이 많은 분'이라는 이야기와 다름없었으리라.

하지만 아버지는 결코 평범한 삶을 누리지 못했다. 오히려 파란 많은 인생을 살았다고 해야 옳다.

아버지는 평생 세 번 감옥 문을 드나들었다.

20세 때 처음 미결수(未決囚)로 신의주(新義州) 형무소에 갇혔을 땐 분명히 실정법을 어겼다. 일본인들이 만들어놓은 법이지만 소신껏 궐기함으로써 보안법과 출판법을 위반했다.

그러나 그 후 15년의 시차를 두고 두 차례에 걸쳐 영어(囹圄)의 몸이 됐을 때는 아무런 죄를 진 게 없었다. 따라서 죄목이라 할 것도 있을 수 없었다. 더군다나 첫 번째와 두 번째는 일제(日帝)와 소련군정 체제하에서 이민족(異民族)에 의해 옥고를 치렀던 데 비해 마지막 세 번째는 군사 쿠데타를 주도한 박정희(朴正熙) 군부세력에 연행되어 가장 오랫동안, 가장 견디기 어려운, 가장 혹독한 감옥 생활을 했기 때문에 더더욱 분기탱천하였으리라는 게 나의 생각이다.

5·16 쿠데타 당시 5대 국회 현역 의원이던 아버지는 앞서 말했듯이 아무런 죄를 진 게 없이 무너진 장면(張勉) 정권의 장·차관 등 각료를 비롯해 민의원 의원 233명과 참의원 의원 58명 전원, 그 밖의 정치권 인사들 이외에도 부정축재자라고 지탄받는 부도덕한 기업인들과 함께

체포되어 옥고를 치렀다. 이런 가운데서도 쿠데타 세력에 협조키로 한 일부 구정치인들은 크게 고생을 안 하고 적절한 시기에 슬그머니 풀려나기도 했었다.

이런 유의 감옥살이 말고도 아버지 생애엔 또 다른 위기가 있었다.

그건 1·4 후퇴를 열흘 남짓 앞둔, 1950년 12월 24일 크리스마스 전날에 일어난 어처구니없는 사건을 말하는 것으로 한국동란 이후 두 번째로 서울이 적의 수중에 떨어질지도 모른다는 위기감 속에 시시각각 들려오는 어두운 전황(戰況)으로 서울 시내가 온통 공포와 혼란에 휩싸여 술렁거릴 때였다.

이보다 며칠 전 한국군의 정예부대 일부가 초산(楚山)과 혜산진(惠山鎭) 등 압록강과 두만강 지역까지 밀고 올라가 수통에 강물을 담는 등 잠시나마 통일의 꿈을 심어준 일이 있어 시민들이 받은 충격은 더 클 수밖에 없었다.

나중에 밝혀진 사실이지만 이 무렵엔 이미 수십만 명의 중공군이 야밤에 국경을 넘어와 숨어 있었다. 그러다가 첫 추위와 함께 눈보라가 치는 새벽을 기해 총공세를 폈다. 꽹과리를 치고 피리를 불며 달려드는 중공군은 제1진 병력이 무너지면 2선 부대가 몰려오고 이게 전멸하면 또 다른 병력이 투입되는 등 시체가 쌓이고 쌓여도 공격을 멈추지 않아서 놀란 UN군 측에선 이런 걸 두고 인해전술(人海戰術)이라고 했다.

이때 후퇴하는 한국군과 UN군을 좇아 이북 5도에서 많은 피란민들이 새로 자유를 찾아 남하하는 바람에 서울은 순식간에 초만원을 이루었다.

게다가 갈수록 크게 들리는 포성(砲聲)이 UN군 병사들의 지친 모습과 오버랩되어 세상이 더 살벌하고 흉흉한 느낌을 주었다.

특히 이런 시국엔 오열(五列)과 간자(間者)들이 들끓어 누구 한두 사람쯤 비명횡사(非命橫死)를 해도 어디 한군데 가서 하소연조차 할 수 없는 비상계엄령이 선포된 전시(戰時)로서 대한민국의 명운(命運)이 백척간두(百尺竿頭)에 선 절체절명의 위기였던 것이다.

당연히 동서 양 진영의 촉각이 한반도에 쏠렸으며 지난번에는 멋모르고 주저앉았다가 서울에서 적치(赤治) 3개월 동안 저들의 만행을 똑똑히 보아온 시민들도 모조리 피란길에 나서 서울 거리는 보따리를 이고 진 시민들로 북새통을 이루었다.

그 무렵 우리 가족은 종로5가 청계천변에 있는 금강여관 2층에 기거하고 있었다. 그렇지만 그건 기거(起居)라기보다는 피란 보따리를 싸놓고 언제든지 떠날 수 있는 대기 상태인 기거(寄居)라고 해야 옳았다. 그 여관은 아버지와 김화보통학교 동기동창인 염(廉)씨 성을 가진 분의 소유였다.

아버지는 그 당시 재경(在京) 김화군민회장으로 김규호(金奎浩), 정인호(鄭寅鎬), 이시면(李時勉), 김용국(金龍國), 신기초(申基礎) 등 군민회 간부들과 더불어 정부의 도움을 받아 고향에서 남하하는 피란민들을 효율적으로 돕는 방법을 놓고 고심하고 있었다.

이들 군민회 간부들은 8·15 광복 후 공산 치하를 피해 월남했다가 6·25때는 남쪽으로 피란을 갔었고 9·28 수복과 함께 북진하는 UN군을 따라 재빨리 고향에 들어가 한국군 민사요원(民事要員)들과 보조를 맞춰 수복지구 주민들을 선무(宣撫)하는 등 치안 유지에 힘썼던 김화 출신의 반공 청년들이었다. 이들 대부분은 해방 전 일본에 건너가 공부한 30대 초반의 혈기왕성한 젊은이였다.

"The Evacuation from Hungnam was a classic."

서울이 뒤숭숭하게 술렁거릴 때 UN군 사령부의 맥아더 원수는 전혀 흔들림 없이 의연(毅然)했다. 그건 마치 아무 정보가 없어 갈팡질팡하는 연작(燕雀)들이 하루에 9만 리를 날아갈 수 있다는 대붕(大鵬)의 뜻을 어찌 알겠는가 하는 비유와 흡사했다.

맥아더 원수는 중공군의 개입으로 양상이 달라진 한국전쟁을 승리로 이끌기 위해 전선을 남쪽으로 멀찌감치 후퇴시키는 계획을 미리 세워 놓고 기회가 오면 대반격 작전을 전개해서 적을 괴멸시키는 구상을 착실히 진행 중이었다.

그는 UN군이 흥남(興南) 철수 작전을 성공적으로 끝낸 1950년 12월 24일의 상황을 두고 1964년에 펴낸 회고록 『REMINISENCES - General of Army - Douglas MacArthur』에서 아래와 같이 기술했다.

As soon as the X Corps had completed its mission of protecting Walker's right flank from envelopment, I directed its withdrawal by sea to Pusan to join the Eighth Army. Almond's three divisions, the 1st Marine, 2nd and 7th Infantry, fought brilliant actions that stopped three chinese corps in their tracks. The evacuation from Hungnam was a classic. General Almond's report on December 24th read :

The X corps has completed evacuation by air and sea from Hungnam. 350,000 tons of supplies and equipment have been withdrawn. Nothing has been left to the enemy. 105,000 troops, including South Korean units and approximately 100,000 refugees, have been evacuated to safety in South Korea. Structures of possible military value to the enemy have been destroyed. The enemy paid heavily for his attempt to interfere with our operations. The losses of our forces were comparatively light.

When the X Corps arrived at Pusan, it was in excellent shape, with high morale and conspicuous self-confidence.

I myself felt we had reached up, sprung the Red trap, and escaped it. To have saved so may thousands of lives entrusted to my care gave me a sense of comfort that, in comparison, made all the honors I had ever received pale into insignificance.

The basic policies and decisions which had governed operations against the North Korean Army were still in effect, but the situation had entirely changed. This was a new war against the vast military potential of Red China. What I needed, as much as more men and arms and supplies, was a clear definition of policy to meet this new situation. Washington, however, again seemed uncertain and doubtful as to what course to pursue.

이보다 꼭 한 달 전인 1950년 11월 24일, 맥아더 원수는 청천강 지역으로 날아가 미 8군 전진기지에서 지휘하던 워커 중장으로부터 전황을 청취했다.

그 후 항공기에 몸을 싣고 압록강 하구(河口) 일대를 둘러본 다음 조종사인 토니 스토리 소령에게 기수를 동쪽으로 돌리라고 명했다. 그때 장군은 나이가 만 71세에서 2개월이 모자라는 노병(老兵)이었다. 그럼에도 불구하고 그는 비무장 항공기로 1,500m 상공을 날며 불모지대(不毛地帶)나 다름없는 눈 덮인 만주벌판을 샅샅이 정찰했다.

맥아더 원수는 회고록에서 그날 비행의 대담성 자체가 자신을 보호해줄 것으로 믿었다고 회상했다.

On November 24th, I flew to Eighth Army headquarters on the Chongchon River. Walker's advance had been originally set for November 15th, but supplies had not yet caught up, and the date had been postponed. The supply system was still unsatisfactory, but both Walker and myself felt we could wait no longer. Every day allowed more thousands to cross the Yalu bridges, and every day brought closer the winter weather, which would freeze the Yalu and let thousands more across. It was essential to move before Chinese superiority in numbers became overwhelming.

For five hours I toured our front lines. In talking to a group of officers, I told them of General Bradley's desire and hope to have two divisions home by Christmas provided there was not intervention by Red China. This remark was twisted by the press into a prediction for the success of our movement, and this false misinterpretation was later used as a powerful propaganda weapon with which to bludgeon me.

What I had seen at the front worried me greatly. The R.O.K. troops were not yet in good shape, and the entire line was deplorably weak in numbers. If the Chinese were actually in heavy force, I decided I would withdraw our troops at once and abandon any further attempt to move north. I decided to reconnoiter and try to see with my own eyes, and interpret with my own long experience what was going on behind the enemy's lines. I boarded my plane and instructed the pilot, Major Tony Storey, to head for the mouth of the Yalu River. The plane was unarmed and would be an easy target for anti-aircraft fire or air interception, but I hoped that the very audacity of the flight would be its own protection.

When we reached the mouth of the Yalu, I told Storey to turn east and follow the river at an altitude of 5,000 feet. At this height we could observe in detail the entire area of international No-Man's Land all the way to the Siberian border. All that spread before our eyes was an endless expanse of utterly barren countryside, jaggde hills, yawning crevices, and the black waters of the Yalu locked in the silent death grip of snow and ice. It was a merciless wasteland. If a large force or massive supply train had passed over the border, the imprints had already been well-covered by the intermittent snowstorms of the Yalu Valley. I decided to have Walker await withdrawing until actual combat might indicate its necessity.

To my astonishment, I was awarded the Distinguished Flying Cross, and later the honorary wings of a combat pilot. The Air Force's partiality toward me is one of my most grateful memories.

맥아더 원수가 이날 8군 사령부의 전방기지를 비롯, 한만(韓滿) 국경 일대를 자신의 눈으로 직접 확인하고 돌아왔을 때 합동참모본부로부터 온 메시지가 그를 기다리고 있었다. 그 메시지는 어떤 것이었을까……

On my return from the Eighth Army to headquarters, I found a message from the Joint Chiefs of Staff waiting for me. It said :

There is a growing concern within the United Nations over the possibility of bringing on a general conflict should a major clash develop with Chinese Communist forces as a result of your forces advancing squarely against the entire boundary between Korea and Manchuria. Proposals in

United Nations may suggest unwelcome restrictions on your advance to the north. The consensus of political and military opinion at a meeting held Thursday with the Secretaries of State and Defense, the Joint Chiefs of Staff and other officials, was that there should be no change in your mission, but that immediate action should be taken at top governmental level to formulate a course of action which will permit the establishment of a unified Korea and at the same time reduce risk of more general involvement.

Then came a suggestion that after advancing to a position near the Yalu, I should secure the position using R.O.K. forces to "hold the terrain dominating the approaches from the Valley of the Yalu." The limit of my advance in the northeast would be fixed at Chongjin. It went on to say : "Exploratory discussions were had to discover what military measures might led themselves to political actions which would reduce the tension with Peiping and the Soviet Union." I informed Washington that, in my opinion, we would never alter Chinese plans by being timid.

1880년 1월생인 맥아더 원수는 이 회고록이 출간된 지 한 달 후인 1964년 4월 84세로 영면(永眠)했다.

이보다 앞서 트루먼 대통령에 의해 해임된 맥아더 원수는 1951년 미의회 초청 연설의 마무리 대목에서 "노병(老兵)은 죽지 않고 사라질 뿐"
이라는 명언을 남기기도 했다.

"Old Solders never die, they just fade away."

그런데 그 크리스마스 전날 밤 금강여관에서 소동이 벌어졌다. 여관
을 포위한 사복 차림들에 의해 군민회 간부들에게 수갑이 채워지고 검
은 지프에 실려 어둠 속으로 사라졌다. 이날 아버지는 영문도 모른 채
끌려가면서 "당신들은 누구인데 왜 이러는가?"라고 여러 차례 항의했
으나 그쪽 반응은 "네 죄는 네가 알 것 아닌가"하는 투였다는 것이었다.

그러다가 끌려간 곳이 치안국 대공분실(對共分室)이었다. 그 간판을
보고 비로소 '납치'가 아닌 '연행'인 걸 알고 마음이 놓이게 되었다는
것이었다.

한 사람씩 독방에 분리되어 취조(取調)가 시작됐다. 대공분실의 분위
기는 대어(大魚)를 일망타진했다는 듯이 무척 흥분되어 있었다.

심문은 당연히 아버지에게 집중되었다. 이튿날 밤늦게 풀려난 사람
들이 금강여관 윗방에서 어머니와 우리 형제들, 그리고 연행되지 않았
던 군민회 간부들까지 동석해서 들어본 문답은 대개 이런 식이었다.

Q : 당신이 재경 김화군민회장이라는 신기복이 맞는가?

A : 그렇다. 내가 신기복이다.

Q : 언제부터 군민회장을 맡았는가?

A : 1945년 겨울 김화에서 월남한 후 이듬해 봄 정릉(貞陵) 유원지에
서 군민회가 결성될 때 부회장이 되어 일하다가 전쟁통에 회장과 연

락이 되지 않아 9·28 수복 후 임시로 내가 맡게 되었다.

Q : 6·25 때는 어디 있었는가?

A : 피란을 갔었다.

Q : 어디로 갔었나? 혹시 서울에 머물러 있었던 것 아닌가?

A : 아니다. 6월 28일 아침나절 한강을 건넜고 마지막엔 경상북도 청
도군 매전면 면사무소가 있는 동산리 마을에서 추석을 지내고 상경했
다.

Q : 그곳에서 피란을 했다는 사실을 뒷받침해줄 만한 증인이라도 있
는가?

A : 우리는 그 당시 일찍 그 마을에 도착해서 농가 주택의 문간방을
빌려 기거했지만, 동산리 마을에서 밀양(密陽) 쪽으로 향하는 강변엔
노숙하는 피난민들이 수천 명이나 됐다. 하지만 그들은 대부분 김천
(金泉), 성주(星州), 군위(軍威), 의성(義城), 칠곡(漆谷), 선산(善山), 대
구(大邱), 경산(慶山), 영천(永川) 등지에서 온 경상도 사람들로 홑이
불 보자기로 하늘을 가리고 지낸 사람들인데 그들이 내가 누구인 줄
어떻게 알 것이며 나 역시 그들 중 아무도 몰랐으니 피란처에 증인이
없는 건 당연하다.

다만 중앙선 철도 연변을 따라 신령(新寧) 근처를 지날 때 서울 중부
경찰서 소속 A씨를 만난 일은 있었다. 그는 1개 중대쯤 되는 전투경
찰대를 인솔해 남쪽으로 후퇴하던 중이었다. 우린 서로 반가워 굳은
악수를 나누고 이 싸움에서 반드시 승리해 서울에서 꼭 만나자고 거
듭 맹세하고 헤어진 일은 있었다.

Q : 그 사람은 어떻게 아는 사이인가?

A : 내가 올봄에 실시된 제2대 국회의원 선거 때 서울 중구에서 출마

한 원세훈(元世勳) 후보의 선거운동원 노릇을 해서 당선시키는 데 기여했는데 씨는 그때 중부서 소속으로 우리 사무실에 자주 들러 여러 가지 이야기를 나누는 등 가깝게 지냈다. 단둘이 식사도 하고, 차를 마신 일은 여러 번 있었다. 지금이라도 그분과 연락이 되면 그게 사실인지 아닌지 알아보면 될 것 아닌가?

Q : 8·15 광복 이후엔 줄곧 김화에 있었던 것 아닌가?

A : 아니다. 그해 광복 다음 날 김화군 치안대장으로 추대되어 1개 읍, 11개 면의 치안책임자로 40여 일 남짓 일했고, 소련군이 진주하면서 치안대 간판이 날아가고 그 대신 보안서(保安署)가 될 때 소련 군정에 의해 투옥되었다가 잠시 풀려난 틈을 타서 서울로 탈출했다.

Q : 그것도 사실인가?

A : 물론이다. 내가 당신들 앞에서 무엇 때문에 허위 사실을 말하겠는가. 한 마디라도 의심스러우면 오늘 함께 잡혀온 고향 후배들에게 물어보라.

그런데 도대체 당신들은 우리를 잡아놓고 왜 이러는가? 중공군의 개입으로 나라의 운명이 경각에 달리고 여러분들은 공산당을 색출해야 하는 일로 바쁠 터인데 왜 우리처럼 무고한 사람들을 잡아다가 아까운 시간을 낭비하는가? 누가 무슨 흉계를 꾸몄길래 이러는지 한마디 힌트라도 달라.

Q : 그건 우리도 모른다. 우리는 윗사람 지시대로 움직일 뿐이다.

일이 이쯤 되자 수사관들도 머리를 갸우뚱하는 듯했다. 그러나 오열(五列)들 중엔 이보다 훨씬 더 교활하게 수사진을 농락한 경우가 없지 않다며 마음을 단단히 먹고 계속 죄상을 추궁했다. 고발된 사건의 내용이 워낙 악랄해서 무고(誣告)라고는 꿈에도 생각지 않았던 모양이다.

거짓 고발 내용은 이런 것일 수도 있었다. 일제 때 친일파 노릇을 하다가 표변, 광복 후 치안대장이 되어 많은 우익 인사들을 처단하고 일부는 아오지 탄광으로 보내는 등 만행을 자행했고 김화군민회장이라는 직함을 가지고 공산당과 계속 내통하면서 평양 정권의 지시대로 국가 파괴 활동을 모의하는 등 금강여관을 아지트로 김규호, 정인호, 이시민, 김용국, 신기초 등과 함께 암약 중이라는 어마어마한 제보(提報)일 수도 있었다는 얘기다.

이튿날에도 취조는 계속 됐다. 그러나 별 소득은 없었다. 그러던 중 저녁 무렵 김용국이 묶여 있는 방에 누군가 들어오는 것 같았다. 수사관은 피의자에게 지금 저쪽에 들어와 앉아 있는 사람이 누구인 줄 알겠느냐며 뒤를 돌아보게 했다. 뜻밖에도 그는 박○○이라는 한 고향 사람, 같은 나이 또래로 어릴 적부터 잘 알고 지내던 사이였다.

화가 치민 김용국은 그 자리에서 버럭 소리를 질렀다.

"야 이놈, 박가(朴哥) 놈아! 네가 감히 우리를 공산당 프락치로 몰아 이 지경으로 만들어? 이 죽일 놈. 너 이놈, 해방 전에 일본 경찰의 끄나풀 노릇 한 게 탄로 났을 때 신 회장이 불문에 부치고 용서해줬는데 5년 만에 또 이런 흉계를 꾸몄어? 이 천벌을 받아 육시(戮屍)를 할 놈 같으니라구……."

그 순간 박가 놈이 도망치려 했다. 그러나 대공분실이라는 데가 아무나 마음대로 들어왔다가 제멋대로 나가도 되는 허술한 곳은 아니었다. 이 사실을 알게 된 취조반장도 가만히 있을 수 없었다. 그동안 이런 놈한테 속아서 놀아난 게 분해서 견딜 수 없었다.

"이놈의 새끼 정말 악귀(惡鬼) 같은 놈이구나. 내 적반하장이란 말은 여러 번 들어왔지만 너같이 악마의 피가 흐르는 개뼉다귀는 처음 봤다."

화를 풀지 못한 반장은 부하를 불러 밖으로 끌고 나가 없애버리라고 했다. 박가 녀석은 자신이 꾸며 고발한 사건이 어떻게 처리되었는가를 알아보기 위해 대공분실에 들렀다가 얼굴이 노출되어 되잡힌 것이었다.

이런 걸 두고 세상 사람들은 박가에겐 천려일실(千慮一失)이고 군민회 간부들로서는 천우신조(天佑神助)라고 말하는 것이었다. 그렇지 않았더라면 '혐의'가 풀리지 않은 채 곧 1·4 후퇴가 닥치고 공산 프락치라는 누명을 쓴 채 이리저리 끌려다니다가 목숨을 잃어 끝내 행방불명자로 처리되는 일이 얼마든지 있을 수 있는 시절이었기 때문이다.

크리스마스 날 밤늦게 금강여관에 돌아온 아버지는 2층 계단을 오르면서 "우리 모두가 목숨을 잃을 뻔했다"고 안도하면서 군민회 간부들과 함께 무슨 이유로 박가 녀석이 그 따위 흉계를 꾸몄을까 하는 문제를 놓고 밤늦게까지 이야기를 주고받았다.

아버지는 이보다 앞서 고향에 가려다가 중공군 공세로 전선이 밀려 피란길에 나선 동향인들이 38선 이남인 포천(抱川)군 소흘(蘇屹)·가산(加山) 국민학교에 마련된 임시수용소에 있다는 소식을 듣고 그곳을 방문했었다. 그런데 누군가가 문제의 박가 녀석이 낯선 청년과 함께 둘이서 붙어 다니며 수군거린다는 얘기를 전해주어 그를 불러 "왜 자네는 자꾸만 대오를 이탈하려드는가? 그러지 말고 고향 사람들끼리 힘을 합쳐 착실하게 살길을 찾으라"고 타이른 일이 있었다고 말하기도 했다.

취조반장은 이날 아버지 일행을 석방하면서 공산당 놈에게 속아 애국인사들을 처단할 뻔했다고 여러 번 사죄하며 여관까지 되돌아오는 교통편을 제공했다.

사흘 뒤인 12월 28일 우리 가족은 피란길에 나섰다. 신기초 등 군민회 간부 중 미혼자 몇몇은 국민방위군 소령 계급장을 달고 남하했다. 어찌 보면 6·25가 나던 해 28일은 우리 식구들에겐 기억에 남을 만한 날이다. 서울이 적의 수중에 들어간 6월 28일에도 서울을 빠져나갔고, 3개월 후 9월 28일엔 서울이 탈환되어 상경 열차를 타게 되었으며, 다시 3개월 후인 12월 28일엔 두 번째로 피란을 가게 되어 해보는 얘기다.

휴전 후 정인호는 서울 종로3가 로터리 옆 빌딩에서 30년 넘게 대한 경리학원을 운영하며 원장 겸 강사로 활동했다. 김용국은 휴전 후 고향에 들어가 자유당 김화군당 부위원장을 하다가 5·16 이후에는 공화당 지구당 부위원장을 지내기도 했다.

여담이지만 그날 무고한 군민회 간부들을 모함했다가 황천(黃泉)길의 이슬로 사라진 사람의 후손들은 북위 37도 부근에 뿌리내려 살면서 60여 년의 세월이 흐른 최근까지도 고향 근처엔 얼씬도 하지 않았다는 게 옛날 함께 살았던 마을 주민들의 증언이기도 하다.

이 사건은 표면적으로는 종결됐다. 하지만 두 가지 명쾌하지 못한 점이 남아 있다.

첫째, 그날의 무고자가 꾸민 '날조기록(捏造記錄)'은 '존안자료(存案資料)'라는 또 다른 이름으로 지금까지 대한민국 정보기관 어느 캐비닛 속에 보관되어 아버지의 명예를 손상시키고 있다는 게 나의 판단이다.

이런 결과는 날조범은 처단되고 사건 자체는 '무고'로 밝혀졌음에도 불구하고 행정적 절차를 거쳐 그 서류를 폐기시키기엔 1·4 후퇴라는 엄청난 현실 때문에 시간적·정신적 여유가 없어서 그렇게 된 것이 아닌가 여겨지고 있다.

둘째, 박○○이라는 사람이 무슨 이유로 그런 음모를 꾸몄을까 하는 점에 관한 것이다.

그는 ① 해방 전부터 일본 경찰의 밀정(密偵)으로 포섭되어 '불령선인(不逞鮮人)'으로 낙인찍힌 아버지에게 접근, 동향 보고를 하다가 광복 직후 정체가 밝혀져 숨어버렸고 ② 광복 후에도 내무서(內務署)에 코가 꿰어 또 다른 형태의 부역(附逆)을 했을 것이며 ③ 국군이 북진했을 때 패주하는 공산군을 따라 북쪽으로 도주할 수 있었음에도 불구하고 굳이 고향에 잔류해서 ④ 중공군의 개입으로 전세가 역전되었을 때 피란민 대열에 끼어 서울까지 남하한 것은 또 다른 임무를 띠고 온 것이 틀림없다는 점 때문이다.

다시 말해 그런 유의 인간이라면 북한 정권으로서도 효용 가치가 소진된 사석(捨石)으로 간주해서 북으로 안 데려가고 대신 '미션 임파서블(Mission impossible)'을 부여했을 것이며 그는 나름대로 '확실한 공로'를 세워 북으로 금의환향하고자 음모를 꾸몄을 수도 있다는 것이 이 글을 쓰는 지금의 내 생각이다.

나는 그의 이름을 지금까지도 잘 기억하고 있다. 특히 그가 해방 후 38선을 넘지 않고 공산 치하에 잔류한 것은 서울로 오더라도 일제의 스파이 노릇을 했다는 자괴감 때문에 옛날 친구들과 어울려 떳떳하게 살 수 없다고 판단한 것으로 보고 있다. 말하자면 괜찮은 집안에서 태어나 공부도 좀 했지만 인생의 첫 단추가 잘못 끼워져 죽을 때까지 공산 정권에 꼭두각시처럼 끌려다닌 것 같다는 얘기다.

물론 그의 후손들은 그가 일제 때부터 겉 다르고 속 다른 스파이 노릇을 했다는 사실조차도 모를 수 있다는 게 내 생각이다.

2

1961년 늦가을, 나는 전방 부대 소속 일등병으로 군단 규모의 기동훈련
에 차출되어 있었다. 사흘 동안 밤낮 내리던 비가 그치고 오랜만에 햇빛
이 맑은 날, 추수가 끝난 논두렁길을 따라 일렬종대로 행군을 하고 있을
때였다. 전령으로부터 중대장이 나를 부른다는 전갈이 왔다. 81mm 박
격포를 멘 채 부지런히 대오를 앞질러 가서 출두하자 중대장은 호주머
니에서 무엇인가를 꺼내는가 싶더니 대뜸 이렇게 묻는 거였다.

"신 일병, 느그 아부지 지금 어디 있는교?"
순간적으로 나는 아버지 신변에 무슨 좋지 않은 일이 생긴 것 같아
가슴이 덜컥 내려앉았다. 전날 밤 '군법회의'까지 들먹거리며 중대본부
에 즉각 출두하라고 윽박지르던 사연이 바로 이것이었구나 싶어 일부
러 더듬거렸다. 대답할 시간을 벌기 위해서였다.
"아버지가 뭐라구요?"
"느그 아부지 지금 어디 있는가고 내가 묻는기라. 알겠나?"

내가 우물쭈물하자 중대장의 목소리가 더 높아졌다.

"아! 제 아버지 말씀입니까? 아버지는 제가 군에 입대하기 전에 볼일이 있어 미국에 가셨는데, 그동안 귀국하셨는지 여부는 저도 잘 모르고 있습니다."

"그래?"

"중대장님께서도 잘 알고 계시다시피 저는 군번을 받은 지 10개월이 다 지나도록 휴가는커녕 가까운 데 외출 한 번 못 나가 아버지 소식을 못 듣고 있습니다."

"그라믄 와 이런 전보가 왔능교?"

우리 부대에 전입된 지 석 달이 채 안 되는 키가 작고 나이 든 중대장은 이상하다는 듯 전보를 꺼내 펴보는 것이었다.

'친부 귀환'네 글자가 눈에 확 들어왔다. 작은형(永澈)이 보낸 것이었다. 인쇄된 글자는 오직 그 네 글자뿐이었다. 네 글자. 그랬다. 이 네 글자면 기쁨을 전하는 메시지로는 충분했다. 아버지가 풀려나 집에 오셨다는 뜻이었다. 뛸 듯이 기뻤다. 아버지께서 마침내 자유의 몸이 되셨구나. 어두컴컴한 감방에 갇혀 고생하시는 아버지와, 그게 너무 안타까워 울먹이는 어머니 얼굴이 떠오를 때마다 가슴이 미어졌는데 이젠 됐다 싶었다.

'아버지, 어머니 제발 꿋꿋하게 오래오래 살아주세요. 그래야만 합니다.'나는 속으로 기원했다. 코끝이 찡해지며 눈물이 솟구쳤다. 아무도 모르게 흐르는 눈물, 그건 중대장도 모르게 흘린 기쁨의 눈물이었다.

하지만 나는 시치미를 뚝 떼야 했다.

"이 전보는 무얼 말하는 건지 저도 잘 모르겠는데요. 아무튼 이번 훈

'친부귀환' 네 글자의 암호문 같은 전보를 쳐준 작은 형. 1996년 5월 프랑스에서 개최된 세계로터리클럽 지도자모임에 송인상 회장 부부와 함께 참석하고 스위스로 가는 TGV 안에서 웃고있다. 이 사진은 미국에 이민 간 한의사 친구가 스위스 관광 가이드를 자청하고 따라나서 촬영한 것이다.

련 끝나면 휴가 한번 보내주세요. 중대장님!"

"안 된다마. 니는 더 복무해야 차례가 오는기라……"

전보를 받아 호주머니에 접어 넣고 10분간의 휴식이 끝나 행군이 재개됐을 때 어깨에 멘 박격포가 나무토막처럼 가볍게 느껴졌다. 인간의 마음이란 이런 것이다. 하늘이 맑고 푸르러 기분이 한층 더 상쾌했다.

4·19 데모에 참가한 후 나는 학우들과 어울려 술타령을 자주 하면서도 학점 관리만은 아주 충실히 했다. 6학기 동안 취득한 학점은 거의 B 이상으로, 그 당시 기성회비가 면제되는 장학금을 받기도 했다.

마지막 학년은 제대 후 멋지게 마치기로 하고 논산훈련소에 자원입대했다. 전·후반기 신병 교육훈련을 마치고 전방 부대에 실려 갈 때부터 나는 아버지가 국회의원이며 더군다나 국방분과 위원이라는 얘기를 입 밖에 내지도 않았다.

우리가 입영할 때는 00번으로 시작되는 7자리 숫자의 학보병(學保兵) 군번을 부여받을 경우, 무조건 전방 부대에 배속되어 18개월을 복무한 후 귀휴(歸休)할 때까지 다른 부대엔 전출하지 못하도록 제도가 바뀌어 있었다. 죽으나 사나 첫 번째 배치된 부대에서 끝까지 복무해야 한다는 얘기였다. 이런 것이 싫으면 일반 군번을 받아 후방 부대 등에서도 근무할 수 있었다. 하지만 이 경우엔 복무 기간이 길어 대부분의 대학 재학생들이 학보병 군번을 받았던 것이다. 규정이 그런데도 괜히 집안의 배경이 어떻고 하는 따위의 소문은 병영 생활을 하는 데 아무런 도움이 안 되고 오히려 마이너스 요인이 될 수도 있다고 판단했기 때문이었다.

내가 군복을 입을 때만 해도 후방 부대에 근무하는 신병들은 그렇지 않았겠지만 전방엔 한글도 해득(解得) 못하는 까막눈이 농촌 출신 청년들이 더러 있었다. 그런데 이들이 부대 안에 개설된 '한글학교'에서 글을 배우고 군 생활의 요령을 터득하여 상급자가 되면 달라지는 경우가 있었다. 대학을 다니다가 입영한 졸병들을 골탕 먹이거나 일부러 트집을 잡아 괴롭히는 예가 적지 않았다.

그건 열등의식 때문이거나 시기심, 아니면 남을 괴롭히는 데서 일종의 쾌감을 느끼는 비뚤어진 심성에서 비롯된 것이라고 나는 진단하고 있었다.

특히 부잣집이나 특권층 출신이라면 더 못살게 구는 잘못된 병영문화(兵營文化)가 자리 잡고 있던 때여서 작은형이 전보를 칠 때 그 점을 염려해서 아리송한 용어를 사용한 걸로 판단했다.

'부친'과 '친부'는 거의 동의어로 쓰인다. 하지만 뉘앙스는 다르다. 전자는 친아버지 외에 의붓아버지(義父)와 양아버지(養父)의 뜻까지 포함하고 있는 데 비해 후자는 친아버지, 즉 실부(實父)만 의미한다. 따라서 작은형이 '부친 귀가'라고 전보를 쳤다면 헤어져 있거나 여행을 했던 아버지가 집에 돌아왔다는 뜻 이외에 아무것도 아니다.

그렇지만 '친부 귀환'이라고 하면 얘기가 달라진다. 내막을 모르는 제3자가 들으면 도대체 어디서, 얼마나 오랫동안, 무슨 일을 하다가 귀국했길래 이런 전보를 보냈는가 고개를 갸우뚱하게 된다. 키가 작은 중대장도 이런 궁금증이 생겨 비 내리는 한밤중에 나를 호출한 것 같았다. 사실이 그랬다면 '아버지가 미국에 가셨다'고 즉흥적으로 둘러댄 내 대답은 그야말로 만점이었다.

전날 밤에도 비는 계속 내렸다. 안개구름이 나무 밑동까지 낮게 깔려 A 텐트 한 장을 치려 해도 습기가 적은 공간 한 군데 찾기가 쉽지 않았다. 낮엔 하루 종일 행군을 하고 밤이면 야영을 하던 사흘째 되던 늦은 밤이었다. 뜨르륵뜨르륵 전화벨이 울렸다. 보초를 서 있던 내게 중대장의 목소리가 들렸다.

"나 중대장인기라. 신 일병. 지금 느그 퍼뜩 내게 온나."

"중대장님, 저는 중대 CP가 어디쯤에 있는 줄도 모르는데요."

엄살이 아니었다. 한 치 앞을 식별할 수 없는 어둠 속에 비는 계속 내리는데 내가 서 있는 위치가 논두렁 옆인지 어딘지도 모를 판이니 중대 CP 텐트가 있는 곳이 산꼭대기인지 산 너머인지 가늠할 수 없어 솔직하게 한마디 해봤다. 밝은 날 출두하면 안 되겠느냐는 뜻을 은근히 비쳤던 것이었다. 그러나 중대장의 목소리는 단호했다.

"뭐라꼬? 이눔아 봐라. 느그 안 오면 내일 당장 군법회의에 넘길끼라. 군에서 명령 불복종이면 무슨 죄인지 알제? 각오해야 할끼라. 신 일병. 퍼뜩 오거라, 알겠나?"

그리고 전화가 끊겼다. 중대장으로서도 괜히 해보는 소리는 아닌 것 같았다. 하지만 어쩔 것인가. 묘수가 떠오르지 않았다. 어느 정도 지형지물에 익숙해도 어둠과 폭우 때문에 명령을 이행하기 어려운데 낮에도 계속 안개비가 내려 근처의 모양새를 보아둔 게 없어서 막막했다. 중대 CP가 있는 곳은 멀어봤자 1.5km 미만일 것으로 생각됐지만, 어느 쪽으로 어떻게 걸음을 옮겨야 하는지 엄두가 안 났다. 동료와 의논해봤다. 그도 대책이 없기는 마찬가지였다. 빗줄기는 더욱 거세게 쏟아졌다.

그 순간 야간 등맹구(燈盲具)가 생각났다. 플래시 대용으로 유용할 것 같았다. 한밤중에 박격포 사격을 하며 차후수정사격 명령을 내릴 때 가늠자의 눈금을 볼 수 있도록 고안된 등맹구는 그러나 있으나마나였다. 스위치를 눌러 불을 켜봤지만 손금 정도나 겨우 알아볼 수 있을 뿐 어둠을 밝히는 길잡이로서는 쓸모가 없었다.

두 번째로 떠오른 게 통신선이었다. 방금 전화가 걸려온 통신선을 잡고 가면 될 것 같았다. 왜 진작 이런 훌륭한 아이디어가 떠오르지 않았을까 싶었다.

군용 담요 한 장을 꺼내 차곡차곡 개서 가슴에 얹었다. 체온 저하를 막기 위해선 필수였다. 그 위에 군복을 입고 벨트를 꽉 조였다. 판초를 걸치고 철모를 쓰고는 한 손엔 카빈 소총을, 다른 손으로는 생명줄을 잡고 전진했다. 도랑물을 건너고 언덕을 기어올랐다. 싸리나무 숲과 칡넝쿨 같은 게 몸에 걸리면 풀고, 깎아지른 낭떠러지가 나타나면 우회해서 걸음을 옮겼다. 비가 계속 쏟아져 하체는 이미 물범벅이 됐다.

어둠 속에 비를 맞고 올라가면서 소설 속의 악전고투 하는 장면이 떠올랐다. 아니 그건 떠올린 게 아니라 저절로 떠오른 것이었다.

그 소설은 『강설(降雪)』이라는 것이었다. 1957년 겨울 한남철(韓南哲)이 소설가로 데뷔해서 한 해를 지낸 다음 두 번째로 발표한 문제작이었다. 그런데도 나는 그때 무슨 이유에서인지 그 작품을 꼼꼼히 읽진 못했었다. 그냥 듬성듬성 대충 스토리만 머리에 남겨둔 채 잊어가고 있던 터였다.

한남철은 서울대학교 문리과대학 철학과 1학년 시절 월간 『사상계(思想界)』에 단편 『실의(失意)』를 기고하면서 단칼에 소설가로 우뚝 솟아올라 문단에 메가톤급 충격을 주었던 인물이다. 모르긴 해도 내가 두 번째 소설을 접했을 때는 기대보다 못한 것 같아서 후루룩후루룩 건성으로 읽었던 것 같았다.

어떻든 '눈 속의 그들'과 '빗속의 나'는 처음부터 비교가 되는 게 아니었다. 그들은 잡히면 처형되고 그냥 내버려두더라도 탈진(脫盡) 상태여서 더 이상 전진할 에너지가 체내에 없었다. 그만큼 그들의 운명이 경각에 달렸었다.

하지만 나는 어떤가. 처음부터 그까짓 일, 대단치도 않은 케이스의 명령 불복종으로 군법회의에 가리라곤 생각지도 않았다. 그럼에도 불구하고 군에서 지휘관의 명령은 절대적이다. 평소의 영내 근무가 아닌 기동훈련과 같은 작전 기간의 명령은 더욱 존중돼야 하는 것이라고 나는 믿고 있었다.

최악의 경우 명령을 이행 못 해 중대장 말 한마디로 자대영창(自隊營倉)에 갇히더라도 남는 건 있었다. 고된 훈련이 면제되는 게 그 첫 번째 이득이고 그 안에서 잠이나 실컷 자는 게 두 번째 이득이었다.

그렇지만 영창에 갇힌다면 얼마나 불명예스러운가? 그건 내 자존심이 허락지 않았다. 그래서 나는 억수같이 퍼붓는 빗속을 뚫고 더 높은 곳을 향해 앞으로 앞으로 전진했던 것이다. 그건 어쩌면 남보다 좀 더 배웠다고 자부하는 오기(傲氣)의 발로이기도 했다.

중대 CP에 도착했을 때 '중대장님'은 나를 기다리고 있지 않았다. 대형 텐트 한가운데 놓인 야전 침대에 누워 대한민국에서 가장 편안한 자세로 깊은 잠에 빠져 있었다.

당번병에게 사연을 밝히고 중대장을 깨워달라고 요구했다. 그러나 예쁘장하게 생긴 농촌 출신의 나이 어린 당번 병은 막무가내였다. 나는 보고해야 하므로 깨워달라고 요구했고 그는 불가하다고 맞섰다.

결국 우리는 타협했다. 그는 내가 명령을 이행(履行)했다는 징표로 자신의 목에 걸고 있던 인식표(軍番)를 풀어주는 것이었다. 나는 그것까지 목에 걸고 하산했다. 중대장 숙소는 사방으로 시야가 트인 비산비야(非山非野) 중에서도 가장 높은 곳에 자리 잡고 있었다.

이게 그날 밤 촌극의 전부였다. 이튿날 행군을 할 때 중대장은 나를 보고도 아무 말도 안 했다. 까마귀 고기를 잡수셨는가, 간밤에 내렸던 출두 명령을 까맣게 잊은 듯했다. 나로서도 긁어 부스럼을 만들 일이 없어 입을 다물었다. 그랬는데 마침내 전령이 달려왔고 예의 '친부 귀환' 전보를 보고 출두 명령의 궁금증이 풀렸던 것이었다.

이보다 앞선 그해 여름 나는 번개처럼 부대를 이탈한 일이 있었다. 그날 서울에 나왔다가 또 한 번 큰 충격을 받았다. 그건 막내 숙부님도 쿠데타 세력에 연행되어 옥고를 치르고 있다는 뜻밖의 얘기였다. 이건 충격이라기보다 낙담(落膽)이 옳았다.

해방 전에 일본 유학을 마치고 귀국, 광복과 더불어 단주(旦州) 유림(柳林) 선생이 주도하는 독립노농당(獨立勞農黨)에 들어가 열성 당원으로 활동한 숙부(申基礎)는 4·19 직후 한때 혁신계 연합세력의 통합 대변인 노릇을 했었다. 하지만 그건 겉으로 내세운 구속 사유일 뿐 사실은 생전에 불목(不目)하던 유림 선생과 아들 사이의 부자(父子) 갈등과는 별개로 당수가 타계한 후 당의 재산 처리 문제에 따른 의견 차이가 진짜 이유였다는 것이 숙모님의 말씀이었다.

유림 선생은 자신은 평생 일본인들과 맞서 독립운동을 하는데 아들이 일본군 장교가 된 것을 두고 '너는 내 아들이 아니다'고 운명하는 순간까지 용서하지 않았다는 것이었다.

서울에서 발행되는 어느 일간 신문은 1961년 4월 3일자에서 100원짜리 동전 크기만 한 고인의 얼굴 사진과 빈소의 모습을 담은 3단 크기의 세로 사진을 곁들여 유림 선생의 타계 소식을 전했다. 다음은 그 신문이 국·한문을 혼용해서 보도한 기사의 전문(全文)이다.

日帝 밑에서 살았다고 의절
28년 만에 遺骸로 長子 상봉
쓸쓸한 柳林 선생 빈소

●… 70 평생 독립운동에 몸 바쳤던 고 旦州 柳林 씨는 2일 28년

만에 죽은 몸으로 아들과 상봉했다.

1일 낮 12시 반 동대문구 제기2동 128번지 자택에서 심장마비로 서거한 유림 씨는 불과 1km 남짓 떨어진 시내 성북구 돈암동 482의 21번지에 있는 큰아들 유원식 대령 집으로 돌아와 안치되었다.

●… "내가 죄인이어서 아버님이 용납지 않았어요……."상제가 된 선생의 아들 柳原植 대령은 퉁퉁 부은 눈을 지그시 감고 한숨을 쉬듯 말했다. 유림 씨가 중국에서 독립운동을 하는 동안 아들이 일제 치하에서 지냈다 하여 귀국 후에도 아들을 용납치 않았던 것이다.

"고 성재 李始榮 선생이 우리 부자를 화해시키려고 노력하였지만 아버님은 그놈이 나라를 위해 죽어 시체 위에 태극기가 놓이면 내 아들이라 부르겠다고 말씀하셨는데……."

유원식 대령은 이렇게 말했다.

●… 고 유림 씨가 안치된 돈암동 호상소는 너무나 쓸쓸했다. 여늬 정치가의 죽음처럼 문전에 자가용 지프차를 타고 온 문상객이라고는 볼 수 없었고 문상객 대여섯 명이 호상소를 지키고 있었다.

고 柳林 선생의 장의대책위원회에서는 2일 하오 4시 조계사에서 각 정당, 사회단체 대표 및 사회 유지들이 모인 가운데 葬儀에 관한 여러 가지 협의를 할 것이다.

한편 시간이 또 흘러 내가 집에 나와서 아버지를 처음 뵙던 날엔 때마침 숙부님도 와 계셨다. 마포와 서대문 형무소에 갇힌 채 옥고를 치렀던 형제의 해후(邂逅)였다. 출감 후 첫 인사를 오신 것 같았다. 아버지는 1911년생, 숙부님은 만 열 살 아래로 그 당시 40대여서 패기만만했다.

"형님, 마포에서 고생 많으셨지요?"

"그거야 동생도 당해봤으니까 잘 알 것 아닌가."

아버지는 기억조차 하기 싫다는 듯 더 이상의 언급을 피했다.

"저는 서대문형무소에 갇혀 있으면서도 운동 열심히 했습니다. 그 인간들의 최후를 보려면 최소한 그들보다는 더 오래 살아야 할 것 아닙니까? 그래서 운동시간이 되면 남보다 먼저 뛰어나가 열심히 체력 단련을 했습니다."

숙부는 두 팔을 앞으로 꺾어 단련된 근육질을 보여주며 혼자 멋쩍게 웃기까지 했다. 이에 대해서도 아버지는 아무런 말씀이 없었다. 억울하게 감옥살이를 하고 풀려나 씁쓸한 대화를 나누는 아버님 형제분의 이야기를 들으며 나 역시 무슨 말을 할 형편이 안 돼 침묵으로 일관했다.

하지만 어머니는 달랐다.

가을이 깊어져 석방될 때까지 어머니는 마포형무소에 여러 번 면회를 갔었다. 그런데도 아버지 얼굴을 한 번도 뵙지 못했다는 것이었다. 매번 돌아온 소리는 상부 지침이 '면회 불가'라는 똑같은 말만 들었을 뿐이었다. 어머니가 본 쿠데타군은 안하무인격이었고 무지막지했다.

훨씬 훗날 어머니는 나와 단둘이 있을 때 조용한 목소리로 그때 그 시절의 몸서리치던 이야기를 들려주기도 했다. 그건 아버지가 옥사(獄死)할 뻔했다는 끔찍한 얘기였다. 갑자기 호흡이 가빠지고 온몸의 근육이 굳어져 의사들이 달려와 강심제(强心劑)를 주사하는 등 야단법석을 떨어 가까스로 아버지의 목숨을 건졌다는 것이었다. 이건 아버지께서 그 안에서 겪은 고초를 아들들에게는 함구했으나 어머니에게만은 실토했었다는 증거이기도 했다.

어쨌든 그해 여름 겪은 일로 인해 절치부심(切齒腐心)했던 어머니는 세상을 떠날 때까지 쿠데타 세력에 대해 최소한 내가 듣는 자리에서는 한 차례도 우호적인 발언을 한 적이 없었다.

가급적 그들에 관한 얘기는 안 했다. 어쩔 수 없이 그네들을 지칭할 때도 그들의 이름 석 자 대신 '그 녀석' 또는 '그 녀석들'이라는 표현으로 대신했다.

天地不仁
春來不似春

1

자연이 냉혹해서 봄이 와도 봄 같지 않았을까. 한국전쟁이 끝난 이듬해인 1954년 4월 맨 처음 고향 땅을 밟은 민간인들 눈앞에 전개된 휴전선의 봄은 봄 같지 않았다.

오랜 전쟁으로 집 한 채 남지 않았을 것이라는 예상이 들어맞은 건 크게 놀랄 일이 못됐다. 곳곳에 155mm 포탄의 잔해가 널브러져 있고 불발탄이 눈에 띄는 가운데 지뢰지대 표시가 발걸음을 멈추게 했다. 금강산 가던 철도는 군데군데 노반이 파헤쳐진 채 침목과 레일이 송두리째 행방불명이었다.

도대체 온전한 게 하나도 없었다. 하늘과 바람, 햇빛과 구름은 예전과 다르지 않았으나 그 밖의 눈에 보이는 모든 것은, 이를테면 높고 낮은 산의 생김새와 땅거죽, 그리고 흐르는 시냇물의 물줄기까지 뒤죽박죽이었다.

무엇보다도 야속한 게 자연이었다. 자연은 어느 시인의 말처럼 아름다운 게 아니라 냉혹했다. 불과 3년 남짓 농사를 못 짓고 묵혀 놓았던

중앙일보사 편집국 부국장으로 재직 중이던 1991년 7월, 중앙일보사 중국연수단장으로 백두산 천지에 올라 갔을 때의 필자. 앞줄 왼쪽에서 두 번째.

논밭은 옛 주인의 손길이 돌아오길 얌전하게 기다린 게 아니었다. 산자락에 붙어 있는 밭은 예외 없이 칡넝쿨과 싸리나무, 아카시아 숲으로 변했고 광활한 철원평야의 논은 대부분 갯버들의 침략을 받아 황무지(荒蕪地)가 되어 있었다.

고달픈 피란살이를 끝내고 고향을 찾아온 우리들의 할아버지와 할머니, 그리고 부모님 들은 황량하게 변해버린 눈앞의 광경에 그만 넋을 잃을 뻔했다. 어디서부터 어떻게 손을 쓰든 논을 다시 개간(開墾)해서 늦어도 두 달 안에 모심기를 마쳐야 수확을 기대할 수 있는데 엄두가 나질 않았다. 아연실색이라는 표현은 이런 경우를 두고 하는 것이지 싶었다.

그 무렵 귀향 1세대 가운데 할아버지, 할머니 들은 대략 19세기 말엽인 1880~1890년대에 태어난 분들이고 부모님들은 1910~1920년대 농경시대 태생이었는가 하면 우리네 조무래기들은 초기 산업사회 격인 1940~1950년대에 세상에 모습을 드러낸 마지막 전전(戰前) 세대였다.

그해 봄철, 철원군청이 새로 들어서게 된 갈말읍 지포리(芝浦里) 주변 평야지대로부터 동송읍, 철원읍을 거쳐 DMZ에 인접한 달우물(月井里)을 지나 다시 동쪽으로 김화읍, 서면을 경유해서 근남면 말고개(馬峴)에 이르기까지 약 650km²에 달하는 철원 벌판의 논은 극히 일부를 제외하고 모조리 갯버들의 점령지가 됐었다.

물을 좋아해서 호수 주변이나 냇가에 자생하는 갯버들은 보통 키가 1~2m쯤 자라고 뿌리 주변에서 가지가 여러 개 뻗어나는 게 특징이다. 3월에 꽃이 피고 4~5월에 열매가 맺는 버드나뭇과에 속하는 관목으로 뿌리는 땅속 깊이 파고들지 않는다. 버들강아지라고 불리는 꽃이 꽃꽂이에 잘 쓰일 뿐, 잎과 줄기는 퇴비나 땔감으로도 인기가 없으며 우리나라를 비롯, 일본과 중국에 자생하는 걸로 되어 있다.

그런데도 그 당시 DMZ 남쪽 철원평야를 장악한 갯버들은 모양새부터 달랐다. 줄기가 2~3m까지 길게 자랐으며 땅속 깊이 파고든 뿌리는 수평으로 퍼지면서 서로 뒤엉켜 웬만큼 힘이 센 장정들도 고질덩어리가 된 뿌리를 파내는 데 땀을 뻘뻘 흘려야 했다. 그건 단순한 갯버들 밭이 아니라 '갯버들의 정글'이라고 해야 옳았다.

누구는 이런 현상을 두고 자연의 이변(異變)이라고 한숨을 쉬었고 유식층에 속하는 어떤 노인은 갯버들이 돌연변이를 일으킨 게 아닌가 하는 성급한 진단을 내리기도 했다. 하지만 사실은 이도 저도 아니었다. 척박한 자갈밭이라도 물기만 있으면 언제든지 뿌리를 잘 내리는 갯버들로서는 지력(地力)이 좋은 새로운 환경을 만나 마음 놓고 자란 결과일 뿐이었다.

자연은 정말 가혹했다. 노자(老子)의 말씀처럼, 인자하지 않았다. 포탄이 작렬하고 시산혈하(屍山血河)를 이룬, 죽고 죽이는 싸움터에서도 꽃을 피우고 열매를 맺고 씨앗을 날려 자손들을 퍼뜨렸던 것이다. 그런 결과가 그해 봄 철원평야의 모습이었다.

입주민들은 그토록 환경이 급변했다고 해서 한탄만 하고 있을 처지가 못 되었다. 농민들은 너나없이 들고 일어나 갯버들 퇴치에 나섰다. 거칠어진 자연에 맞서, 더욱 강인해진 정신력으로 도끼, 칼, 삽, 곡괭이, 톱, 호미, 낫, 갈퀴 등 손에 잡히는 대로 연장을 들고 나가 갯버들을 베고 뿌리를 뽑아 다시는 고개를 쳐들지 못하도록 발본색원했다.

어떤 집은 갯버들을 뽑아 논에 파묻어 퇴비가 되도록 썩혔고 또 다른 농가에선 마당에 산더미처럼 쌓아놓고 겨울 내내 땔감으로 쓰기도 했다. 새벽부터 해질 무렵까지 갯버들과 싸웠으며 일손이 부족한 농가에선 횃불을 켜들고 야간작업까지 했다. 이 때문에 철원평야의 밤은 한동안 불꽃놀이를 하는 것처럼 보이기도 했다. 몇몇 농가에서는 현지 주둔 장병들의 지원을 받아 비교적 쉽게 작업을 마치기도 했다.

이런 와중에도 이 고장엔 목적이 다른 두 종류의 인간 군상이 모여들었다. 한 패거리는 포탄 껍데기 등 고철을 수집해서 큰돈을 벌겠다는 부류였고, 또 다른 무리는 주민들이 피란 갈 때 땅속에 묻고 간 살림 밑천을 꺼내가려고 온 약삭빠른 자들이었다. 이런 현상은 휴전선 250km 가운데 전쟁이 가장 치열했던 철원, 김화 지역에만 국한된 것은 아닐 것이었다. 판문점이 가까운 서해안 일대로부터 중부전선의 산악지대를 거쳐 현재 통일전망대가 있는 동해안 일대까지 곳곳에서 볼 수 있는 풍경이었을 터였다.

6·25 이전에 철원 땅 샘통(泉桶) 마을에는 물레방앗간이 하나 있었다. 집집마다 울타리 안에서 1년 열두 달 쉼 없이 솟아나는 천혜의 샘물과 마을 입구에 있는 3,000여 평쯤 되는 연못에서 넘쳐나는 샘물을 한군데로 모아 마을 남쪽 낭떠러지로 흘려보내는 부분에 집채만 한 물레(水車)를 세워 절묘하게 만든 물레방앗간이었다.

하지만 이건 『메밀꽃 필 무렵』에 등장하는, 그 옛날 장돌뱅이 허생원이 달밤에 사랑을 속삭이던 아련한 모습의 그런 물레방아는 아니었다.

이효석(李孝石: 1907~1942)이 소설을 쓸 무렵 빙글빙글 돌던 봉평 산골의 물레방아는 물의 힘을 빌려 절굿공이를 공중에 추켜올렸다가 내리치는 식의 것으로서, 벼 한 섬을 찧으려 해도 하루 온 종일 걸리는 허약한 방아여서 메밀, 수수, 조, 옥수수들을 찧는 데나 알맞았다. 하지만 샘통의 방앗간은 차원이 달랐다. 쏟아지는 물로 물레를 돌려 동력을 얻는 것만 같을 뿐 벼를 찧어 쌀을 생산하는 정미시설은 하나부터 열까지 기계화된 현대식 정미소였다. 얼핏 보아도 200마력(馬力)이 넘는 엄청난 힘을 가진 물레방아였던 것이다.

그런데 이게 하루아침에 지상에서 사라졌다. 불이 난 것도 아니고 폭격을 당한 것도 아닌데 감쪽같이 없어진 것이었다. 6·25 전쟁이 터지고 중공군의 참전으로 서울을 두 번째로 적에게 빼앗겼다가 되찾은 후 지금의 DMZ 근방에서 고착전(固着戰)이 벌어지기 직전인 1951년 5월 중순 어느 날 소문 없이 자취를 감추었던 것이다.

그 무렵 '철의 3각지'가운데 상당 부분을 탈환한 한국군 2사단과 미군 25사단 장병들은, 패주하는 북한군을 따라 북으로 가지 않고 방공호 속에 숨어 지내던 민간인들을 몽땅 색출해서 남쪽으로 소개시켰었다. 우선 광진교 위쪽 한강 모래밭에 쳐놓은 천막촌에 모았다가 다시 분류해서 남쪽으로 보냈다.

철원읍 중심가에 살았던 주민들과 샘통 마을 농민들은 경기도 화성(華城) 변두리 서신(西新) 해안가로, 김화읍 읍내리와 생창리 주민들은 멀찌감치 전남 송정리(松汀里) 일대까지 실어다가 자연부락마다 2~3가구씩 분산 수용시켜 전쟁이 끝나길 기다리게 했다.

1953년 7월 27일, 휴전협정이 체결된 후 이 지역에 출현한 고물상들이 제일 많이 눈독을 들여 모은 고철은 105mm 포 탄피(彈皮)였다. 그 당시 어른, 아이 할 것 없이 '신쭈(真鍮)'라고 부른 놋쇠로 된 탄피는 고물상들이 값을 많이 쳐주었고 그 다음으로 값비싼 게 역시 놋쇠, 즉 황동(黃銅) 성분이 많이 섞인 M1 소총과 카빈 소총 탄피였다. 마을의 골초들은 탄피 밑동을 줄로 잘라 천 년 가도 변하지 않는 재떨이를 만들어 쓰기도 했다.

이런 유의 쇠붙이는 곧장 전선공장 용광로에 들어가 전깃줄이나 통신 케이블로 재생되어 전쟁 중에 파괴된 인프라 복구 사업에 요긴하게 쓰였다. 또 다른 고철은 철근, 파이프, 철판 등으로 모습이 바뀌어 건축자재로 사용됐다. 휴전 전후에 국내 전선 메이커로는 대한전선(주)이 유일했고 그 공장은 시흥(始興)에 있었다.

모든 쇳조각이 돈이라는 인식 속에서도 155mm 포탄은 사정이 좀 달랐다. 발사되는 순간 포탄이 통째로 날아가 폭발토록 설계된 155mm는 별도로 탄피가 없는 대신 원통으로 생긴 크고 기다란 포탄 케이스[彈筒]가 있었으나 고물 장수들이 리어카에 가득 싣고 가더라도 중간상으로부터 받는 돈이 많지 않아 인기가 적었다. 그렇지만 155mm 포탄 껍데기는 엉뚱한 데서 수요가 폭발했다. 논에 물을 대는 급수관(給水管)이나 굴뚝 대용으로 인기가 높았던 것이다.

당시 정부가 무상으로 지어 나눠준 구호주택은 전반적으로 날림이었다. 그중에서도 굴뚝이 제일 신통치 못했다. 3푼짜리 얇은 송판 4장을 곧추 세워 맞춰놓고 아래위와 가운데 등 3곳에 각목을 대고 못질을 해서 꽂아놓은 굴뚝은 허술하기 짝이 없었다. 아궁이에 불을 넣자마자 얼마 안 되어 말라비틀어져 연기가 제대로 안 빠지고 보기에도 흉했다.

이런 때 누군가가 155mm 포탄 껍데기를 가져와서 실험을 해봤다. 3~4개를 잇대어 굴뚝 모양을 만들어 불을 지펴봤다. 생각대로 연기가 잘 빠지고 외관상으로도 나무랄 데가 없었다. 이런 소문이 휴전선 일대 민가에 순식간에 퍼지며 너도나도 155mm 포탄 껍데기를 구해다가 굴뚝을 개비(改備)했던 것이다.

뒤늦게 밝혀진 사실이지만 행방불명된 금강산 철도의 레일과 침목도 대부분 아군 장병들이 목숨을 지키는 데 크게 기여했다고 한다.

1951년 5월 지구전(持久戰)으로 돌입하기 전후에 한·미 두 나라 장병들은 오성산을 장악한 적의 관측망으로부터 벗어난 지역에 토치카를 구축했다. 이때 철도 레일을 뜯어다가 천장을 완전히 덮고 그 위에 뗏장을 얹은 다음 모래주머니를 쌓아 보강했다. 그러고는 철도 침목 등을 차폐물로 더 쌓아 놓은 결과 박격포탄은 아무리 맞아도 끄떡없고 중·대형 포탄을 정통으로 명중해도 폭음만 요란할 뿐 내부는 조금도 손실이 없었다는 애기였다.

이런저런 사실은 철의 3각지 출신으로 북한군 병사가 되어 1950년 6월 25일 남침 대열에 끼어서 낙동강까지 갔다가 투항, 이번엔 국군의 일원으로 북진해서 휴전이 성립되는 1953년 7월 27일까지 저격능선이 마주 보이는 작전지역에서 위생병으로 활약한 어느 참전용사의 증언으로 확인됐다.

이 밖에도 그 시절 북강원도 수복지구 7개 군(郡) 지역에서 고철 수집에 제일 먼저 뛰어들어 재미를 본 사람 가운데는 훗날 국회의원 선거에 출마해서 금배지를 단 인물도 있었다. 당시 40대로 매사에 의욕적이고 부지런했던 그는 탄피를 수집하는 과정에서 얼굴을 익힌 산골사람들의 열망에 따라 정치인으로 변신했던 것이다.

어쨌든 1954년 봄, 대다수의 농민들이 갯버들과 악전고투하는 사이에 잽싸게 고철 줍기로 큰돈을 번 사람들을 두고 세상에선 '약삭빠른 사람들'이라고 쑥덕거렸다. 이보다 한 술 더 떠 주민들이 지하에 묻어둔 재봉틀 등 가재도구와 놋그릇, 도자기 등을 파헤쳐온 사람들은 '이악한 사람들'이라고 평했다.

이악한 사람이란 자기 한 몸의 이익을 위해 지나치게 아득바득하는 사람을 경멸하는 말로, 그 당시 이런 소리를 듣게 된 인물 가운데는 남의 집 물건까지 몰래 파온 도굴꾼과 다를 바 없는 얌체들도 적지 않았다.

하지만 세상 사람들이 뭐라고 수군대든 상관 않는 샘통 출신의 어느한 분은 남보다 앞서 마을의 물레방아 터를 찾아갔다. 그 당시 50대 후반으로 키가 작고 몸집이 비대했던 그분은 일상의 말투는 느릿느릿했으나 돈이 되는 길을 찾는 데는 매우 민첩했다. 피란 갈 때 해체해서 정성껏 기름칠을 한 뒤 땅속에 묻어두었던 정미기계를 고스란히 서울로 반출, 서민들이 많이 사는 달동네 한쪽에 방앗간을 차렸던 것이다. 이번에는 물레 대신에 전기모터로 기계를 돌려 가래떡을 뽑고 고추를 빻는 등 열심히 돈을 벌어 자녀들을 학교에 보내고 결혼을 시켰다. 물레 방앗간 시절의 정미기계가 원동력 구실을 한 셈이다.

당초 샘통에 방앗간을 세울 때는 마을 주민 여럿이 호주머니를 털어 기계를 구입했는데도 그는 동업자들 모르게 재빨리 움직여 그걸 온전한 자기 소유로 만들었던 것이다.

뒤늦게 이 소식을 들은 동업자들이 소유권 주장을 하려 했지만 뾰족한 방법이 없었다. 당사자가 시치미를 떼는 데다가 그 기계가 6·25 전에 샘통 방앗간에 있던 바로 그 물건이라고 증명할 방법이 없어 두 손을 들었다는 얘기였다.

2

숲길 짙어 이끼 푸르고

나무 사이사이 강물이 희여

햇볕 어린 가지 끝에 산새 쉬고

흰 구름 한가히 하늘을 거닌다

산가마귀 소리 골짝에 잦은데

등 넘어 바람이 불어 닥쳐와

굽어든 숲길을 돌고 돌아서

시냇물 여음이 옥처럼 맑아라

〈후략〉

신석정(辛夕汀: 1907~1974)의 「산수도(山水圖)」

소설가 김승옥(金承鈺)의 명작 단편 「서울, 1964년 겨울」의 시대 배

1968년 4월, 한국관광협회 주최로 대한일보사가 후원한 「한국관광산업의 미래」에 관한 경주 세미나에 참석한 후 불국사 경내를 걷고 있는 신동철·장화자 부부. 이날 아내는 신문사 측 특별배려로 필자의 취재여행에 동행했다.

경인 바로 그해, 8월이 다가도록 나는 서울에 머물러 있지 않았다.

그 전해 가을, 서울 친구들과 당분간 안 만나기로 하고 고향에 내려가 부모님 슬하에서 유유자적(悠悠自適) 세월을 보내고 있었다. 때로는 햇빛 쏟아지는 들판을 홀로 거닐고 흐르는 강물에 자화상을 비추어 보면서 미래의 내 모습을 설계하기도 했다. 그 무렵 내 몸무게는 65kg, 키는 178cm로 깡마른 편이었으나 체력은 누구보다도 강하고 패기만만했다.

중학교 1학년 나이에 6·25를 당하고 잇따라 닥친 1·4 후퇴 때 충청도 땅 끝까지 밀려 내려가 먹을 게 부실하고 읽을거리조차 없어 못 견디

게 심심하던 시절, 우연치 않게 내 눈에 띄어 단박에 외워버린 「산수도」
의 한두 소절을 새삼 재음미하는 등 농촌 생활을 조용히 즐기고 있었다.

9월이 오면 서울로 올라가 마지막 학기에 등록해 최소한 6학점만 취
득하고, 귀향하기 전에 진땀 흘리며 작성해둔 졸업논문이 통과되면 대
학 생활을 무난히 마치게 되어 있었다.

만 7년이라는 결코 짧지 않은 기간 동안 내 집 드나들 듯하던 동숭동
캠퍼스와 이별을 하고 그에 앞서 점 찍어둔 직장에 뚫고 들어가야 하
는 만만치 않은 스케줄이 내 앞에 다가와 있었다.

하지만 그때 서울은 조용하지 않았다. 6·3 사태라는, 박정희 정권 출
범 이후 가장 격렬하게 벌어진 학생 데모로 인해 서울 시내 한복판에
서 최루탄이 터지고 유혈 사태가 발생하는 등 소란하기 그지없었다.

새해 벽두부터 대일 굴욕외교 반대를 부르짖는 재야 원로 정치인들
과 여기에 동조하는 종교계·문화계 인사들의 동정에 따라 심상치 않
게 내연(內燃)하던 정국이 그해 5월 30일 서울대 문리대 학생회 간부
들의 한·일회담 반대 단식 농성을 계기로 크게 확산됐었다.

6월 30일엔 태평로 국회의사당 앞부터 중앙청 턱밑까지 운집한 3만
5,000여 명의 학생 시위대가 밤늦도록 데모를 계속하는 가운데 서울
시내 일원에 비상계엄령이 소급 선포되고 대량 검거, 대량 구속으로 가
까스로 사태가 진정됐었다.

그뿐만이 아니었다. 8월에 들어서는 정치권과 언론계를 뜨겁게 달구
었던 언론윤리위원회법이 제정·공포되고 뒤이어 극비로 추진되던 한
국기자협회가 전격적으로 결성되었는가 하면 10월 31일에는 한국군
의 베트남 파병을 위한 협정이 체결되는 등 숨 가쁘게 돌아갔다.

이에 앞서 1962년 9월, 군복무를 마치고 복학한 나는 7학기째 학점을 차질 없이 취득해놓고 처음으로 자진 휴학했다. 이쯤에서 숨고르기를 할 필요가 있다고 판단했다. 대학에 들어와서 군대에 다녀오기까지 질풍노도처럼 앞만 보고 달려온 내 삶의 궤적을 돌아보고 차분하고 여유롭게, 까다롭기로 소문난 졸업논문을 작성하기 위해서였다.

1969년 서울대 문리대의 역사 전공이 국사학과와 동양사학과, 서양사학과로 세분된 이후 학부생들의 졸업논문제도가 과에 따라 어떻게 변경, 운용되고 있는지는 모르지만 우리가 다니던 반세기 전엔 사학과 하나로 정원이 25명이었고 원로 교수님들의 논문 심사가 같은 캠퍼스 내의 어느 학과보다도 엄격한 것으로 정평이 나 있었다. 이는 물론 학창 시절에 독서의 폭을 넓히고 특히 논문을 작성하는 과정에서 많은 자료를 접하면서 '연구하는 지식인'이 되라는 취지로 이해할 수 있었지만 당사자들의 부담은 이만저만이 아니었다.

그 당시에도 정치학과와 외교학과에는 졸업논문이라는 제도 자체가 없었다. 정치학과가 창설될 때부터 없었는지 아니면 이후에 사라졌는지는 모르지만 아무튼 이처럼 논문이 없는 과들에서도 리포트를 작성하는 것과 같은 졸업 전 과제가 있었던 것으로 알고 있다.

예를 들면 전공과목 80학점 가운데 적당한 주제를 고르거나 교수님이 권하는 테마로 몇십 장쯤의 리포트를 작성, 강의시간에 발표하고 질의응답을 한 다음 담당 교수님이 강평을 하면 만사 끝이었다. 심리학과나 언어학과 등도 엇비슷했다. 철학과에선 졸업논문을 100장 안팎으로 그야말로 논리정연하고 진지하게 작성해야 했으며 국문, 영문, 독문, 불문, 중문학과 등도 논문을 착실히 챙겼었다. 하지만 이들 가운데 일부는 논문을 작성하는 학생이나 심사하는 교수가 모두, 이른바 '휴머니스틱(humanistic)'하다고 소문이 나는 등 논문을 둘러싸고 사제(師弟) 간에 큰 부담을 주고받지 않았던 것으로 알려졌다.

그러나 사학과는 사정이 달랐다. 200자 원고지로 100장 안팎으로 쓰도록 되어 있는 논문이 부실하면 제때 졸업을 못하고 수료에 그치는 경우도 없지 않았다. 때문에 사학과가 그런 데인 줄도 모르고 입학한 여학생들 가운데는 3학년이 되면서 얼굴에 기미가 끼는 사람도 있었고 학창생활 중간에 군복무를 마치고 복학한 어느 선배는 「아돌프 히틀러의 인물 연구」라는 논문을 열심히 만들어 제출했다가 "히틀러와 같은 광인(狂人)은 연구할 가치가 없다"는 교수님의 타박을 받아 예정된 날짜에 학사모를 쓰지 못하기도 했다. 그 선배가 학사증을 받으려면 논문을 다시 작성하고 심사를 받기 위해 등록금을 한 번 더 내야 하는 고통을 감내해야 했다.

이 무렵 지방 중소도시 출신의 어느 여학생은 논문 작성이 생각대로 잘 진척되지 않아 학업을 포기하고 시집을 가버렸다는 소문도 있었다. 하지만 그게 정말 논문 때문인지, 아니면 결혼을 하게 되어 논문을 제출하지 않은 것이 그런 식으로 와전된 것인지는 확인되지 않았다. 하긴 그런 유의 신상에 관한 소문은 자존심 높은 당사자에게 진위를 직접 확인할 성격의 일은 아니었다.

사학과의 경우 논문 제목으로 무엇을 할 것이며 어떤 분야에서 주제를 잡을 것인가 하는 문제부터가 수월치 않았다. 한국사, 동양사, 서양사 가운데서도 태곳적부터 최근세사에 이르기까지 종횡으로 무궁무진한 사실(史實) 중에 어떤 것을 선택해도 무방했지만 워낙 범위가 넓어 누구나 고심하지 않을 수 없었다.

하지만 논문제도가 누구에게나 불편한 건 아니었다. 대학원에 진학

해서 교수가 되려는 목표가 뚜렷한 학구파에겐 이것만큼 좋은 게 없었다. 평소 갈고 닦은 실력을 유감없이 발휘할 수 있고, 교수 입장에서 보더라도 강단에 세울 훌륭한 제자를 고르는 리트머스 시험지가 될 수 있었기 때문이었다.

나는 재학 시절 한국사보다는 세계사에 관심이 더 많았다. 특히 러시아 근세사와 미국 독립혁명 전후의 역사를 열심히 배웠다. 전방에서 졸병 생활을 하면서도 졸업논문을 작성할 때는 '넉년의 경제 공황'이나 '뉴딜정책'에 관한 연구를 하면 될 것 같다고 막연히 생각했었다.

하지만 내 생각은 여지없이 무너졌다. 예정대로 휴학을 한 후 막상 기초자료를 수집하기 위해 도서관에 들어갔다가 놀라지 않을 수 없었다. 그 넓은 도서관 2층 한쪽 벽면을 가득 메운 서가(書架)에 경제 공황과 뉴딜정책에 관한 연구서와 논문집들이 잔뜩 진열돼 있어 도대체 어느 것부터 꺼내 보아야 할지 엄두가 안 났다. 내 짧은 영어 실력으로는 목차만 훑어보다가 세월이 다 갈 것 같아 포기하지 않을 수 없었다.

하는 수 없이 인물론으로 방향을 바꿔 「알렉산더 해밀턴(Alexander Hamilton)에 관한 연구」로 급선회했던 것이다.

해밀턴은 어떤 인물이었을까. 여기서 잠깐 그의 파란만장한 인생 역정을 간추려 보기로 하자.

1789년 취임한 조지 워싱턴 대통령 밑에서 초대 재무장관에 임명된 해밀턴은 공채 발행을 비롯, 미합중국은행의 설립과 관세제도의 도입 등 공업진흥정책을 차례로 실시해서 신생국가의 경제적 기초를 다지는 데 크게 기여했다. 1794년 국내 소비세를 둘러싸고 '위스키 반란'이 발생했을 때는 스스로 연방군을 지휘하는 등 선두에 나서 소요를 진압

했다. 1795년 재무장관직에서 물러난 뒤에도 연방파(聯邦派) 지도자로서의 정치적 영향력이 적지 않았다.

1755년 또는 1757년 서인도제도의 가난한 집안에서 서자(庶子)로 태어나 사실상의 고아로 성장한 해밀턴은 지역 부호의 도움으로 1772년 뉴욕에 진출, 이듬해 킹스 칼리지(지금의 컬럼비아대)에 입학했으며 2년 후에는 「대륙회의의 정책을 전반적으로 옹호한다」는 논문을 작성하고, 독립혁명 운동에 적극 가담했다. 곧이어 독립전쟁이 발발했을 때는 포병 대위로 활약하다가 워싱턴 총사령관의 눈에 띄어 그의 부관(副官)으로 발탁되기도 했다.

종전 후 변호사 개업을 했고 1782년 대륙회의에 뉴욕 주 대표로 출석, 삼권분립에 의한 중앙집권 국가의 필요성을 역설함으로써 미합중국 헌법제정회의를 개최하는 데 중요한 역할을 했다.

해밀턴은 1787~1788년에 제임스 매디슨(James Madison), 존 제이(John Jay)와 함께, '연방주의자(聯邦主義者 ; The Federalist)'라는 제목 아래 수십 편의 글을 『더 인디펜던트 저널』 등 몇몇 신문에 발표하여 헌법 제정 반대론자들을 제압하는 등 헌법의 필요성을 역설하는 여론 확산에 큰 몫을 했다.

그러나 같은 연방파인 존 애덤스(John Adams) 2대 대통령과의 대립이 격화된 가운데, 1800년 대통령 선거에서 공화파(共和派)의 토머스 제퍼슨(Thomas Jefferson)과 애런 버(Aaron Burr)가 동수의 선거인단 표를 얻어 하원에서 결선 투표가 진행될 때 연방파 뜻에 어긋나게 토머스 제퍼슨을 추대함으로써 당내 기반을 완전히 상실했다.

1804년 현직 부통령이자 오랫동안 정적(政敵)으로 맞서왔던 애런 버와의 결투로 총상을 입어 사망함으로써 열정적이고 극적인 삶을 마감

했다. 나이 50세가 안 되었을 때였다.

그럼에도 불구하고 해밀턴은 미국 건국 당시 군인, 법률가, 정치인, 정치사상가이자 경제정책을 입안한 이코노미스트로서 '건국의 아버지(Founding Fathers)'반열에 올랐으며 벤저민 프랭클린과 더불어 대통령을 지내지 않았으면서도 미국 화폐에 초상화가 인쇄되어 있는 2명 중한 사람이 되었다.

하지만 그에 대한 평가는 극명하게 엇갈리고 있다. 공화당 측으로부터는 훌륭한 인물로 칭송을 듣는가 하면 민주당 지지자들은 그를 대놓고 비난하기 때문이다.

나는 50년 전에 해밀턴에 관해 논문을 어떻게 작성했는지 기억이 나질 않는다. 하지만 나름대로 참고문헌을 많이 읽고 주(註)를 다는 등 열심히 논문을 작성한 흔적이 보여 심사 과정에서 좋은 평점을 받은 게 아닌가 생각하고 있다.

내가 논문과 씨름하는 동안 영문, 독문, 불문학과나 사학, 사회학, 정치학, 외교학 등에 적을 둔 동기생들은 대거 도서관에 붙박여 행정고시를 준비 중이었다. 이들 가운데 몇몇은 크게 성공, 훗날 이 나라 정부의장·차관을 역임하기도 했다.

또 어떤 친구들은 내게 교직과목을 이수해두면 졸업할 때 고등학교준교사자격증이 주어지므로 수강 신청을 하도록 권했었다. 하지만 나는 그런 것엔 아무런 흥미가 없었다. 행정고시를 패스할 실력도 없으려니와 공무원이 되겠다는 생각은 한 번도 해본 적이 없었다.

오로지 하고 싶은 건 신문기자뿐이었다. 그 무렵 언론계에 뜻을 둔젊은이들이 가고픈 언론기관은 서울에서 발행되는 6개 종합 일간신문과 3개 통신사, 4개 국·민영 방송국뿐이었다. 이 밖에도 2개 영자신문과 3개 특수 통신사가 있었으나 대부분의 지망생들은 종합 일간지를 최우선 목표로 뛰고 있었다.

그 당시에도 신문기자가 되는 길은 수월치 않았다. 부자가 천당에 가려면 약대(駱駝)가 바늘구멍에 들어가는 것보다 더 어렵다고 하지만 언론계에 들어가는 것도 그만큼 어렵다는 우스갯소리가 없지 않았다.

이런 때 내가 서울을 떠났다. 첫 번째 이유는 졸업 시즌 문제였다. 졸업이 새로운 도약의 시작이라는 관점에서 보면 후기 졸업은 왠지 쓸쓸하고 초라한 느낌이 들어 피하고 싶었다. 9월 졸업을 하면 뭔지 모르지만 불길한 일이 벌어질 것 같은 엉뚱한 생각이 드는 등 예감이 좋지 않았다.

또 당시 언론사 입사 시험엔 고교 졸업으로 문호를 넓힌 H일보를 제외한 모든 곳이 4년제 대졸자와 졸업 예정자로 응시 자격을 제한했었다. 따라서 마지막 학기를 등록하지 않은 나로서는 응시 자격이 없는데도 친구들이 연일 도서관에 찾아와 불려나가 허송세월을 하는 게 싫었다.

이 밖에도 신문기자가 되면 사건 현장부터 뛰어야 하고 그럴 경우 밤낮 휴일도 없이 사생활(私生活)까지 반납해야 하므로, 미리 앞당겨 실컷 놀고 보자는 계산도 없지 않았다.

놀다가 싫증이 나고 계절이 바뀌어 봄이 오면 밭 갈기와 씨뿌리기도 해보고, 막간을 이용해서 부모님이 직접 처리하기 곤란한 해묵은 숙제도 해결해보려는 의도가 있었던 것이다.

1964년 전후의 대한민국 농촌은 한마디로 적막강산이었다. 겨울이 끝나기 전에 쌀독이 바닥나는 절량(絶糧) 농가가 속출했으며 전국적으로 밀, 보리 이삭이 여물고 햇감자가 나기까지 보릿고개 마루턱이 높기만 했다. 농촌의 단발머리 소녀들은 제집 식구 입 하나 덜기 위해 대도시로 나가 남의 집에서 애보기로 일하는 것을 마다 않고 청소년들은 근로환경이 열악한 영세공장에서 싸구려 견습공 노릇을 서슴지 않았다.

이런 게 그 무렵 대한민국의 수준이었다. 철광석이나 주석, 합판과 의류, 농수산물들을 모조리 내다 판 수출 총액이 1964년 겨울에 비로소 1억 달러가 됐었다. 통일벼와 같은 다수확 품종이 보급되기 전이어서 쌀이 부족했으므로 요즘처럼 쌀을 가지고 입맛 타령을 할 처지가 못 되었다.

그 무렵 내가 고향에서 해결해야 할 숙제는 두 가지였다. 하나는 이웃들로부터 토지 사용료(地代)를 징수하는 것이고, 다른 하나는 집 주변 1만여 평의 땅을 논으로 만드는 일이었다.

휴전 이후 그 시점까지 아버지가 소유한 터엔 30여 가구의 농민들이 마을을 이루어 살고 있었다. 그러면서도 누구 한 사람 도지(賭地)를 내지 않았다. 물론 아버지로서도 요구한 일이 없었다.

그런데 250평이나 300평이 넘는 땅을 깔고 앉아 울타리 안에 채마밭까지 가꾸며 사는 몇몇 농민들 사이에선 도지를 내도록 하는 게 좋지 않겠느냐는 의견도 있었다.

나는 동생(重澈)과 함께 주민들의 의견을 청취하고 측량을 한 다음 적절한 요율을 정해 매년 가을 쌀로 환산해서 대지 사용료를 받도록 제도화시켰다. 동생은 그때 징집영장을 받고 군에 입대할 준비를 하고 있었다.

한 가지는 쉽게 해결했다. 하지만 1만여 평의 토지를 논으로 전환시키는 작업은 간단치 않았다.

이 땅은 본디 문전옥답인데 을축년 장마 때 모래자갈에 파묻혀 40년이 넘도록 방치된 것이었다. 논을 만들려면 인접한 논에서 물을 끌어오는 게 순리였지만 옆 논과의 표고차가 평균 1.5m가 넘어 불가능했다. 부득이 학사보(鶴沙洑) 물이 흘러내리는 수로 중간에서 우리 논 쪽으로 새로 물길을 터야 했다.

총연장 450m쯤 되는 도수로(導水路) 가운데 3분의 1은 대로변을 따라 굴착해야 하는데 이게 만만치 않았다. 전쟁 중 개설된 작전도로엔 시골집의 구들장, 주춧돌 같은 게 여기저기 박혀 있었고 탱크와 포차 등 중대형 장비가 수없이 누비고 다녀 콘크리트처럼 다져진 데다가 길 옆 한쪽으로는 웅덩이처럼 푹 꺼진 논이 있어서 잘못 건드리면 주저앉는 등 애로가 많았다.

나는 매일 밤늦게까지 동생과 함께 곡괭이를 들고 열심히 땀을 흘렸다. 한 달 넘게 그런 식으로 굴착 작업을 한 끝에 마침내 깊이 1m, 폭 80cm 안팎, 길이 150m쯤 되는 새로운 도수로를 개설하기에 이르렀다. 땅을 파는 틈틈이 물이 새지 않도록 바닥과 벽에 진흙을 다져 발랐다.

도수로가 완성된 다음 날, 어머니는 때마침 강 건너 벌판에서 작업 중이던 불도저를 불러다가 밀어붙여, 불과 한나절 사이에 황무지나 다름없는 땅을 논으로 바꾸어놓았다.

아버지는 그 후 이 논에서 자갈을 추리고 꾸준히 객토를 하는 등 10년간 공을 들여 옥토(沃土)로 만들었던 것이다.

나는 이 작업을 마치고 상경했다. 마지막 학기를 등록하고 그해 겨울

1965년 2월, 7년만에 대학을 졸업하던 날의 어머니와 함께 선 필자. 옆에는 그 당시 강릉여자중고교 미술교사로 재직 중인 여자친구와 그녀의 이모님.

신문기자 선발 시험을 치러 '대한일보 견습 5기'로 합격했다. 이듬해 정월부터 출근하며 견습기자 신분으로 졸업식에 참석했다. 모든 게 내 의도대로 적중했다.

사실 나는 귀향 전에 시험 삼아 신문·방송 세 곳의 기자 시험에 응시했었다. 두 곳은 낙방하고 한 군데는 1차 합격을 한 경험이 있어 그 정도 수준의 문제라면 언제라도 합격할 자신이 있었던 것이다.

이보다 앞서 그해 이른 봄 어느 날, 논을 갈아야 하는데 일꾼을 못 구해 걱정이라는 어머니 말씀을 듣고 농사일에 자진해서 나선 일이 있었다. 이웃 농가에서 암소 한 마리와 쟁기를 빌려다가 논을 갈아봤다. 900평쯤 되는 논의 바닥을 뒤집어놓는 '마른 논갈이'였다. 나는 이 정도의 농사일은 언제든지 해도 식은 죽 먹기라고 생각했었다.

그런데 그게 아니었다. 힘은 쟁기를 끄는 소가 쓰고 나는 뒤에서 고삐를 잡고 어슬렁거리면 되는데도 힘에 부쳐 견딜 수 없었다. 한 시간 동안 200평도 채 못 갈았는데 지쳐버렸다.

'역시 이래서 그랬구나'. 나는 어려서부터 논밭을 갈아엎는 힘든 일을 하는 진짜 농사꾼들이 왜 하루에 다섯 끼씩 밥을 먹는가 하는 데 의문을 가졌었다. 막상 일을 해보니 이해가 됐다. 하다못해 막걸리 한 사발에 두부 한 조각이라도 씹지 않고서는 한 발짝도 더 뗄 수가 없었다. 그날 나는 스스로 체험하는 것만큼 훌륭한 스승이 없다는 점을 새삼 배웠던 것이다.

3

온갖 풍파 속에서도 꿋꿋하게 버텨온 아버지 생애의 마지막 20여 년은 그런대로 순탄했다. 온 세상을 집어삼킬 듯이 휘몰아치던 폭풍우가 물러가고 밝은 태양이 솟아오른 목가적인 전원 풍경과도 같다고 할 수 있었다. 따라서 아버지의 과거를 잘 기억하고 있는 사람들은 모두 '그 어르신네는 노년에 복이 많은 분'이라고들 했다.

아버지는 1973년 가을에 이르러 비로소 제대로 된 집 한 채를 장만했다. 300평쯤 되는 텃밭 한복판에 철근 콘크리트로 기초를 다지고 붉은 벽돌을 차곡차곡 쌓은 다음 다시 철근 콘크리트로 된 슬래브 지붕을 얹은 38평 크기의 본채에 13평짜리 창고가 딸린 견고한 살림집을 마련했던 것이다.

집짓기 공사는 아버지와 여섯 살 터울인 숙부님(申基善)이 맡아주셨다. 해방 전 춘천(春川)농업학교를 마친 숙부님은 여러 방면에 재주가 많아 벽에 못 한 개 제대로 박을 줄 모르는 아버지와는 근본적으로 달랐다.

농업·축산 등 학교 시절의 전공 분야를 잘 아는 것은 물론이고, 토목·건축의 기본 상식까지 갖춘 데다, 트롬본을 잘 불어 해방 전 김화읍 청년취주악대의 일원으로 어떤 때는 지휘자 노릇까지 했었다. 숙부님은 광복 이튿날 취주악대를 총동원, 읍내리 윗동네부터 암정리 아랫동네까지 진땀을 흘리면서도 나팔을 불며 행진을 되풀이하는 등 조국의 광복을 마음껏 축하했다.

그 당시 서울에 거주하던 숙부님은 설계도를 직접 그려 와서 작업을 했다. 철근·시멘트·자갈·모래를 FM대로 배합해서 양생 기간을 준수하는 등 비록 소규모의 농촌 주택이지만 작품을 만든다는 자세로 설계부터 시공·감리까지 철두철미하게 작업을 지휘했다.

가옥이 준공될 무렵 어느 날 느닷없이 경운기 행렬이 몰려왔다. 서면 골짜기 자연부락과 근남면 산골에서 동원되어온 10여 대의 경운기였다. 짐칸엔 사시사철 늘 푸른 키가 큰 노간주나무가 2그루 있었는가 하면 매화나무와 앵두나무도 있었고 넝쿨장미도 보였다. 무엇보다 붉은 열매가 열리는 알광나무가 제일 많았다.

일부 오토바이를 타고 온 이들은 도착하자마자 아버지에게 인사를 드리고는 각자 삽, 곡괭이 등을 들고 나무를 옮겨 심고 가장 많이 뽑아온 알광나무로 눈 깜짝할 사이에 논이 있는 한쪽에 울타리를 만들었다. 알광 열매는 한약재로 쓰이고 겨울에 차를 끓여 마시면 좋다는 것이었다.

이날 기념식수를 한 청장년들은 아버지의 제자들이었다. 1954년 봄 수복 직후 아버지는 김화중학교 설립 기성회장을 맡았었다. 곧이어 중학교 설립인가가 나고 교사(校舍)가 신축되었으나 정작 학생들을 가르칠 교사(教師)가 미처 발령이 나지 않은 공백기가 있었다. 전쟁 중 나이를 많이 먹은 학생들의 하루라도 빨리 배우고 싶다는 열망에 따라 아버지가 이들에게 국어·영어·한문을 직접 가르쳤었다. 물론 무보수 봉사였다. 과목에 따라 1년은 넘지 않았으나 그때 아버지에게 배운 까까머리 학생들이 어느덧 청장년이 되어 아버지가 집을 짓는다는 소식을 듣고 궁리 끝에 야산에 자생하는 알광나무를 무더기로 뽑아 자연산 울타리를 만들어 축하했던 것이다. 그날 경운기 행렬엔 근남면에 사는 박병천(朴炳千)과 박면호(朴勉鎬), 서면의 유운춘(柳雲春) 등도 있었을 테지만 나는 현장에 없어 내 눈으로는 확인하지 못했었다.

아버지는 어머니와 함께 새집에 입주해서 봄가을 계절이 좋은 때는 단둘이 명승지를 찾아 나들이를 하셨고 해외여행도 하는 등 비교적 안정된 생활을 누렸다.

주택 건축자금은 아들 가운데 하나가 제일 많이 내고 나머지는 십시일반(十匙一飯) 식으로 보태 아버지께 만들어 드렸다. 겉으로 내세운 명분은 두 분 모두 환갑잔치를 안 하신 데 대한 보상이었다. 규모는 당시의 짜장면 값으로 환산해서 5,000그릇에 훨씬 못 미치는 빈약한 것이었지만 아버지는 이 돈으로 2층까지 높게 올리려 했었다.

그때까지만 해도 접적(接敵)지역으로 불리는 이 고장엔 번듯한 민간주택이 거의 없었다. 제대로 된 건물은 휴전 후 신축한 군청과 경찰서, 읍면사무소, 우체국 이외에 국민학교와 중·고교 등 공공건물뿐이었다. 대다수의 농민들은 처음 입주할 때 정부가 지어 무상으로 나눠준 15평짜리 구호주택이나 방 2개에 부엌 하나와 쪽마루가 달린 볏짚으로 지붕을 덮은 간이주택에서 20년 가까이 살고 있었다.

그런데도 누구 한 사람 게딱지같은 초가집에서 탈피하려는 움직임을 보이지 않았다. 이런 현상은 항산(恒産)이 있어야 항심(恒心)이 있다는 말과도 일맥상통하는 것이었다.

표면적인 이유는 돈이었다. 하지만 그에 못지않은 게 마음의 자세였다. 언제라도 북한군이 DMZ를 넘어 침입해올지도 모른다는 불안감으로 인해 부초(浮草) 같은 뜨내기 심정을 떨쳐버릴 수 없는 데다가 후방에서 잘사는 백성들에 대한 상대적 박탈감까지 뒤엉켜 집이 낡아도 돈을 들여 고치려 하지 않는 등 체념 속에 살고 있었던 것이다.

이 무렵 전국적으로 화제가 됐던 영화 '팔도강산(八道江山)'이 이들에게 미친 영향도 없지 않았다. 김희갑(金喜甲)-황정순(黃貞順) 커플이 전국 명승지와 산업 현장을 둘러보며 조국의 발전된 모습에 감탄하는 장면은 그야말로 남의 얘기였고 이들에겐 오히려 마음의 그늘만 더 짙게 시름을 안겨주었던 것이다.

어느 해 가을 통일촌 주민들은 추수를 끝낸 후 오랫동안 벼르던 팔도강산 나들이에 나섰다.

마이크로버스에 몸을 싣고 생전 처음 돌아본 산업 현장과 명승지는 듣던 대로 훌륭했다. 하지만 그게 전부였다. 열흘 남짓 꿈같은 남도 여행을 마치고 막상 현실 속으로 돌아오던 날 동병상련의 처지를 위로하며 차 속에서 한두 잔씩 나눠 마신 술이 그만 도가 지나쳤다. 자정을 지나 통일촌 부근에 도착할 무렵엔 모조리 꼭지가 돌아 인사불성이 되었다는 것이었다.

그날 밤 하늘엔 둥근달이 떠 있었다. 초소(哨所)에 근무하는 헌병들이 차를 세우고 한 사람 한 사람씩 신분을 확인하는 동안 몇몇 아낙네들이 달빛 아래 길 바닥에 주저앉아 흐느끼기 시작했다. 이걸 신호로 남녀 모두가 뒤엉켜 달님을 향해 한바탕 통곡을 했다는 것이었다. 왜 도시에 사는 사람들은 다 잘사는데 우리들만 휴전선 철책 턱밑에서 서글

프게 살아야 하느냐는 서러움이 한꺼번에 폭발했다는 것이다. 이날 통일촌 주민들의 눈물을 짜낸 주범(主犯)은 어디까지나 달님이었고 술은 종범에 지나지 않았다는 얘기가 그래서 나왔던 것이다.

나는 바람결에 그 이야기를 전해 듣고 이거야말로 상대적인 박탈감으로 인한 왜소증(矮小症)에서 오는 서러움일 거라고 치부했었다.

이런 와중에 아버지가 집을 짓는다는 소식은 하나의 뉴스였다. 현장을 보고 간 많은 농민들은 마음의 자세부터 바꿨다. 이듬해 봄부터 가난의 껍질을 벗기는 데 모두가 나서 새집을 짓는 등 짧은 시간 안에 농촌을 변모시켰던 것이다.

이 집에 살기 전 아버지는 방금 지은 집 앞 마당 쪽에 있었던 양철로 지붕을 덮은, 공병부대장이 관사(官舍)로 쓰던 집을 물려받아 10년 넘게 살고 계셨다.

방 2개와 큰 마루, 그리고 부엌 이외에 구석진 곳에 4평 남짓한 공간이 있는 이 주택엔 사연이 좀 있었다. 그 당시 읍사무소가 있는 앞마을에 살고 계시던 아버지에게 어느 날 병사 2명이 찾아왔다. 인근에 주둔한 야전공병부대 장병으로 자기네 부대장님께서 영외(營外)에 관사를 한 채 갖고 싶어 하는데 터를 물색하던 중 괜찮은 명당이 한 군데 있어 알아보니 선생님의 땅이라고 해서 찾아왔다는 것이었다.

"저희 부대가 그 터를 살 수는 없구요. 얼마간의 공간을 빌려주시면 적당하게 임대료를 정해 매달 또박또박 내겠다는 게 부대장님 말씀이십니다."

이 제의에 대해 아버지는 그 자리에서 승낙하셨다. 임대료를 얼마쯤 생각해봤느냐는 물음은 하지도 않으셨다.

"나 돈은 한 푼도 안 받겠소. 지금은 어차피 황무지나 마찬가지로 못 쓸 땅이지만 그렇더라도 너무 안쪽으로 들어가지 말고 적당히 알아서 쓰시오. 200평도 좋고 더 많이 사용해도 나는 상관 않겠소. 그렇게 알고 가서 부대장에게 보고하시오."

군인들은 고맙다는 인사를 여러 번 하고 물러났다. 이튿날 당장 중장비가 투입되어 진입로가 개설됐다. 뒤미처 각종 건축 기자재가 실려와 야간작업까지 강행한 끝에 시멘트로 외벽을 바르고 양철 지붕에 검정 페인트칠을 한 목조주택 한 채가 탄생했다. 그 사이에 일부 장병들은 산에 올라가 참나무를 베어다가 병풍처럼 엮어 울타리를 둘러쳐 뒷마당엔 트럭까지 드나들 수 있도록 터를 크게 잡았다.

그리고 또 세월이 흘렀다. 어느 날 낯선 군인 2명이 찾아왔다. 이번에 공병부대가 후방으로 멀리 이동을 하게 되었는데 그 집을 헐어 원상복구해 달라면 그럴 것이며 선생님께서 쓰시겠다면 무상으로 드리고 가겠다는 게 부대의 방침이라는 것이었다.

외따로 떨어져 있는 그 집으로 이사 가면 쓸쓸할 테지만 주택이 쓸 만하고 논밭을 보러 가고 오는 데 발품을 팔지 않아도 되는 장점이 있어 아버지는 후자를 택했던 것이었다.

입주해서 알게 된 사실이지만 이 관사엔 부모님께서 좋아하시는 보너스가 한 가지 있었다. 그건 목욕탕이었다. 마루에서 뒤뜰로 통하는 문을 열자 2평쯤 되는 공간에 무쇠로 만든 욕조(浴槽)가 걸린 목욕시설이 있었던 것이다. 부엌에서 불을 지펴 물을 덥히고 마개를 뽑아 비눗물은 집 밖으로 흘려보낼 수 있도록 콘크리트로 배수시설 등이 잘 갖추어진 목욕탕이었다.

애당초 영외에 관사(官舍)를 지으려 한 공병부대장은 하루라도 목욕을 안 하면 견딜 수 없는 목욕중독증에 걸린 고급 장교였는지도 몰랐다. 전쟁 중에 용케도 깨지지 않고 여기저기 굴러다니며 녹이 잔뜩 슬어 있었지만 그 욕조는 분명히 해방 전 김화군청 인근에 모여 살았던 몇 채 안 되는 일본집의 폐허 속에서 파온 것 같았다.

부모님이 새집에 기거하는 동안 작은형은 아버지가 집에서 매주 받아 보실 수 있도록 미국 시사주간지 『TIME』을 정기구독 해드렸다. 나는 별도로 『문예춘추(文藝春秋)』를 구입해서 매달 보내드렸다.

이때는 박정희 정권이 10월 유신을 단행한 가운데 언론 탄압이 극도에 달하는 등 정치적으로는 동토(凍土)나 다름없는 시기였다. 『문예춘추』를 비롯, 『중앙공론(中央公論)』이나 『제군(諸君)』 등 일본에서 발행되는 월간지나 시사주간지 등에는 어쩌다가 구름 잡는 듯한 한국 관계 토막 기사가 실려 국내 정치의 기류를 점쳐 볼 수 있는 단서 구실을 하던 때이기도 했다.

나는 『문예춘추』를 얼른 훑어보고 꼭 읽어야 할 아이템이 있으면 복사를 해놓고 아버지에게 전달했다. 그때나 지금이나 내 일본어 실력이 신통치 못해 하다못해 수필 한 꼭지를 소화하려 해도 사전을 뒤져야 하고 화제가 될 만한 토픽을 이해하려면 여러 번 되풀이해서 읽어야 하는 등 시간이 필요해서였다.

1982년 1월호부터 나는 이 잡지에 연재하기 시작한 와타나베 슌이치(渡辺淳一)가 쓴 『정적의 소리(靜寂の聲)』라는 대하소설을 흥미롭게 읽었다.

러일전쟁을 승리로 이끌어 일본의 군신(軍神)으로 추앙받던 노기 마레스케(乃木希典) 대장이 메이지(明治) 일본 천황이 붕어(崩御)했다는 소식이 전해지고 출상을 하던 날 함께 자결한 부인 시즈코(靜子)의 생애를 다룬 것이었다.

잘 알려져 있다시피 노기(乃木)는 러일전쟁이 터지자 3군 사령관이 되어 만주 전선에 출병했으며 자신이 지휘하는 3군 산하 소총부대에 배치됐던 육사 출신의 아들 2명이 모조리 전사했다. 아들 하나가 숨졌을 때 군사령부 참모진은 나머지 한 명은 상급부대로 불러올려 보호하자고 건의했었다. 하지만 노기(乃木)는 막무가내였다. 최고지휘관이 전쟁터에서 사정(私情)에 치우치면 국가를 배신하는 행위라고 단호하게 거절해 끝내 가문의 대(代)를 잇지 못했던 것이다.

이 무렵 우리 형제들이 아버지에게 책을 구해드린 것은 농촌 생활의 무료함을 달래드리려는 데만 목적이 있는 게 아니었다.

그 뜻은 남들이 모르는 더 깊은 데 있었다. 5·16 이후 20여 년의 세월이 흘렀음에도 불구하고 아버지는 여전히 그해 여름 겪은 트라우마(Trauma)로 인한 가슴앓이를 하고 계셨던 것이다. 그 상처를 치유하는 데는 약이 따로 없었다. 흔히 세상에선 세월이 약이라고 하지만 아버지 경우엔 그렇지 못했다.

우리 형제들은 아버지께서 몰입할 만한 재료가 무엇일까를 골똘히 생각한 끝에 책밖에 없다고 결론을 내렸다. 적어도 좋은 책을 읽으실 때는 그런 아픔에서 자유로워질 수 있을 것으로 믿었던 것이다.

그럼에도 불구하고 우리들은 트라우마가 도져 허둥지둥 대는 아버지의 모습을 한 번도 본 일이 없었다. 어쩌다가 고향집에 아들·며느리·손자·손녀들이 한 떼로 몰려가 법석을 떨 때는 당연히 아버지도 즐거

위하셔서 그 고질병이 도질 틈이 없을 터였다. 그러나 어머니와 단둘이 계실 때, 특히 쓸쓸하고 외로울 때 그런 증세를 보이며 신음하는 예가 1년에 한두 번 있다는 게 어머니의 말씀이었다. 어머니가 아무리 위로해드려도 쉽사리 가라앉지 않았다는 얘기였다.

아버지는 한동안 이웃 마을에 있는 천주교 성당에 나가신 일이 있었다. 정식으로 영세는 안 받았지만 그 성당엔 아일랜드 출신의 나이 지긋한 신부가 부임해와 그분을 만나 대화를 나누며 마음의 병을 고치려 했었다. 그렇지만 그것도 허사였다.

1982년 8월 어느 날 나는 잠깐 명동 산책을 했다. 가끔씩 하는 버릇처럼 지금의 중국대사관 옆 골목을 지나며 고서점을 훑어보다가 분홍색 표지로 된 낯선 양장본(洋裝本)을 발견했다. 자세히 보니 일본의 인기작가 진순신(陳舜臣)이 쓴 『강물은 흐르지 않고(江は流れす)―소설 日·淸戰爭』이라는 제목이 붙은 상·중·하 3권으로 된 대하소설이었다. 아버지께 드리면 좋은 선물이 될 것 같았다.

1882년 임오군란 당시 남양만에 쇄도한 청나라 북양함대(北洋艦隊) 소속 수병들이 상륙하는 장면으로 이야기를 풀어간 이 소설은 한·청·일 3국의 자료를 근거로 했고 그 당시 열강 틈에 끼인 우리 선조들이 얼마나 허약했는가를 보여주는 부끄러운 기록이었다. 권당 1,200엔씩 환율로 계산해서 즉각 구입했다. 한 해 전에 나온 책인데도 고서점에 진열되기까지 아무도 읽은 흔적이 없는 '새 책'이라는 게 무척 신기했다.

하지만 이날 내가 명동에 나온 진짜 목적은 다른 데 있었다. 방금 전 편집국에 앉아 잠시 쉬고 있을 때였다. 사진부 기자가 조용히 다가와서

인터뷰 사진을 촬영해왔는데 어떤 사진을 쓰면 가장 좋겠느냐고 내게 묻는 것이었다. 그때 나는 중앙일보 편집부 차장이었다. A4 용지 반절 크기로 뽑은 컬러 사진의 주인공은 그 당시 신군부의 실력자로 급부상 했다가 권좌에 오른 전두환(全斗煥) 대통령의 영부인 이순자(李順子) 여사였다.

이 여사가 직접 반찬을 만들면 남편인 전 대통령은 뭐든지 잘 먹는다는 ― 말하자면 전두환 대통령은 겉으로 비친 이미지와는 다르게 소탈하고 서민적이라는 사실을 홍보하기 위한 것 같았다. 20여 장의 사진을 놓고 고르다가 표정이 괜찮은 게 눈에 잡혔다. 사진기자도 내가 그걸 점찍길 은근히 바라는 눈치였다. 반짝이는 손목시계를 찬 손으로 싱싱한 식재료를 들고 웃음 짓는 순간을 잘 포착한 것이었다.

"이것 봐. 내 생각엔 이 사진이 제일 좋은 것 같아. 하지만 이 사진은 채택하지 못할 것 같네."

"그게 무슨 말씀입니까? 선배님."

"글쎄, 나는 그렇게 생각하고 있으니까 그런 줄 알게. 그런데 이 사진은 어느 매체에 쓸 것인가?"

"아마 신문엔 싣지 않고 「여성중앙」 같은 월간지에 실을 것 같습니다. 정치적인 얘기는 모두 배제하고 한 끼에 800원짜리 된장찌개를 잘 끓이는 아내로서의 영부인이 말하는 '내가 본 전두환 대통령'이라는 잔잔한 타이틀로 기사가 나갈 것 같더군요."

전두환 대통령은 12·12 사태 이후 얼굴은 물론 움직이는 동영상까지 신문·TV·잡지 등 온갖 매체에 숱하게 등장했지만 이 여사가 매스컴에 얼굴을 내밀려고 인터뷰를 한 것은 이번이 처음이었다. 기사가 보도되면 특종이 될 건 분명했다. 경쟁지들의 와글와글하는 소리가 들리는 것 같았다.

나는 백화점 고급시계 코너에 들러 여자 친구에게 줄 파텍(PATEK) 시계를 한 개 사고 싶은데 혹시 있느냐고 물어봤다. 나이 든 주인은 내 아래위를 훑어보더니 여기 매장엔 없지만 잠시 기다려보라고 한 뒤 뒤편 창고에서 꺼내온 듯 현품을 내미는 것이었다. 시계도 고급스러웠지만 온갖 보석이 영롱하게 빛났다.

"이거 값은 얼마입니까?"

"3,000만 원입니다."

"그렇게나 비싸요? 그럼 커플로 내 것까지 사려면 얼마를 더 내야 합니까?"

"선생님 것은 1,500만 원이면 드릴 수 있습니다."

"왜 남성용은 반값입니까?"

내가 궁금해서 더 묻자 주인은 그런 상식도 없는 한심한 손님을 보는 것처럼, 한 수 가르쳐준다는 표정으로 이렇게 말해주었다.

"보석이 반밖에 안 들어가서 남성용이 저렴하다고 보면 되는 것입니다."

역시 그래서 그랬었구나. 나는 흔히 파텍이라고 약칭하는 파텍필립 (PATEK PHILIPP) 시계를 그때까지는 본 일이 없었다. 최고 가격대의 명품 시계라는 사실은 어렴풋이 들어서 알았지만 구체적으로 한 개에 3,000만 원까지 하는 줄은 몰랐다. 이만한 돈이면 그 무렵 서울 강남 지역 도곡동이나 대치동에 새로 짓는 35평 안팎의 아파트 한 채를 사고도 남았던 것이다.

내가 사진기자에게 '그림은 이게 괜찮지만 채택되지는 않을 것 같다'고 단정적으로 말한 것은 사진 속의 영부인이 차고 있는 손목시계에서

PATEK이라는 상표를 분명히 보았기 때문이었다.

한 끼에 800원짜리 된장찌개를 맛있게 끓인다는 40대 초반의 영부인 신분으로 3,000만 원이 넘는 값비싼 시계를 차고 한다는 소리가 '우리 남편은 소탈하고 서민적입니다'라고 홍보를 한다면 앞뒤가 안 맞아도 너무 어긋나서 그랬던 것이다. 내친김에 명동에 나간 것은 내 눈으로 직접 명품 값을 확인해보려는 생각이 발동해서였다. 아니나 다를까, 이튿날 사진기자가 신문 편집에 열중해 있는 내 귀에다 대고 기관원들이 찾아와서 애써 뽑아놓은 사진 전부와 필름까지 모조리 압수해 갔다고 보고하는 것이었다.

아버지는 철저한 반일(反日), 반공(反共)주의자로 시장경제체제를 존중하는 민주주의 신봉자였다. 무슨 일을 하든지 정직해야 하고 비록 자신이 불이익을 당하더라도 요령을 부릴 줄 모르는 천성을 타고난 분이셨다. 그런 만큼 평소에도 사이비(似而非)와는 상대를 잘 안 하셨다.

특히 일본에 관해선 더 철저했다. 예를 들어 1905년 태프트-가쓰라(桂太郎) 비밀 협약이 체결되어 한반도의 운명이 일본 손아귀에 들어간 배경을 말씀하실 때도 일본식 발음으로 일본 대표를 부르는 게 아니라 한자음 그대로 '계태랑'이라고 하셨다.

또 야마가타 아리토모(山県有朋)나 노기 마레스케(乃木希典) 같은 군인을 얘기하실 때도 '산현유붕' 또는 '내목희전'이라고 하셨고 청일전쟁 후 초대 대만 총독을 지낸 오야마 이와오(大山巌) 대장 역시 '대산암'이라고 말씀하셔서 처음 들을 때 누구를 지칭하는 건지 몰라 나를 어리둥절하게 만든 일도 있었다.

이 밖에도 아쿠타가와 상(芥川賞)이나 나오키 상(直木賞) 같은 것도 한자식으로 읽으셨다. 이런 모든 것은 아버지께서 일본식 발음을 할 줄 몰라서가 아니라 일본을 싫어하시는 혐일(嫌日)사상이 마음속 밑바탕까지 깔려 있어서 그랬던 게 아닌가 생각되었다.

언젠가 한번은 어머니와 함께 일본 여행을 하고 오신 아버지에게 내가 여행 소감을 물은 일이 있었다. 이에 대한 아버지의 대답 역시 시니컬하게 들렸다. 예컨대 오사카(大阪)에서 신칸센(新幹線) 열차로 도쿄(東京)까지 가는 사이에 50대로 보이는 일본 남자 2명이 마주 앉았었는데 이들이 자꾸 말을 걸어와 하는 수 없이 대화를 나누었다고 한다. 그들은 오사카 성의 아름다움을 비롯, 일본의 역사·문화를 자랑하며 아버지에게 그렇지 않느냐고 동의를 구하기도 하고 세키가하라(関ヶ原)전투에 관한 얘기도 하는 등 종착역에 도착할 때까지 3시간이 넘도록, 많은 대화를 나누었다는 것이었다. 그러나 그들은 헤어질 때까지도 아버지가 자기네와 똑같은 일본 사람으로 알았다는 것이었다. 이건 아버지의 일본어 구사 능력이 완벽했다는 증거이기도 했다. 그런데도 아버지께서는 일본 땅을 둘러보시고 느끼셨을 법한 일본에 대한 일상적인 평가는 한 마디도 안 하셨다. 이런 모든 것은 '일본은 무조건 싫다'는 얘기로 내게 이해되었던 것이다.

아버지는 또 1974년 12월부터 이듬해 8월까지 7개월 동안 계속된 우리나라 언론사상 초유의 백지광고 파동 때는 예의 가슴앓이가 도져 마음고생을 더 하셨던 것 같았다.

광고 탄압이 극도에 달했을 즈음이었다. 사회부에 배달된 그쪽 D일보의 1판을 부지런히 점검하던 중 아버지 이름이 눈에 띄었다. "역시 못 말리는 분이시구나!"— 사회면 아래쪽 길이 15cm쯤 되는 1단 크기 백지 공간에 '신기복'이라는 이름 석 자가 실려 있었다. 별도의 격려 문구는 없이 이름만 인쇄되어 있었다. 보나마나 고향집 이웃 마을에 있는 그 신문지국에 직접 찾아가서 격려금을 내놓고 약정한 게 틀림없었다.

계절이 반 바퀴쯤 더 돌아 아버지를 뵈었을 때 나는 그날의 광고를 보았다는 말을 안 했으며 아버지 역시 그걸 본 일이 있느냐고 내게 묻지 않으셨다. 속으로는 얼마를 내고 그만한 스페이스를 사셨는지 궁금했지만 여쭈어보지 않았었다.

아버지는 그 후 우리나라 최초로 국민공모주 형태의 H 신문이 창간될 때 주식을 사서 이들을 후원하고 신문이 나오는 날부터 창간 독자가 됐었다.

88 올림픽이 끝난 이듬해 초가을쯤이었을까. 잠깐 고향에 내려갔을 때였다. 얼핏 보니 방 한쪽 구석에 쌓여 있어야 할 문제의 그 신문이 안 보이고 작은형이 보내드리는 『TIME』지와 『문예춘추』를 비롯, 두꺼운 역사·철학 서적과 영문 콘사이스, 옥편(玉篇) 등만 있었다. 궁금하지 않을 수 없었다. 내 질문에 대한 아버지의 대답은 의외였다.

"나 그 신문 안 보기로 했다. 그 사람들이 생각하고 지향하는 목표가 도대체 뭔지 모르겠더라. 지국장에게 올해 연말까지는 구독료를 다 낼 테니까 그렇게 알고 신문은 당장 넣지 말라고 했다."

"아버지, 주주가 되셔 가지고 그 신문을 안 보시면 어떻게 하십니까?"

나는 뻔히 아버지가 하실 말씀을 짐작하면서도 한마디 했었다.

"글쎄 말이다. 당초 그쪽에 간 사람들 가운데는 먼젓번 신문에 몸담고 있을 때 온건한 시각의 글을 쓴 인물들도 더러 있었던 것 같았는데 광고 사태를 겪으며 과격해졌는지 그들이 추구하는 유토피아가 뭔지 모르겠더라."

2000년 4월 15일 오전, 함박눈이 펑펑 쏟아져 내리는 샤모니에서의 아내 장화자. 사진은 필자가 예술적으로 촬영하였다.

"아, 그래서 그러셨군요."

이보다 조금 전, 그러니까 1984년부터 나는 소속사에서 격주간으로 발행하는 『이코노미스트』창간 부장으로 일했다. 초기 몇 달 동안 내가 제작하는 잡지를 우송해드렸다. 심심하실 때 파적(破寂) 삼아 읽어보시라는 것이었다. 그런데 어느 날 귀향해보니 『ECONOMIST』잡지가 그대로 쌓여 있었다. 들춰 보니 한 페이지도 읽으신 흔적이 안 보였다. 아버지는 그런 분이셨다. 매사에 호(好)·불호(不好)가 분명하셨고 독서를 할 때도 예외가 아니었다.

그 순간 외출 중이었던 아버지께서 방에 들어오시더니 대뜸 한마디 하시는 거였다.

"애야. 이코노미스트라는 저 잡지 보내지 말거라. 나는 경제·경영 같은 건 알지도 못하고 아무리 읽어도 무슨 뜻인지 잘 몰라. 그러니까 책 한 권이라도 아껴서 필요한 사람들이 사보도록 하거라. 나한텐 소용이 없는 거야…"

솔직히 말해서 약간은 섭섭했다. 나 같으면 아들이 만드는 책이라면 아무리 흥미가 없어도 몇 군데 들춰보고 한두 마디 코멘트를 해줄 것 같은데도 아버지는 그러지 않으셨다.

1970년대 초 북한산 기슭에 터잡이를 한 기자촌에 살고 있을 때였다. 우리 집에서 하룻밤 주무시고 가시던 날 아침, 일찍 일어나 책장을 둘러보신 아버지께서 출근을 서두르던 내게 한 말씀 하셨다.

"애야. 나, 이 책 좀 가져가련다."

"무슨 책 말씀이세요?"

"이것 말이다. 나 이 책 한 권만 있으면 이번 겨울은 남부럽지 않게 아주 풍족하게 지낼 것 같다."

아버지가 꺼내들고 계신 책은 『A HISTORY OF CIVILIZATION』이라고 영문 대문자로 제목을 아주 크게 쓴 것이었다. 하버드대와 로체스터대 교수 등 3명의 공동저서로 1970년대에 발간된 것으로 내가 구해놓고 시간이 없어 머리말과 목차만 읽어보고 꽂아놓은 것이었다. 가로 22cm, 세로 28cm 크기로 상·하권 합쳐 1,200페이지가 넘는 방대한 것으로 B.C. 2600년 이집트에 건설된 기자 피라미드(EL GAZA PYRAMID)와 스핑크스 이야기로부터 현재(PRESENT)에 이르기까지 인류 문화를 한눈에 쉽게 섭렵해볼 수 있는 좋은 책이었다. 그러나 그 책은 무게가 보통이 아니었다. 얼핏 들어봐도 3kg은 훨씬 넘을 것 같아

1994년 10월 친지 결혼식에 참석. 워커힐 쥬피터홀에서 피로연이 열리는 동안 교수신문 이영수 발행인과 함께 꽃을 들고 춤을 추는 필자. 이 교수는 피우던 담배를 들고 있다.

그날은 상권만 가져가시도록 하고 나머지는 훗날 보내드렸다.

　세월이 또 흘러 고향집에 갔을 때 보니 아버지께선 그해 겨울 콘사이스를 찾아가며 이 책의 상권을 깨알처럼 읽어 완전 정복한 걸로 확인됐다.

4

"얘야, 어서 들어와 여기 앉아 내 말 좀 들어봐. 글쎄 너희 아버지께서 꿀 먹은 벙어리가 되셨단다."

86 아시안게임이 열렸던 해 추석을 지내고도 한참 후였다. 나 홀로 고향집에 갔었다. 그날 특별히 가야 할 이유는 없었다.

밤낮 휴일도 없이 콩 튀듯 팥 튀듯 뛰는 취재 경쟁에서 뜻밖에 쉬는 시간이 생겼었다. 약속했던 상대편 사정 때문이었다. 하지만 내겐 그야말로 망중한(忙中閑)이었다. 모처럼 생긴 하루만은 누구의 간섭도 받지 않고 지내려고 즉흥적으로 갈 곳을 정했다. 내려가면서 과거를 돌아보고 올라오면서 차분하게 미래를 점검해보려 했다.

그런데 아버지께선 "어서 오라"는 말만 하시고는 더 이상 아무런 말씀도 없었는데 어머니의 첫 마디가 나를 혼란스럽게 했다. 어머니 얼굴엔 웃음이 넘쳐났지만 무엇에 쫓기듯이 서두르는 듯한 모습이 나를 불안하게 만들었다.

'도대체 아버지가 꿀 먹은 벙어리가 되셨다니 그게 무슨 해괴망측한 얘기인가. 운수가 좋지 않아 난처한 일에 휘말려 벙어리 냉가슴 앓듯이 고민해야 할 일이 무엇이길래 그러시는 걸까.'

어머니는 여전히 웃고 계셨다. 그런데도 아버지는 입을 다문 채 어머니의 말을 막으려는 기색을 보이지도 않으셨다.
내가 아는 한 그 옛날 어머니가 여필종부(女必從夫)하실 때 같았으면 어림도 없는 광경이었다.

'아버지도 이제 모록(耄碌)의 경지에 드셔서 그러시는 걸까.'꿀 먹은 벙어리의 사연을 아들 앞에 까발림을 당해 그것 때문에 비위가 상하더라도 끝까지 부딪치지 않으려고 어머니의 언론 자유를 존중하시려는 것 같았다.

"어머니, 아버지께서 꿀 먹은 벙어리가 되신 게 그렇게나 재미있습니까?"
나는 그런 얘기엔 별로 관심이 없다는 듯 톤을 낮추어 반문했다. 하지만 어머니의 반응은 그게 아니었다. 아들 6형제 가운데 누구라도 맨 먼저 만나면 사연을 들려주려고 잔뜩 벼르고 계셨던 게 분명했다.
사실이 그런데도 미온적인 아들이 오히려 섭섭하다는 표정으로 내게 목소리를 높이셨다.

"생각해보렴. 우리가 웃을 일이 뭐가 있겠어? 단둘이 이런 산골에 살다 보면 정말 재미있는 일이 없단다. 우리 나이쯤 되면 모든 게 시들하

고 감흥이 없는 거야. 경천동지(驚天動地)할 만한 사건이 터진다 해도
그렇고… 웬만큼 희한한 일이 생겨도 눈 하나 깜짝 안 하는 게 연로하
신 네 아버지와 나 사이 아니냐. 그런데도 꼬장꼬장한 너희 아버지가
생전 처음 꿀 먹은 벙어리가 되셨다면 뉴스거리일 텐데 너는 궁금하지
도 않은 모양이구나."

꿀 먹은 벙어리라면 누가 들어도 부정적인 이미지로 받아들인다. 떳
떳지 못한 행동을 했거나, 그런 것을 목격하고도 말 한 마디 못한 채 끙
끙거리는 광경을 연상하기 마련이다. '마음속에 있는 생각'을 드러내지
못하는 사람을 비웃는 말이라고 사전엔 쓰여 있다.

그날 나는 집에 도착하자마자 꿀 먹은 벙어리가 되셨다는 아버지의
사연을 자세히 듣고 싶지 않았다. 오죽이나 체면을 구기셨으면 그런 말
이 나왔겠느냐는 게 내 지레짐작이었다. 그런 유의 얘기는 아무리 잘
듣고 수긍해봤자 본전이고, 잘못되면 부모, 자식 간이라도 이자는커녕
본전까지 잃는 경우가 없지 않다고 믿어왔기 때문이었다.

그런데 듣고 보니 꼭 그런 것도 아니지 싶었다. 얼마 전 일요일 아버
지가 점심때를 맞춰 이웃 마을에서 열린 결혼식에 참석할 겸 나들이를
하셨다가 해질녘에 귀가하면서 생긴 일이었다.

읍사무소가 있는 앞마을 로터리 버스정류장에서 내려 집으로 가는
데 마주 오던 젊은이가 눈에 거슬렸다는 것이었다. 약주가 좀 과하셔서
어떤 점이 아버지의 눈살을 찌푸리게 했는지는 알 수 없었지만 어쨌든
그를 불러 세워놓고 한바탕 사설(辭說)을 늘어놓았다는 것이다. 어머니
말씀에 의하면 그게 전부였다.

"그걸 가지고 그렇게 웃으셨어요? 꿀 얘기는 나오지도 않네요?"

"여기까지는 내가 네 아버지에게 들은 얘기이고 꿀 얘기는 2막에 나오는데 그 장면은 나도 이 자리에서 보았기 때문에 하는 소리란다."

이틀 밤쯤 지나서였을까. 늦은 밤에 누가 찾아왔다. 키가 크고 아주 잘생긴 청년이었다. 그는 방에 들어오자마자 아버지에게 큰절을 하며 "회장님 그날 제가 너무 잘못했습니다. 바다와 같이 넓으신 마음으로 용서해주시길 바랍니다"라고 말했다는 것이었다.

어머니가 보기에 그는 초면이었다. 김화 읍사무소에 새로 전근 온 인물로 "회장님 같은 어르신네를 못 알아봐서 죄송하기 그지없습니다"라고 여러 번 되뇌었다는 얘기였다.

아버지가 그 청년을 앉혀 놓고 차나 한 잔 마시라고 했으나 그는 끝내 사양하고 어둠 속으로 사라졌다.

그가 떠난 뒤에 보니 마루에 신문지로 싼 한 되들이 정종 병이 하나 있었고 그 병엔 토종꿀이 가득 차 있었다. 두 분이 한 숟가락씩 떠서 물에 타 마셔보니 아카시아꽃을 비롯해 밤꽃, 싸리꽃 등에서 채취한 잡꿀이었다는 것이었다.

"내가 그전부터 꿀 먹은 벙어리라는 말은 들어봤지만 너희 아버지가 그런 모양이 될 줄은 상상도 못했단다. 그 청년 덕분에 요즘 우리가 실컷 웃으며 지낸다. '이 꿀 드시고 입 다물어 주십시오'라는 뜻이었을 테니 말이야. 얼마나 우습니? 그 청년 머리가 정말 비상한가 봐? 안 그러냐?"

"저는 그 청년이 갈지(之)자로 걸으면서 아버지에게 눈인사조차 안하고 지나쳐 장유유서(長幼有序)도 모르는 '불상놈'으로 찍혀 일방적으로 억울하게 야단을 맞은 걸로 짐작했었는데 그런 건 아니었던 것 같군요."

"너희 아버지가 먼저 시비를 걸었다면 꿀을 가져왔겠니? 그 청년은 자신이 생각해도 워낙 잘못했으니까 야밤에 아무도 모르게, 그것도 이틀이나 지나고 나서 가져온 것 아니겠어? 모르긴 해도 그날 밤 그 청년은 너희 아버지보다 술이 더 취했을지도 몰라…."

자초지종을 듣고 보니 꿀 먹은 벙어리 이야기에 내가 처음부터 과민 반응을 보인 것 같아 뒷맛이 씁쓸했다.

어머니는 아버지와 60년 이상을 함께하면서 여러 번 변신을 거듭했다. 38선으로 남북이 갈려 가족이 흩어지기 전엔 그 시절의 다른 젊은 어머니들처럼 여필종부 일념으로 아버지를 모셨으며, 격동의 세월을 지나 휴전 이후엔 농사일 등 집안 살림을 주관하셨고 아버지의 대변인 노릇까지 충실히 하셨다.

1980년 초여름, 이른바 '서울의 봄'이 무산되어 민주화를 열망하던 세력이 실의에 빠져 있던 어느 날 저녁 늦게 어머니로부터 전화가 걸려왔다. 아버지도 잘 계시느냐고 묻자 낮에 철원읍에 살고 계시는 분들을 만나러 가셨다가 아직 귀가하지 않으셨다는 것이었다. 아버지가 출타 중인 찬스를 노리고 전화를 하신 것 같은 느낌이 들었다.

"얘야, 너 말이야, 장절공(壯節公) 신숭겸(申崇謙) 장군 묘역에 가본 일 있어?"

단도직입적인 첫 번째 질문부터가 거창한 게 내겐 의외였다.

"아, 거기요? 춘천(春川) 근교에 있다는 얘기는 들어서 알고 있지만 바빠서 한 번도 가본 일은 없습니다. 그런데 그건 왜 물으세요?"

"너희 아버지께서 장절공 어른 묘역에 가셔서 술 한 잔 올리고 싶다는구나."

어머니의 말씀은 청산유수처럼 막힘이 없었다.

"그거야 뭐 어려울 것 있겠어요? 동생(重澈)한테 얘기해서 시간 여유 있는 날 차를 몰고 가서 아버님 모시고 한번 다녀오면 되겠네요. 어머니도 특별한 일 없으시면 함께 가셔서 구경하고 오시지요. 제가 동생과 의논해서 미리 연락드리도록 하겠습니다."

"그런 것은 말고…."

"그러면 어떤 걸 말씀하시는 겁니까?"

나는 어머니 얘기를 처음 들을 때 아버지도 연세가 드시니까 조상 어른 묘역을 찾게 되는구나라고 가볍게 생각했었다.

실제로 그 무렵 나처럼 언론계에서 뛰는 신문·방송 기자들은 사소한 집안일 같은 것엔 마음을 쓸 여유가 없었다. 새롭게 부상하는 군부세력이 대한민국의 앞날을 어디로 끌고 갈 것인가 하는 게 초미의 관심사였고, 그 밖의 것에는 모조리 신경을 끄고 있었다.

"왜 있잖니? 해마다 봄가을 두 차례 전국에 있는 평산 신씨(平山 申氏) 문중 어른들이 구름처럼 몰려와서 제사를 지낼 때 올리는 술잔을 말씀하시는 거란다. 이제 제대로 알겠니?"

"아, 그런 것 말씀이군요. 그건 어떤 절차를 밟아야 되는 건지 모르니 일단 알아보긴 하겠습니다. 그런데 어머니, 그게 누구 생각입니까? 아버지 뜻이에요? 아니면 어머니 생각입니까?"

내가 되물은 게 패착이었다. 어머니 목소리가 조금은 단호해진 느낌으로 다가왔다. 듣기에 따라서는 아버지를 위해 그런 것 하나 관철시키지 못하느냐는 듯 압박하는 말 같기도 했다.

"내 생각이 아버지 생각이고 아버지 뜻이 내 뜻인데 그걸 꼭 구별해서 무얼 어떻게 하겠다는 거야. 아범아, 안 그래? 내 말이 틀린 건 아니지?"

역시 대변인다운 말씀이었다. 나는 더 이상 묻지 않고 가까운 장래에 그 문제를 알아보고 결과를 보고하겠노라며 통화를 마쳤다.

그때까지 나는 종묘대제(宗廟大祭)나 성균관에서 유림들이 봄가을 두 차례 지내는 석전제(釋奠祭) 등의 이름은 알고 있었으나 구체적으로 어느 날, 어떤 식으로 제례를 올리는지는 모르고 있었다. 다만 제례를 올리려면 제일 큰 감투를 쓰는 제관(祭官)이 있고 그 밑으로 초헌관(初獻官), 아헌관(亞獻官), 종헌관(終獻官) 등이 있다는 정도만 알고 있었다. 그러면서도 제관이 따로 있는 게 아니며 초헌관이 바로 가장 중요한 제관이라는 사실도 모르는 등 그 분야엔 완전히 깜깜했다.

며칠 후 종친회에서 일을 보고 계시는 아는 분에게 전화를 해봤다. 그분은 나보다 다섯 살쯤 연세가 많고 한문 공부를 많이 하신, 평산 신씨의 본향인 황해(黃海)도 평산(平山)군 세곡(細谷)면 덕촌(德村)리 태생으로 나와 항렬이 같은 분이었다.

나는 그분과 한 번쯤 인사를 나눴고 아버지는 여러 번 만나 잘 알고 있는 사이였다.

나는 그분에게 전화를 걸어 어머니에게 들은 이야기라는 것을 전제로, 장절공 묘역의 헌주 문제를 꺼냈다. 그리고 아헌관이 안 되면 종헌관이라도 한 번 해드리면 좋겠다는 의사 표시를 조심스럽게 했다.

그랬는데 그분의 대답은 의외였다.

"신 선생님은 그런 건 하시면 안 됩니다."

"아버지께서 그런 걸 하시면 왜 안 된다는 겁니까?"

나는 약간 놀라 되물었다. 그러자 그분은 찬찬히 설명을 해주셨다. 아버지는 연세로 보나 경력으로 보나 하시려면 초헌관으로 모셔야 하는데 그 자리는 앞으로 몇 년간 집전하실 분들이 예약되어 있고, 그렇다

1984년 4월 22일, 음력으로 삼월삼짓날 장절공 신숭겸장군 묘역에서 거행된 춘계제향때 제관으로 집전한 부친. 그 옆은 필자.

고 해서 아헌관이나 종헌관을 맡으시게 할 수 없다는 얘기였다.

　그로부터 세월이 다섯 바퀴 반쯤 돌아 겨울이 끝날 무렵, 그분으로부터 연락이 왔다. 돌아오는 삼월 삼짇날 거행하는 춘계제향 때 아버지를 제관으로 모시기로 결정했다는 통보였다. 기뻤다. 아버지께 효도를 할 수 있게 조율해주신 그분이 고마웠다. 즉각 고향에 연락해서 마음의 준비를 하시도록 알려드렸다.

　당일 아침 나는 큰형님을 모시고 아내와 함께 장절공 묘역으로 향했다. 아침 일찍부터 서둘렀으나 그날 처리해야 할 원고가 늦어져 지체한 끝에 가까스로 현장에 도착해보니 제향이 끝나고 아버지를 비롯한 종중 원로들이 점심을 하고 계셨다. 늦게나마 도착해 축하 인사를 드리자 아버지께서는 큰아들과 우리 부부를 종중 어른들께 소개하며 흐뭇해

하셨다.

그게 1985년 4월 22일, 음력으로는 3월 3일이었다.

그날 장절공 춘계 시제 때 아버지가 큰 감투를 쓰도록 교통정리를 해주신 그분은 그 당시 평산 신씨 대종중 신희철(申義澈) 총무부장이었다. 신 부장은 그로부터 5년 후인 1990년『상례요람(常禮要覽)』(도서출판 보경문화사, 본문 461쪽, 부록 37쪽)을 펴냈다. 혼례(婚禮)부터 상례(喪禮), 제례(祭禮), 축문(祝文)에 이르기까지 각 항목마다 해설을 하고 도해(圖解)까지 곁들여 알기 쉽게 편찬한 이 책은 비단 신씨 문중의 후손들뿐만 아니라 근·현대 전통 혼례와 상·제례를 공부하려는 많은 분들에게 참고자료가 되고 있다. 신 부장은 10년 동안 노력한 끝에 이 책을 펴내면서 맺음말을 다음과 같이 썼다.

발(跋)

예(禮)는 이 세상에 처(處)하는 인간의 규범(規範)이다. 고인(古人)은 치세(治世)의 실정법(實定法)보다 처세(處世)의 상례법(常禮法)을 더욱 중요하게 여겨 이를 숭상(崇尙)하였다. 그러므로 사람이 이 세상에 출생하여 관혼(冠婚)에서 사후(死後) 상장제례(喪葬祭禮)를 모두 예(禮)로 다스려 통일된 절목(節目)을 만들어 준행(遵行)하였다.

그러나 시대의 흐름에 따라 많이 변하기도 하고 또 개폐(改廢)되기도 하여 근일(近日)에 와서는 서풍(西風)이 강하게 불어 더욱 많이 퇴폐(頹廢)되어 이를 아는 사람이 점차 줄어들고 있고 따라서 행동도 줄고 있다.

나는 어려서 부조(父祖)님을 떠나 예
(禮)에 대해서는 익히 들을 기회가 없었
는데 다행히 선조(先祖)님의 은덕으로 종
사(宗事)에 참여한 지 어언 30여 년! 그동
안 종중(宗中) 어른들 간에 예에 대한 의
견을 교환하는 것을 들을 기회가 있었으
나 그때에는 이를 그저 들어 넘기기만 했
는데 근래에 와서는 일부 종원(宗員)이
전화로 또는 직접 대종중에 찾아와 예법
과 축문(祝文) 등에 대한 문의에 여러모로 어려움을 겪게 되었고 그때
마다 미안함을 금할 길이 없었다.

그러므로 현세(現世)에 각 가정에서 많이 통용되는 예법중(禮法中) 축
문이나 서식(書式) 등을 간단히 편집하여 문의하는 종원(宗員)에게 알
렸으면 하는 생각으로 서파(西坡) 신의경(申義慶) 선생의『상례비요(常
禮備要)』와 사계(沙溪) 김장생(金長生) 선생의『가례집람(家禮輯覽)』및
도암(陶庵) 이재(李縡) 선생의『사례편람(四禮便覽)』등을 참고로 하여
불민(不敏)한 재주로 번역과 해설을 간단히 붙여 펴냈으면 하는 생각이
들었다.

이를 착수하여 여러 문헌(文獻)을 참고하고 또 이에 조예(造詣)가 깊
은 석학(碩學)의 자문을 받아 고심수년(苦心數年)에 결미(結尾)의 일단
(一端)을 마무리 짓고저 하니 원래 천비(淺菲)한 우재(愚才)로써 감히
해설 등을 감당하여 많은 오류(誤謬)가 있지 않을까 우려를 금치 못하
는 바이다.

이는 일후(日後) 수윤증보(修潤增補)되기를 기대(企待)하고 강호제현

(江湖諸賢)의 질정(叱正)을 바라는 바이다.

끝으로 이를 참고하여 예(禮)를 따르려는 분에게 조금이라도 도움이
된다면 다행으로 생각하고 그 소회(所懷)의 일단을 약술(略述)하는 바
이다.

西紀 一九八九年 己巳 淸明節에
平山 後人 申義澈 謹識

이 책은 기사(己巳)년인 1989년 4월에 탈고한 후 수정 작업을 거쳐
경오(庚午) 년인 1990년 10월 5일 초판이 발행되었다.

5

내가 강남에 살 때 한 달쯤 예정으로 어머니가 우리 집에 와 계신 적이 있었다. 모처럼 오신 어머니에게 즐거움을 선사해드리고 싶었으나 별다른 아이디어가 떠오르지 않았다.

계절은 겨울잠에서 완전히 깨어나 개나리가 막 피어나기 시작하던 때였다. 나는 직장에 다니는 딸과 방위병을 다녀온 막내아들에게 미리 귀띔을 해놓고 당일 아침나절 어머니를 모시고 서울대공원으로 향했다. 삼림욕장 길 아래쪽에 있는 외곽도로를 따라 걸으며 봄의 소리를 들려 드리고 싶어서였다.

도착 즉시 경중경중 뛰어간 막내가 휠체어 한 대를 밀고 왔다. 주민등록증을 맡기고 빌려왔다는 것이었다.

남매가 앞서 가고 뒤에서 내가 휠체어를 밀고 있었다. 오랜만에, 아버지를 앞서 보내시고 쓸쓸해하실 어머니를 위로해드리는 것 같아 흐뭇했다. 그런데 어머니는 아무런 말씀이 없으셨다. 한 마디쯤 코멘트를 하실 법한데도 입을 꽉 다문 채 무표정하게 계셨다.

왜 그러실까, 무엇이 언짢으신가. 이것저것 생각해봤지만 답이 안 나왔다. 딸아이와 막내 녀석은 무엇이 그리 좋은지 저희들끼리 소리 내 웃으며 걸어가고 있었다. 길이 휘어지는 모퉁이를 돌아 우리들의 시야에서 남매가 사라졌을 때였다. 마침내 어머니가 한 말씀 하시는 것이었다.

"셋째야, 나 좀 봐. 내 한 마디 안 할 수 없어서 그런다."

"무슨 말씀이세요, 어머니?"

"지금 아범이 나를 밀어주고 있지만 솔직히 말해서 나는 네가 이러는 게 싫단다."

"그래요?"

놀란 내가 묻자 기다렸다는 듯이 어머니의 말씀이 이어졌다.

"내 나이 벌써 여든을 넘고 머리는 오래전에 백발이 된 채 갈 길이 멀지 않은데 머리가 희끗희끗한 네가 밀어주는 게 보기 싫어서 하는 얘기야."

"그래요? 그러면 어떡하지요? 제가 시중을 들면 어머니께선 더 좋아하실 걸로 생각했는데요."

"그게 그렇지 않단다. 거동이 불편한 노인을 어린 손자, 손녀들이 밀어드리는 모습은 멀리서 보더라도 흐뭇하지만 아범처럼 환갑이 가까운 중늙은이가 나 같은 호호백발을 보살피는 광경은 쓸쓸한 느낌을 더 주어서 그러는 거야. 오동잎 한 잎 두 잎 떨어지는, 깊어가는 가을밤에 시들어 사라지는 처량한 인생처럼 말이야. 내 마음이 아주 편치 않아서 그러는 거다."

"아, 그러셨군요. 저는 그런 심정 정말 몰랐습니다. 애들에게 밀도록 하지요……."

아이들과 임무 교대를 하자 어머니 얼굴이 금세 밝아졌다. 흐뭇해하

1995년 4월 23일 어머니를 모시고 서울대공원 나들이에 나선 필자 부녀. 가운데는 어머니, 왼쪽은 딸 지원. 둘째아들 현식이 촬영했다.

시는 표정이 역력했다.

이렇게 해서 어머니와 나, 그리고 딸 지원(智媛)과 아들 현식(現植) 등 3대는 오른쪽 샛길로 올라가 시곗바늘 반대 방향으로 2시간 가까이 호젓한 숲길을 걸었다.

하늘을 가린 숲길 양쪽에 일정한 거리를 두고 설치된 스피커에선 음악이 흘러나와 가슴을 촉촉이 적셔주었다. 비발디의 '사계(四季)'가 들렸는가 하면 베토벤의 '전원 교향곡' 가운데 만물의 약동을 상징하는 듯한 선율이 마음을 사로잡았다. 이런 것 말고도 더 있었다. 스메타나의 '나의 조국' 중 '몰다우'도 들렸던 것 같았고 슈베르트의 '송어'와 요한 스트라우스의 '봄의 소리 왈츠'까지 곁들여 이날의 나들이는 영락없는 봄맞이 음악 축제였던 셈이다.

시력은 나쁘지만 귀가 밝고 정신이 해맑은 어머니께서는 무아지경에 이른 듯 이따금 알아들을 수 없는 콧노래를 흥얼거리셨다.

이날 아내는 불참했다. 어머니께 드릴 몇 가지 밑반찬을 준비하기 위해서였다. 막내아들은 할머니에게 우스갯소리를 잘해 웃겨드렸고 목욕도 여러 번 시켜드렸다.

딸아이는 그해 겨울 결혼식을 올렸으며 계절이 한 바퀴 반쯤 더 돌아 우리 부부에게 첫 손녀를 선사해주던 바로 그날, 어머니께선 저 세상으로 영원히 가셨다. 그게 1997년 5월 25일이었다.

이보다 앞선 그 전해 초여름, 나는 어머니와 큰형님을 모시고 고향 나들이를 했다. 이날 행차엔 아내도 동참했다. 내가 핸들을 잡은 승용차가 강원도 경계를 넘어 얼마 안 가자 갈림길 옆에 동생 상철(商澈) 부부가 대기하고 있었다. 동생은 관내 농협에 근무하며 6형제 가운데 유일하게 고향 땅을 가장 가까이서 지키고 있는 몸이었다.

이날 날씨는 맑았다. 하지만 약간 무더웠다. 아버지가 세상을 떠나기 대략 5년 전쯤 서울로 모셔져온 어머니로서는 실로 오랜만에 고향 나들이를 나서서인지 소풍 가는 날의 어린애처럼 조금은 마음이 들떠 보였다.

우리는 맨 먼저 저격능선(狙擊稜線) 전적비가 있는 공원 꼭대기까지 차를 몰았다. 아버지는 그 위쪽에 잠들어 계셨다. 아버지 무덤엔 상석(床石) 한 개만 덩그러니 놓여 있을 뿐 아무런 장식물도 없었다. 앞으로도 일체의 석물(石物)을 안 하기로 하고 검소하게 비석 한 개만 세우되, 그것도 어머니가 세상을 떠나 아버지 곁에 모신 다음에 하기로 했었다.

어머니께서는 막내아들을 통해 그 같은 방침을 들어서 잘 알고 계셨다.

참배를 마친 우리는 민간인 출입통제 구역 안에 있는 고향집터 근처부터 찾아봤다. 해방 전 김화읍을 동서로 가로질렀던 큰 길이 작전도로로 바뀌어 있다는 것만 알 수 있을 뿐, 어디쯤이 우리 집터이고 어느 곳이 금강산전기철도 정거장이었는지 가늠조차 쉽지 않았다.

작전도로 남쪽은 대부분 경작지로 바뀌고 드문드문 지뢰지대 표지가 붙어 있었다. 도로의 북쪽은 잡초가 허리춤까지 자란 가운데 민간인의 접근을 더 이상 불허했다. 그런 풀숲 가운데쯤에 우리 형제들이 뛰어놀던 집터가 있을 터였다.

암정교(岩井橋) 앞에 차를 세우고 모두 내려 잠시 주변을 둘러봤다. 물은 깊고 맑았다. 물가 양쪽엔 이름 모를 잡풀이 무성하게 자라 강심(江心) 쪽으로 세력을 뻗쳐 강폭이 아주 좁아 보였다. 북한 측이 DMZ 북쪽에서 물길을 막아 끌어다 쓰고 하류 쪽으로는 덜 흘려보내 그렇게 된 것 같다고 한 병사가 설명해주기도 했다.

國破山河在
城春草木深

'나라가 패망하니 남는 건 산과 물뿐이고 성 안에 봄이 찾아왔건만 초목만 무성하구나'라고 개탄했다는 두보(杜甫: 712~770)의 시구가 귓전을 때렸다. 당나라 현종 34년, 서기 755년 11월에 안록산(安祿山)이 난을 일으키고 이듬해 7월 수도 장안(長安)이 온통 쑥대밭이 되었다고 역사는 말하고 있다. 1,200여 년의 시차를 두고 치러진 2개의 전쟁. 말 타고 활 쏘며 큰 칼을 빼든 채 고함을 지르며 화공(火攻)으로 적을 제압

하던 그 시절 전투에 비해 20세기 중반 철의 3각지에서 벌어진 전쟁의 파괴력이 아무리 가공하다고 해도 해방 전 1만여 명의 인구가 모여 오손도손 이마를 마주 대고 살았던 읍내의 옛터(古跡)라고는 믿어지지 않았다. 어릴 적 그처럼 넓게 보였던 읍내는 겨우 어른 손바닥 한두 개밖에 안 되는 듯한 초라한 분지(盆地)에 지나지 않은 것 같아 마음이 씁쓸했다.

그래서 그랬을까. 이중환(李重煥: 1690~1756)은 『택리지(擇里志)』를 저술할 때 이 고장을 가리켜 '산이 많고 들이 좁은 데다가 기후가 냉습(冷濕)해서 사람들이 살기엔 적당치 않은 곳'이라고 쓴 대목을 읽었던 기억이 새삼 되살아났다.

그날 우리는 마지막 코스로 정연(亭淵)으로 향했다. DMZ 남방한계선 철책이 가까운 곳으로, 이곳 역시 민간인 출입통제 구역으로 동생이 미리 출입 신청을 해서 군 당국의 허가를 얻은 곳이었다.

이 고장은 내가 어릴 적에도 '정연'이었고 지금도 그렇게 부르고 있다. 하지만 아주 옛날엔 그렇지 않았던 것 같았다. 조선시대 진경산수화의 제1인자인 겸재 정선(鄭敾: 1676~1759)은 강물이 흐르는 절벽 맞은편 제일 높은 곳에 정자가 세워져 있는 절경을 화폭에 담으며 '정자연도(亭子淵圖)'라는 제목을 달아 놓았기 때문에 한번 해본 소리다.

지명이야 어떠면 무슨 상관인가. 깎아지른 절벽 밑으로 강물이 휘감아 돌고 저만치 아래쪽으로 금강산행 전차가 달리던 녹 슨 철교가 보이는 위쪽에 '전선식당'이라는 간판이 보였다. 전망이 제일 좋은 자리에 앉자마자 어머니께서 한 말씀 하셨다.

"애들아, 오늘 이 자리에서 먹는 민물고기 매운탕 값은 내가 지불할 터이니 그렇게들 알고 천천히 맛을 즐기도록 넉넉히 주문하거라.”

“왜 그러시는데요, 어머니?”

큰형님과 동생이 동시에 물었으나 어머니는 아무런 대꾸도 안 하셨다.

생애 마지막으로 고향 땅을 깊숙이, 그것도 오성산이 올려다 보이는 곳까지 가보고 싶다는 의사 표시를 하실 때부터 점심 한 끼쯤은 본인이 내기로 마음을 정했는지도 몰랐다.

아들·며느리들에게 당신의 쌈짓돈을 풀어 고향의 입맛을 즐기도록 하는 데서 또 하나의 행복을 맛보시려 했던 것 같았다.

그런 어머니가 소주 한 병을 주문하셨다. 아들·며느리들에게 손수 한 잔씩 따라주시고 자신도 한 잔 받으신 다음 한참 동안 아래쪽 물가를 응시하셨다. 맑고 푸른 물속엔 모래가 반짝거렸으며 어른 팔뚝만 한 어름치와 누치가 아래위로 무리 지어 유영(遊泳)하는 모습이 내 눈에도 들어왔다.

“오늘 내가 여기까지 오길 참으로 잘했다. 옛날에 마을 앞에 있던 정연역은 어디쯤인지 이 자리에 앉아서는 알 수 없지만 흐르는 강물을 내려다보고 있자니 옛 생각이 저절로 나는구나. 김화-철원 구간을 다녀보면 이 근처 경치가 제일 좋았어. 모두들 창밖을 내다보며 감탄을 하고…… 확실하지는 않지만 옛날엔 전차가 여길 지날 땐 승객들이 경치 구경을 하라고 기관사가 일부러 속도를 늦추었던 것 같아.”

우리들은 아무 말 없이 어머니 말씀을 경청했다. 어머니의 추억담(追憶談)은 멈출 줄 몰랐다. 아니, 곧 끝나려는 게 아니라 이제부터 시작이었다. 그것도 본격적으로 새색시 시절로 돌아가는 것이었다.

“너희 아버지와 친정 나들이 할 때 얘기 좀 해볼까. 신사 양복을 말끔히 차려입고 넥타이를 맨 너희 아버지와 모본단(模本緞) 옷감으로 곱게 치장을 하고 하얀 비단 옷감으로 목도리를 한 내가 전차에 오르면 어땠는 줄 알아? 승객들이 일제히 우리 부부를 쳐다보는 거야. 젊은 날의 너희 아버지 정말 멋있었어. 진짜 멋진 인텔리였어. 나도 산골 태생이지만 어려서부터 남들로부터 예쁘다는 소리는 들어왔고……. 지금 생각하면 모든 게 꿈만 같아. '인생일장춘몽'이라는 노랫말처럼 말이다."

어머니는 잠시 쉬었다가 이야기를 계속하셨다. 아버지는 평생 체중이 70kg을 안 넘은 가운데 키가 174cm였고 호리호리한 체격의 어머니도 키가 165cm나 되는 그 시절 여성으로서는 큰 편이었다.

"일제 말년에 금강산 철도를 뜯어내 군수물자 원료로 쓴다고 해서 너희 아버지와 함께 장안사(長安寺)에 가서 이틀 밤 쉬고 왔던 일이 있었어. 그러니까 그게 벌써 50년이 넘었구나."

"어머니 오늘 감회가 무척 깊으신가 보군요?"

내가 추임새를 넣었다. 큰형님은 빙그레 웃으시며 소주잔을 또 비우셨고 며느리들은 여전히 어머니 말씀에 귀를 기울였다.

어머니가 장안사 얘기를 꺼내는 순간, 내 머리엔 까마득하게 잊혔던 부끄러운 옛이야기가 한 토막 되살아났다. 그건 어쩌면 끊어진 백열전구(白熱電球) 속의 필라멘트가 우연찮게 다시 이어져 기억의 회로를 되살려준 거나 다름없었다.

그 사연은 사실 별것 아니었다. 그 무렵 우리 집 대청마루 장식장엔 자개로 십장생(十長生)을 그려 넣은 값이 아주 비싼 목제칠기(木製漆器) 두 세트가 있었다. 크기는 성인용 주발과 사발만 한 것으로 덮개가 있었고 한 번도 쓰지 않은 채 금강산을 다녀왔다는 징표로 진열되어 있었다. 그런데 전통 공예의 가치를 알 턱이 없는 형들은 언제부터인지 그걸 구박데기로 여겨 '금강산 뚝배기'라고 깔봤다. 별 생각 없이 나도 그렇게 따라 불렀고 물정을 더 모르는 동생에게도 값비싼 칠기를 하찮은 물건으로 각인시켰던 것이었다.

세월이 흐르고 또 흘러 1945년 봄 내가 입학을 해서 나란히 국민학교에 다니게 된 3형제가 같은 날 원족(遠足)을 가게 되면서 말썽이 생겼다. 알루미늄 도시락이 한 개 모자라자 어머니는 부득이 아껴둔 목기 한 벌을 꺼내 점심밥을 담아 배낭에 넣어 큰형 몫으로 가져가게 했다.

하지만 큰형이 펄쩍 뛰었다. '창피하게 이런 걸 어디 가서 펴놓고 점심을 먹으란 말이냐'고 반발하고 작은형마저 덩달아 싫다고 하자 결국 금강산 뚝배기는 내 차례가 되었다. 나로서도 기분이 좋을 리 없었다. 울고 싶었다. 처음 가는 원족인데 집이 얼마나 가난하면 알루미늄 도시락 하나 살 돈이 없어 나무 뚝배기에 점심밥을 싸왔겠느냐고 한 반 아이들이 놀릴 것 같아 정말 울고 싶었다.

그때까지만 해도 나는 야외에 산보를 가게 되면 점심밥은 반드시 알루미늄으로 된 벤또(辨當=도시락)에 담아 가야 하는 걸로 굳게 믿고 있었다. 특히 같은 학년 3~4반 여자애들이 재잘거리며 흉을 더 볼 것 같아 상상만 해도 얼굴이 화끈거렸다. 나는 어머니에게 한바탕 투정을 부렸다. 알루미늄 도시락을 양보 안 해준 형들이 원망스러웠지만 어머니가 타이르는 바람에 마지못해 배낭을 메고 집을 나섰던 것이다.

그날 5학년인 큰형은 학교에서 6km쯤 떨어진 솔새가 살았다는 전설 속의 소나무 숲 속으로, 3학년인 작은형은 오성산 왼쪽 골짜기 끝에 폭포가 있다는 '영대(楹臺)'라는 곳까지 갔었다고 했다.

우리네 조무래기 남녀 4개 반은 암정교를 건너기 직전, 동북쪽으로 방향을 바꿔 범바위, 각시바위가 있는 마을을 지나 금강산행 전차가 맨 먼저 쉬었다가 가는 광삼(光三)역 뒤편 숲 속을 목적지로 걸어갔었다. 그날 날씨는 맑고 따뜻했다.

"봄이 온다. 봄이 온다. 어디에 왔을까.
산에 오고 마을에 오고 들에도 왔다.

꽃이 핀다. 꽃이 핀다. 어디에 피었나.
산에 피고 마을에 피고 들에도 피었다."

우리는 일본인 담임선생님이 시키는 대로 일본말로 '봄이 왔다(春が 來た)'라는 동요를 힘차게 부르며 걸어갔다. 행렬의 맨 앞에 서서 반장 노릇을 하는 내게 전투모를 쓴 선생님이 군가(軍歌)를 부르라고 하면 그대로 따랐었다.

하지만 점심때가 되면서 내 고민은 커졌다. 천덕꾸러기나 다름없는 금강산 뚝배기를 풀어헤쳐놓고 남들 앞에서 밥을 먹을 것인가, 아니면 그만둘까 한참을 생각했다. 그러나 도저히 용기가 나질 않았다. 그냥 굶어버리자고 결심하곤 그대로 실천했다. 맨 처음 반 아이들이 점심을 왜 안 먹느냐고 했을 땐 조금 있다가 먹겠다고 해놓고 숲 속을 돌아다 니다가 뒤늦게 점심 얘기를 꺼내는 아이들에겐 벌써 먹었다고 거짓말 을 했다. 배에서는 꼬르륵꼬르륵 소리가 났지만 그 알량한 체면은 확실 히 지켰던 것이다.

그때까지만 해도 나는 숫기가 없고 부끄럼을 잘 타는 아이였다. 후에

266

알려진 사실이지만 어머니는 내가 입학할 즈음 내 몫으로 예쁜 알루미늄 도시락을 구입하려고 김화읍의 상점을 모조리 뒤지고도 안 돼 철원읍까지 달려갔으나 물건이 없어 포기했다는 얘기였다.

그날 원족을 갔을 때 우리 반의 어떤 아이는 도시락 뚜껑을 열었다가 깜짝 놀라 당황하는 모습을 보인 일도 있었다. 자세히 보니 그 도시락 통은 그날 처음 사용한 신품이었다. 양철 판을 기계로 꽉 눌러 타원형으로 찍어내서 안팎에 검은색을 칠한 조잡한 것이었다. 그런데 여기에 처음 더운밥을 담아오는 사이에 안료가 일제히 벗겨져 밥알과 범벅이 되어 물에 헹구지 않고서는 점심을 못 먹을 정도로 지저분하게 되었던 것이다.

그때는 워낙 물품이 귀한 전쟁 말기여서 엉터리 조잡품이라도 만들어놓기만 하면 없어서는 못 파는 물자 결핍 시대였다. 참으로 한심한 시절이었다.

당시의 담임선생은 젊은 초임 교사로 성은 히사마쓰(久松)였다. 100일쯤 후 해방된 이튿날 나는 동네 꼬마들을 데리고 방학 중인 학교에 갔었다. 이런 날 일본인 선생들은 어떤 모습을 하고 있을까 무척 궁금했다. 우리가 운동장에 들어서자 교무실에 있던 히사마쓰 선생이 우리들에게 다가와 눈물을 뚝뚝 흘렸다. "일본이 패망했다. 천황 폐하가 가엾게 됐다"는 게 그가 울면서 토해낸 말이었다.

"그런데 말이다. 그해 겨울밤 둘째와 셋째가 38선을 넘어왔길래 망정이지 그렇지 못했으면 어떡할 뻔했겠어? 남과 북으로 흩어진 이산가족이 되었더라면 돌아가신 너희 아버지도 눈을 감지 못했을 터이고 나역시 이승을 곧 떠나더라도 편히 잠들지는 못할 거야. 게다가 남북이 막혀 서울로 갔을 때는 다시는 이 땅을 못 밟을 줄 알았는데 김일성이 불장난을 하는 바람에 38선이 무너지고 고향을 찾게 되리라고 누가 상상이나 했겠어. 역시 모르는 건 세상만사야. 안 그러냐?"

"그 점에선 어머님도 아버님과 함께 복이 무척 많은 분이십니다."

셋째, 넷째 며느리가 합창하듯 말했다. 한참 동안 무엇인가를 골똘히 생각하시던 어머니가 다시 말을 이어갔다.

"내 오늘 여기까지 와서 처음 공개하는 얘기인데 그해 여름 광복절 다음 날 시공관(市公館)에서 열린 음악회에 갔던 일이 있었단다. 나로서는 생전 처음, 그것도 아버지와 함께 간 것으로는 평생 처음이자 마지막으로 간 음악회였어. 그런데 맨 먼저 '해방된 역마차'와 같은 신나는 곡조가 나올 때는 아주 좋았어. 여기저기서 일부 관객들이 손뼉을 쳐서 박자를 맞추는 등 축제 분위기였단다. 그러나 가수들이 구성진 노래를 부르기 시작하자 그게 아냐. 곳곳에서 쿨룩쿨룩 거리는 거야. 나는 처음엔 감기 걸린 사람들이 기침을 하는 줄 알았어. 조금 지나니까 훌쩍훌쩍 흐느끼는 소리가 들리더니만 아예 목 놓아 우는 사람도 있는 거야."

어머니는 여기서 잠시 뜸을 들이시고는 말을 이으셨다.

"지금 내 생각으로는 그날 부른 노래는 대충 '봉선화'라든가 '목포의 눈물'아니면 '황성 옛터'같은 것이었는데 막판에 이르러 '눈물 젖은 두만강'이 끝난 다음 앳된 남녀 가수들이 무리지어 뛰어나와 '가거라 38선'과 같은 슬픈 노래를 부르는 거야. 그때는 나도 못 참겠더라. 너희 아버지가 알면 창피할 것 같아 '울면 안 된다'고 아래윗니를 꽉 깨물었는데도 도저히 못 참았었어."

어머니는 이 대목에서 이야기를 잠시 멈추셨다. 그날의 감동이 되살아나 좀처럼 말이 이어지지 않는 것 같았다.

　나도 잠시 눈을 감고 그 무렵의 시공관 일대를 상상해봤다. 인파가 붐비는 충무로 좁은 길을 걸어 음악회에 갔다가 북쪽에 두고 온 두 아들 때문에 눈물을 쏟고 어깨가 축 처져 귀가하던 젊은 날의 부모님 모습을 떠올렸던 것이다.

　"두고 온 영철이와 네가 눈앞에서 어른거려 그만 울고 말았어. 엉, 엉, 소리 내어 울었지. 어깨를 들썩거리며 얼마나 울었는지 몰라. 모르긴 해도 그 순간엔 내 어깨에 손을 얹어주신 너희 아버지께서도 우셨을 거야. 성격이 강인하신 너희 아버지라고 너희들 생각 안 하셨겠니? 안 그래?"

　그날 음악회에는 나이 든 부모님들을 모시고 온 서북청년단원들이 많아 가뜩이나 무더운 극장 안을 눈물의 용광로로 만든 것 같다는 게 어머니의 설명이었다.

　그 순간 어머니의 눈가엔 이슬이 맺혔다. 그러나 그건 슬퍼서 우시는 게 아니었다. 아들·며느리가 모두 건강하고 손자·손녀들이 젊은 느티나무처럼 무럭무럭 자라고 있는 데 대한 감사의 눈물이라고 나는 이해했다.

2014년 8월 16일. 청태산휴양림에 모여 하룻밤을 지낸 신기복·최명 커플의 직계후손인 2, 3, 4세들. 이날 모임엔 프란체스코 교황 환영행사에 참석키 위해 동생(商澈) 부부가 불참했으며, 이밖에 3세들 중에도 일부가 도착이 늦어진 가운데 일몰이 가까워져 부득이 셔터를 눌렀다.

권말부록

저자가 아뢰는 말씀

여기에 부록으로 실린 글은 『신문은 죽어서도 말한다』라는 책의 출판기념
회가 남긴 뒷이야기입니다. 2003년 여름 본인이 『신문은 죽어서도 말한
다』(다락원, 408쪽, 15,000원)를 쓰고 그해 겨울 출판기념회를 가진 후 몇
몇 분들로부터 그날 저녁 National Press Club에서 오고간 이야기를 좀 더
자세히, 구체적으로 들려줄 수 없겠느냐는 말을 들었습니다. 그런 말씀을
하신 분들은 초청장을 받고도 바빠서 못 오신 분, 더러는 일찍 왔다가 중간
에 자리를 뜨신 분들 가운데도 없지 않았고 파장 무렵 달려온 분들 중에도
몇 분 계셨습니다. 매번 똑같은 이야기를 되풀이하는 것도 불가능하고 사
실상 될 일도 아니어서 부득이 풀어쓰기를 시도해 200자 원고지 98장 분
량의 글을 작성했던 것입니다. 그리고는 궁금해 하시는 분들에게 이 글을
보내드렸습니다. 『신문은 죽어서도 말한다』는 책을 접하지 못하신 분들 가
운데서도 무료할 때 파적 삼아 한 번 훑어보시라고 부록으로 실었읍니다.

신 동 철

『신문은 죽어서도 말한다』
출판기념회가 남긴 것들

李漢東 전총리 술회, "의연금 덮어 씌우기 법률적용에 무리 있었다."

> 여름이 뜨거워서 매미가 우는게 아니라
> 매미가 울어서 여름이 뜨거운 것이다.
> 매미는 아는 것이다.
> 사랑이란, 이렇게 한사코 너의 옆에
> 붙어서 뜨겁게 우는 것을
> 울지 않으면 보이지 않기 때문이다.
>
>   - 안도현 시집 『그리운 여우』 중에서

『지금부터 신동철 선생님이 쓰신 「신문은 죽어서도 말한다」라는 책의 출판기념회를 시작하겠습니다. 모임을 시작하기 앞서 몇가지 말씀을 드릴일이 있어 한말씀 올리겠습니다.

여기에 와 계신 분들은 언론계에서 다 한 몫을 하시고 우리 언론사(言論史)에 한 장(章)을 남기신 분들이라고 생각합니다.

따라서 제가 이런 모임의 인사말을 드리게 된 것을 무척 송구스러우

면서도 아주 영광스럽게 생각합니다.

제가 신동철 선생님을 알게 된 것은 10여년전 교수신문이라는 새로운 매체를 창간할 때 인연이 되어서 지금까지 늘 도와주시고 또 어려움이 있을때마다 찾아가서 「선배님, 신문은 어떻게 하는것이...」라고 도움을 요청했습니다. 사실 저는 신문을 잘 몰라서 늘 도움을 받은 사람으로서 마침 「신문은 죽어서도 말한다」라는 책이 나오고 또 신동철 선생님은 저희 교수신문사의 운영위원이기도 하십니다. 그래서 저희들이이 출판기념회를 주관하기로 했습니다.

오늘 이 자리에 서고 보니 문득 제가 즐겨 읽던 시(詩) 한구절이 생각납니다. 다 아시는 것일테지만 이 자리가 이 시와 어울릴 것 같아 소개하고 물러갈까 합니다.

여름이 뜨거워서 매미가 우는게 아니라
매미가 울어서 여름이 뜨거운 것이다. 〈후략〉

오늘 이 책을 쓰신 신동철 선생님의 모습이 정말 "매미가 울어서 여름이 뜨거운 것처럼" 이 책이 그런 뜻으로 느껴집니다.

아무튼 초대장에도 소개했습니다만 많은 분들이 계시는데, 저희들이 태평로프레스클럽과 중앙매스컴사우회, 다동회등 여러분과 함께 신동철 선생님의 저서의 출판을 축하하는 기념회로 이런 자리를 마련하게 된것입니다.

오늘 이 자리가 저물어가는 한해를 되돌아보는 계기도 되겠지만 앞으로 또 새로운 역사를 만드는 좋은 자리가 되길 바라면서 이만 인사말을 끝내겠습니다.』

2003년 11월 28일 『신문은 죽어서도 말한다』의 출판기념회가 열리던 날의 필자와 영철 형님. 그 당시 형님은 KMA 부회장이었다.

이는 2003년 11월 28일 오후 5시 한국프레스센터 20층에 있는 National Press Club에서 열린 출판기념회에서 교수신문 李英穗 발행인(경기대교수·교육학)이 말한 개회사의 전부다.

이어 李炅在사장(한화이글스대표이사)이 사회를 맡아 朴南圭 태평로 프레스클럽 고문, 孫柱煥 전 공보처장관, 秋光永 서울대교수 등 3명의 축사를 듣고 李漢東 전 국무총리의 격려사 순으로 진행됐다.

李 전총리는 격려사를 통해 30여년전 자신이 검찰에 몸담고 있을때 金連俊총장의 구속-기소-재판과정을 옆에서 지켜봐서 잘 알고 있다고 전제하고 「그당시 구속된 김총장은 수사를 극력 거부했으며 수재의연금 횡령사건의 법률적용에 무리가 있었던 것은 사실」이라고 비화를 공

개해서 눈길을 끌었다.

한편 맨 먼저 인사말을 한 李英穗교수가 출판기념회의 분위기를 진지하게 만든데 이어 사회를 맡은 李炅在사장 역시 「절제된 언어」로서 「신문은 죽어서도...」의 상재(上梓)가 지니는 아주 특별한 의미를 부여해 한순간 장내를 숙연하게 했다.

이날 모임에는 언론계 원로들과 전·현직 언론인, 언론학자, 언론유관기관의 임직원 및 저자의 출신학교 동문 친지등 200여명이 참석했다.

출판기념회의 하일라이트라고 할수 있는 축사에는 어떤 내용이 담겼을까. 우선 朴고문의 말씀부터 옮겨보자.

이에 앞서 李仁濟국회의원을 비롯, 李源宗 전 청와대 정무수석, 朴敬錫 전 국회의원, 張重雄 재능교육(주)대표이사사장, 李淳東삼성구조조정본부 부사장 및 孟英柱경산회 회장등이 축전을 보내왔다.

『이런 자리에 선 것이 처음이기 때문에 말도 잘 못합니다. 「신문은 죽어서도 말한다」는 이 책은 여러분께서도 잘 아시다싶이 꼭 30년전에 당국이 터무니없이 수재의연금을 횡령-유용했다는 혐의를 뒤집어 씌워가지고 사주를 구속함으로써 너무나 놀란 사주가 옥중에서 자진 폐간계를 써 낸 사건의 진상을 밝혀낸 책입니다.

우리나라엔 숱한 언론수난사가 있읍니다만 그중에서도 대표적이라고 할 수 있는 대한일보 자진폐간, 즉 「자살」의 진상을 밝힌 이 책은 참으로 잘 정리된 자료로서 우리나라 언론수난사의 한 획을 그을것입니다.

나는 신문이 폐간되기 3개월전, 대한일보 편집국장자리에서 물러나 집에서 쉬면서 다른일을 하려고 구상한적이 있는데 「자진폐간」이라는 말을 듣고 나의 20여년에 걸친 언론인 생활의 모든 배경이 무너지는 듯한 비통한 심정을 금할길 없었고 더군다나 일선에 있던 기자들은 그 비분강개야말로 뭐라고 표현할수 없었을겁니다.

그런데 문제가 된 그때의 가해자와 피해자라고 할 수 있는 분들이 최고 권력자를 제외하고는 거의다 살아있읍니다. 모두 다 생존해있어요

따라서 이 책을 쓸려면 그분들의 커멘트를 들어 코팅(Quating)해야되는데 30년동안 한 사람도 그런 말을 하지않았어요. 그래서 신동철씨가, 내가 너무나 좋아하는 기자지만, 독특한 기자정신을 발휘해서 불퇴전의 기개(氣槪)를 가지고 이책을 만들어 출판하는데 방일영문화재단의 도움을 받았읍니다.

수재의연금이라는 것은 여러분들도 잘 아시다싶이 일정한 기간에 모금을 해서, 물론 그날그날의 헌금자료를 신문에 발표하고 누계(累計)도 실어서 관계기관이 요구하면 내게되는것인데 대한일보 사주를 구속할 때 까지만해도 수재의연금을 안낸 신문사가 대여섯군데 되었읍니다.

그러니까 이것은 계획된 압박인데 구속된 사주가 무슨 소식을 들었는지 그냥 폐간계를 써버렸어요. 자살해 버린겁니다. 물론 폐간사도 없고 유언도 없었읍니다. 따라서 그때 당시 당국의 힘이 얼마나 무소불위 (無所不爲)했는가를 여러분들께서도 짐작하고 남을겁니다.

거듭 말씀드립니다만 이같은 엄청난 진상을 캘려면 그분들의 커멘트가 있어야 하지만 아무도 말하지 않습니다.

제가 늘 기자들에게 하는 말이 있읍니다. 해변에서 태어난 아이들은 태양이 수평선 넘어 바다에서 떴다가 바다로 지는 것으로 알고 산골에 사는 아이들은 태양이 산에서 솟아나 산으로 지는 것으로 생각해요, 이

건 하나의 허상(虛像)입니다. 그런데 아이들이 커가지고 「아! 태양은 동쪽에서 뜨고 서쪽으로 지는거구나」하는 진리를 깨닫게 됩니다. 이게 바로 현상(現像)입니다. 그렇다면 실상은 뭐냐 - 이건 태양계의 지구가 공전과 자전 때문에 생기는 것입니다. 그렇기 때문에 이런 실상을 캐는 건 보통 힘든 일이 아닙니다.

그래서 저는 신동철씨가 이 방대한 자료를 수집해 가지고 이 책을 내는데 너무나 많은 애를 썼다는 것을 치하해 마지않습니다.

저는 사실 대중연설은 잘하지 못합니다. 그렇지만 그 당시에 편집국장을 지낸분이 없기 때문에 제가 1착으로 지명된 걸로 알고 축사를 합니다만 후에 다른분들이 더 좋은 말씀을 해주실것으로 생각합니다.

「신문은 죽어서도 기자들은 살아서 역사를 증언하는」 이 책은 우리나라의 대표적인 언론수난사의 일획을 그을것입니다.

그리고 그때 그 비분강개했던 기자들이 모여서 대한일보편우회라는 조직을 만들어 연락을 취하다가 얼마전에는 태평로프레스클럽으로 개명해가지고 서로 교류하고 있습니다.

그 대한일보 사옥을 사주가 크게 리노베이션해서 그안에 우리들의 연락사무소가 있읍니다만 지금도 그 건물에는 금박으로 대한일보빌딩이라는 옥호가 붙어있읍니다. 얼마나 한이 맺혔으면 그랬겠습니까.

그래서 저희들은 또다시 모여 이번에 신동철씨가 대표적으로 책을 써서 진상을 규명했읍니다만 - 「우리들의 대한일보 시절」이라는 가제(假題)로 글을 써서 연말까지 책이 나올 예정입니다. 이건 한국언론재단에서 지원해 주셔서 출판되는 것입니다. 여러분께서도 지켜봐 주시길 바랍니다.

제가 워낙 말주변이 없어 이만 줄이고 다음분의 축사를 듣겠습니다.

세모에 바쁘신중에서도 신동철씨를 축하해 주기위해 이렇게 많이 와
주셔서 대단히 감사합니다.』

30년 전 막내림에 대한 "커튼 콜"

맨처음 축사를 한 朴고문은 연단으로 향하기 앞서 맞은편 좌석에 앉
은 李漢東 전 국무총리 앞으로 다가가 악수를 나누며 자신이 갖고 있
던 꽃(corsage)을 건네주었고 이를 받은 李전총리는 웃음으로 화답하
며 朴고문 가슴에 그 꽃을 달아주는 모습을 보였다.

이런 장면은 朴고문이 李전총리에게 국무총리로서의 전관예우를 한
것이며 李전총리 역시 朴고문을 한국언론계의 최고 원로중의 한분으
로 예우를함으로써 비롯된 것이었다.

모임이 한창 진행될 때 도착한 李전총리는 당초부터 축사를 하도록
계획되어 있지 않아 가슴에 다는 꽃도 준비되지 않았었다.

이날의 모임은 여느 출판기념회때와는 달리 처음부터 진지하게 진행
됐다. 이는 개회선언을 한 李교수나 사회를 맡은 李사장의 멘트가 듣는
이의 가슴에 와 닿은데다가 스스로 말재주가 없다고 나서기를 극구 사
양했던 朴고문의 축사도 너무 진지했기 때문이다. 李炅在사장이 사회
자로서 한 말은 아래와 같았다.

『안녕하십니까? 저는 오늘 이 출판기념회의 진행을 맡은 이경재라고
합니다. 우리 신동철선배의 대한일보 후배로써 지엄하신 선배님의 명
(命)을 받아가지고 나와 진행을 하게 되었읍니다.

사실 저는 이런 진행을 해본 경험이 전혀 없어 혹시 실수가 있더라도

이점 양해해 주시길 바랍니다.

지엄하신 선배님의 좋은 자리에 누가 될까봐 이렇게 적어가지고 나왔습니다만 잘될까 모르겠습니다.

오늘 신동철 선생의 「신문은 죽어서도 말한다」출판기념회에 이처럼 많이 참석해주신 여러분들께 주최측을 대표해서 우선 감사의 말씀을 드립니다.

벌써 2003년의 한해가 마무리되는 세모의 언저리가 되어서인지 오늘의 모임이 더욱 정겨운 자리가 될거라고 생각합니다.

관심있는 분들은 기억해 주시리라 생각합니다만 대한일보가 문을 닫은지 올해로 30년이 되었읍니다.

신동철 선배께서는 대한일보가 문을 닫던날 「불의의 오욕을 투쟁을 통해 영광으로 승화시키는 1970년대 한국언론의 주역으로 다시 모이자」고 비장한 다짐을 하셨고 이제 「신문은 죽어서도 말한다」라고 하는 이책으로 그 개인의 약속뿐만 아니라 대한일보 사우들의 한(恨)을 정리할수 있게 되었다고 봅니다.

앞서 李英穗교수께서도 인사말을 통해 시를 한구절 소개했습니다만, 얼마전 저는 유용주라는 젊은 작가가 쓴 「마린을 찾아서」라는 책을 읽은바 있읍니다.

그 책의 후기에 이런 글이 실려있읍니다.

뒤로 걷기가 앞으로 걷기보다 더 힘들다
되돌아보는 일은, 과거를 현재로 옮겨 재구성하는 일은 어려웠다.
나아가는 걸음보다 열배, 스무배, 백배 어려운 일이었다.
과거는 죽었지만 끈임없이 살아 움직이려한다.

쉽게 잊지 말라고 거머리처럼 달라붙는다.

어떤 방식이든 반성과 회개(悔改) 없이는 한발자국도 못가게한다.

「신문은 죽어서도 말한다」는 바로 이러한 작업의 소울 리허설(Soul rehearsal)이라고 짐작을 해봤읍니다.

따라서 이 출판기념회는 「신선배, 그동안 책을 쓰시느라고 수고하셨읍니다」라고 얘기하는 그러한 단순한 축하의 자리가 아니라 30년전 졸지에 당한 막내림에 대해 제대로 커튼 콜(Curtain call)을 하고 그 많은 주역들의 분노와 한을 차분하게 정리하고 접는 의무를 다해주신 한 언론인에 대한 격려의 자리가 되리라고 생각합니다」

지금도 "대한의 살아 있는 記者魂" 확인

李사장은 식순에 따라 저자의 약력을 간단히 소개하고 뒤이어 2번째 축사를 하는 孫柱煥 전 공보처장관에게 마이크를 넘겼다. 孫전장관의 축사는 어떤 것이었을까 - 그 내용을 알아보자.

『박남규 선배님께서 말씀을 잘 못하신다고 하면서도 명연설을 해주셔서 제가 무슨 말씀을 드려야될지 어리벙벙합니다.

오늘 이 책의 저자인 신동철선생이 원체 마당발이기 때문에 그분의 출신고등학교를 대표해서 이한동 전 대표님을 비롯한 쟁쟁한 景福인맥들의 많은 분들이 여기 보입니다.

뿐만 아니라 대학의 유명한, 서울대 문리대 사학과의 동문과 또 나라를 지탱해왔던 인재들도 많이 보이고 대한일보 이후의 제2의 언론인

생활을 했던 중앙일보의 전·현직 발행인을 비롯해서 신동철 선생을 좋아하고 존경하고 있는 각계 각층의 많은 분들이 이 자리에 많이 와 주셨읍니다.

모두들 나오셔서 축하의 말씀을 해야 될 줄 압니다만 제가 여기에 특별히 불려 나온 것은 신동철 선생과 전문 언론인으로서의 30년동안의 인연때문이 아닌가 생각합니다. 신동철 선생이 제2의 언론인 생활을 시작한 중앙일보에서의 오늘에까지 30년이 되었다는 것입니다.

기자로서 팔팔하게 취재일선을 뛰고있던 어느날 느닷없이 한 신문사가 문을 닫는다는 소식을 들었을때 지금도 그 충격을 잊을수가 없읍니다.

좀 우스운 이야기가 될지 모릅니다만 대한일보의 폐간을 두고 박남규 선배께선 「자살」이라고 표현했읍니다만 저는「자살」이 아닌 「타살」로 표현하고 싶습니다.

타의에 의한 신문폐간 이후에 그 대한일보의 인재들이 각 언론매체에 분산 수용되면서 그매체의 질을 높이는데 엄청나게 기여했다고 저는 생각합니다. 달리 말하면 대한일보의 폐간이 인재를 분산수용시켜서 전문직업인으로서의 전문성을 높이는데 기여했다고 생각합니다.

그중 대표적인 분이 우리 신동철씨라는 것을 함께 일했던 사람으로써 저는 여러분들께 증언하고 싶습니다.

그리고 대한일보가 폐간되었을때 언론계에 나돌던 대한일보기자 선언문이라는 것을 읽었을때의 기자들의 감동은 매우 컸읍니다. 지금도 새삼스럽게 그날의 감회가 떠오릅니다. 그런데 대단히 부끄러운 이야기입니다만 그 선언문의 필자가 바로 신동철씨라는 것을 그 책을 읽어보고 알았읍니다.

그 선언문은 우리 한국언론사에 기리 남아야 할 명문이고 또 명논설이라고 저는 생각합니다.

이번에 신동철 국장께서 펴낸 이 책 – 「신문은 죽어서도 말한다」라는 책은 저는 단순하게 우리나라 언론매체의 단순한 죽음에 관한, 죽음의 진상에 관한 책으로만 보지를 않습니다.

한세기의 우리나라 언론사엔 나타났다가 사라진 많은 언론매체들이 있읍니다. 그것은 대부분 시장원리에 의해 부침(浮沈)했읍니다만 그렇지 못하고 타의에 의해서 폐간되고 문을 닫게된 언론들이 적지않습니다.

그렇기 때문에 대한일보 강제폐간에 따른 진실은 밝혀져야 합니다.

그 진상을 밝히는 1차작업을 시작했던 신동철국장의 작업은 단순하게 한 신문의 타살에 관한 것으로 국한된게 아니라, 60년대와 70년대에 걸쳐 「언론과 정부와의 관계」라는 큰 틀속에서 이문제를 다루었다는 것이 이 책이 갖고 있는 중요한 의미이며 무게라고 저는 생각합니다.

따라서 신동철 선생이 쓴 「신문은 죽어서도 말한다」라는 이 기록은 우리나라 현대사와 우리 현대정치사, 그리고 언론사를 연구하는 연구자들에게 1차 자료로서의 높은 가치를 지니고 있다고 생각합니다.

그런점에서 우리가 그 힘든 작업을 한 60대의 신동철씨에게 더 뜨거운 박수를 보내주셔야 될걸로 믿습니다.

마지막으로 한말씀 더 드리겠읍니다.

저는 제가 일했던 언론 매체에서 대한일보 출신들이 얼마나 열심히 일을 하고 유능했는가를 누구보다도 잘 알고 있읍니다. 이분들의 가슴속에는 대한일보가 죽지 않고 아직도 살아서 숨쉬고 있음을 저는 봅니다.

대한일보 분들은 그 옛날 그분들이 열심히 일했던 그 사옥, 그 자리에 그들이 일했던 흔적을 지니고 그 기자혼(記者魂)을 간직하고 있다는 사실을 제가 알고 제 눈으로 확인했읍니다.

이 자리를 빌어서 나이에 관계없이 60대이든 70대이든 아직도 대한
일보를 가슴에 안고 우리 한국을 걱정하고 한국언론을 위해 일하고 있
는 대한일보출신 언론인들에게 경의와 격려의 말씀을 드리는 바입니
다. 감사합니다. 』

역사책으로 '紀傳體의 형식' 닮아

朴고문이 축사를 할때 박수를 받은것처럼 孫전장관도 축사를 하는
사이 내빈들로부터 몇차례 뜨거운 박수를 받았다. 그리고는 秋光永교
수의 언론학자로서의 서평적(書評的)인 해석을 곁들인 축사가 이어졌
다. 그의 말을 옮겨보자.

『저는 지금 소개를 받았읍니다만 사실 말이 어눌하고 굉장히 빠릅니
다. 대학 강단에 30여년 섰으면서도 말재주가 없는 것으로 특히 소문
이 나있읍니다.

그럼에도 불구하고 오늘 이 자리에 차출된 이유는 제가 생각하기로
는 사학과 동기동창 22명 가운데 언론 관련학과에 있는 사람은 저 한
사람 밖에 없지않느냐는 점 때문이 아니었는가 생각됩니다.

말이 어눌한데다가 이 자리에서 축사를 하실만한 원로 선배님들이
많고 또 언론계 현장에서 역사를 지켜본 분들이 많아 극구 사양했었는
데 책을 읽어본 다음에 마음이 달라져 감히 맡았읍니다.

저는 45년전에 신동철, 그때는 군(君)입니다. 신동철군을 입학동기로
서 만났읍니다. 지금도 저는 신국장, 신이사등 여러 가지 직함이 있읍
니다만 신형, 신기자라고 부르는게 제일 즐겁고 편합니다.

저는 45년된 친구로서 우선 지난 여름 이책을 읽어보고 깜짝 놀랐읍

286

니다.

신형이나 저나 60대후반으로서 지하철을 탈때는 경로우대증으로 무임승차권을 받습니다. 여기 계신분들 가운데서도 골프를 좋아하시는 분들이 많은걸로 알고있읍니다만 골프를 치는것, 특히 나이가 들어서 골프를 치는 것은 복입니다.

첫째 육체적으로 건강해서 골프를 칠 수 있는 체력이 있다는게 좋은것이요, 둘째 함께 즐길 수 있는 친구가 있다는게 복입니다. 저는 100% 동감합니다.

곁들여서 신기자에게 말씀드리고 싶은 것은 「축하하고 싶습니다」 「복이 많은 분입니다」라는 것입니다. 왜, 아직도 치매에 안걸리고 치밀하게 역사를 기록할수 있는 필력과 정신적인 예리함이 그대로 남아있다는 것이 복받은 것입니다.

이책을 읽으면서 저는 아주 재미있고, 마치 소설책을 읽는것처럼 단숨에, 하룻밤은 아니지만 이틀사흘만에 독파할수있었던 것은 필체가 유려하고 그 당시를 살지않았던 저에게는 굉장히 많이 새로운 사실들을 알게 해주었읍니다.

저는 불행인지 다행인지는 모르겠읍니다만 71년에 미국에 유학을 가서 76년에 공부를 마쳐, 그 참혹했던 유신시절, 신기자는 언론의 빙하시대라고 말한 그 시절에 한국에 없었읍니다.

그래서 수도없이 많았던 언론사태들을 목도(目睹)하지를 못했습니다. 제가 유학을 가지않았더라면 저도 현장에서 신문기자로 동참했을겁니다.

따라서 유신시대의 사실은 사후에 다른 책등을 통해서 읽었을뿐이지 그 감각이 현실성이 없읍니다.

그런데 저는 이책을 읽어보면서 너무나 많은 사실을 알게 되었고 정말로 많은 기록을 한 책으로서, 「역사책으로서 좋은 귀감」이 될 수 있다는 생각을 했습니다.

우리 신기자가 쓴 「신문은 죽어서도 말한다」는 책은 제목이 너무나 시사적(示唆的)이고 참으로 적절하다고 생각합니다. 그리고 역사서(歷史書)로 볼때는 신기자는 이른바 司馬遷의 사기(史記)의 패턴을 닮은 기전체(紀傳體)의 형식을 닮았다고 봅니다.

제1부가 제도사 또는 정사(正史)나 본기(本紀)에 비유할수 있습니다. 앞서 孫장관께서는 「자살」이 아니고 「타살」이라고 했읍니다만 신기자는 이책에서 이걸 우리들에게 암묵적으로 제시하고 있습니다.

「자살」이 아니지요. 어쨌든 「타살」이라기 보다는 죽은건 사실이지요. 그 죽는 과정을 제도사(制度史)적인 측면에서 굉장히 소상히 밝혀주었을 뿐만 아니라 또 나아가서는 재미있게 기록했읍니다.

대개의 학술 서적은 딱딱합니다. 제도사이건 법제사 서적이건간에 재미가 없읍니다. 그런데 신기자는 이면사, 그 배경을 현장에서 뛴 기자로서 생생하게 저희들에게 전달해 주었기 때문에 실감(實感)이 나고 자기의 울분도 여기에 녹아있었읍니다. 그래서 저는 아주 자세하게 디테일(detail)한 사건의 전말(顚末)을 이책을 통해서 새삼스럽게 알게되었읍니다. 대단히 고맙게 생각하고 축하드립니다.

그다음에 이 책의 더 압권(壓卷)은, 제 개인적인 감정으로는 제2부에 있는 이산 30년후 대한일보 기자들의 삶의 족적(足跡)들 입니다.

孫장관님이나 朴고문님께서도 말씀을 하셨읍니다만 그 다재다능한 역량있는 기자들이 졸지에 직장이 없어졌을뿐만 아니고 제가 비유하자면 고향이 송두리째 망가져버렸읍니다. 돌아갈 고향이 없어져버린 것입니다.

흔히들 이산가족 얘기를 많이 합니다. 50년동안 고향에 가보지 못한 북한 출신의 이산가족들의 아픔을 절절히 알고 있읍니다만 그래도 역설적이지만 그분들에겐 돌아갈 고향이 아직도 있읍니다. 그렇지만 대한일보는 진짜 고향이 없어져 버렸읍니다. 영어로 말하면 고향을 업루트(up-root)된, 발본(拔本) 되어버린 그 처절한 심정이 제2부 열전(列傳)에 나와있더군요.

　어디로 돌아가야 하느냐 - 이들의 그 젊고 역량있고 정말로 발랄했던 젊은 기자들의 좌절, 고뇌, 방황, 분노, 그리고 한(恨)이 이책 후반부에 절절히 역어져 있읍니다. 제가 읽으면서 눈물이 난 경우가 많았읍니다.

　더러는 아까 우리 孫선배께서 말씀하셨듯이 대한일보의 역량있는 기자들이 다른 언론사에 들어가서 더 훌륭하게 더 많은 업적을 남긴 기라성 같은 분들을 저희도 잘 알고 있읍니다. 그렇지만 결국은 더 많은 분들은 좌절해서 다른 업종으로 전업한 분들도 있고 또 좌절되어서 폐인 비슷한 분들도 있는등 정말로 슬픈 이야기들이 담겨있읍니다.

　이런 기라성 같은 분들의 이야기를 모아 놓으므써 언론을 압살 또는 타살한 그 결과가 우리 젊은 언론인들을 얼마나 참담하게 만들었는가, 그들의 한이 무엇인가를 느끼게 만들었다고 생각합니다.

　이게 하나의 씨줄(緯線)로서, 제도사가 날줄(經線)이라면 하나의 씨줄로서 그당시 대한일보의 압살사건을 정말로 적나라하게 증언해주고 그들을 통해서 후학들이 1차 자료로서의 제도사 뿐만아니고 그들이 언론전반에 끼친 폐악이나 해독, 또는 참상을 고발해 주었다고 생각합니다. 저는 정말 눈물나게 읽었읍니다. 그게 개인적인, 참상에 대한 개인적인 분노가 아니고 이건 공분(公憤)입니다. 언론을 과연 이렇게 죽일 수 있는가하는 공분입니다.

司馬遷은 여러분들도 잘알고 계시다싶이 궁형(宮刑)이라는 남자로서의 최대의 치욕을 참아가면서 결국 살아 남았읍니다. 왜 그랬는가. 史記를 쓰기 위해 살아남았던 것입니다. 그게 사적인 이해(利害)가 아니고 공분 같은 것일겁니다. 사마천은 결국 「인간은 뭔가」, 「권력이 뭔가」하는 속성을 쓰고 싶었던 것이지요.

우리 신기자도 저는 똑같이 느낍니다. 언론이 뭔가, 남이 죽일수 있는가, 언론 사주는 이렇게 비겁하게도, 신기자는 이책에서 배은(背恩)의 또는 배덕(背德)이라고 했읍니다만, 이렇게 죽여놓고, 대한민국의 언론을 죽여놓고 방기(放棄) 할수 있는가라는 신기자의 한(恨)이 이책에 서려있다고 봅니다.

그 한이 지난 30년간 오죽 컸겠읍니까?

제가 대학에 다닐때 신기자는 통도 크고 키도 저보다 훨씬 큰데다가 운동도 잘하고 활달한데다가 마당발에 걸맞게 대인관계가 좋았읍니다. 정정당당하고 의로웠읍니다. 비겁한 짓 절대로 못했읍니다.

제가 10여년간 있다가 귀국해서 신기자와 여러번 만났읍니다. 물론 그때는 중앙일보에 있었읍니다만 어딘가 좀 그늘이 져있었어요. 그 옛날에 활달했던 신기자가 조금은 달라져 있었읍니다. 점잖게 표현하면 좀 중후해진 느낌을 받았읍니다. 그래서 왜 그렇게 활달했던 신모가 이렇게 바뀌었나? 역시 나이탓인가, 그렇게 생각했는데 이책을 읽어보면서 그게 아니었던걸 알았읍니다. 그게 신기자가 갖고 있던 한이었던 것입니다.

그렇게 잘 나가던 대한일보, 당시로서는 34세때 폐간되어 버렸지만, 신문기자로서 이제는 고향을 쫓겨나 중앙일보로 옮겼지만 그래도 어딘가 고향에 대한 그리움 같은게 남아있었던 것이지요.

그런데 한번 사마천처럼 내가 이 진상을 밝혀놓고 써보아야겠다는 그 절절히 맺힌 한이 이책에서 우러나왔다고 저는 생각합니다.

이제 신형! 그 한을 다야 풀렸읍니까? 일단 10분의 1쯤은 풀었다고 생각합시다. 그늘 좀 벗으시고 건강하시고 좋은 책을 남기셨으니까 나머지 몫은 후배 언론인들이 할것이고 언론사(言論史)를 전공하는 후학들이 맡을겁니다.

한번 외쳤잖아요.「임금님 귀는 당나귀 귀다!」라고 외쳤잖아요. 좀 후련하지 않습니까? 후련하니까 한숨 돌리고 우리 원래 모습대로 씩씩하고 활달하고 친구들이 다 좋아하는 신동철씨로 돌아올걸로 믿습니다. 우리 자주 만납시다. 감사합니다.』

"仁은 剛毅木訥近仁"이 아닌가

秋교수가 축사를 마치면서 이날 주최측이 준비한 축사는 모두 끝났다. 그러나 사회자가 李漢東 전 총리를 향해『기왕에 축하하러 오셨으니 저자의 동문 선배로서 격려사를 한 말씀 부탁드린다』고 말했고 이 제의에 따라 李 전 총리는 단상으로 향했다. 그리고 30년전 수재의연금횡령 사건을 둘러싼 검찰측의 억지수사등 비화(秘話)를 곁들여 다음과 같이 격려사를 했다.

『감사합니다. 시간이 많이 지난 것 같은데 제가 이싯점에 나와서 누(累)가 되지않을까 합니다. 그러나 모처럼 호명이 되어 나왔기에 축하의 말씀을 드리고 들어갈까 합니다.

우선 평소에 사랑하고 아끼던 신동철동문이「신문은 죽어서도 말한다」라는 한국언론 수난사에 기리 남을 「불후의 명작」을 출판하게 된걸 축하하고 이 자리에 오신 60년대, 70년대, 그리고 80년대, 90년대등 한 반세기 가까운 기간동안을 한국언론을 이끌어 주셨던 우리나라 언론 계 원로들, 그리고 현역 지도자들 모든 분들이 축하를 위해 와주신 것 을 동문의 입장에서 깊이 감사를 드립니다.

저는 오늘 신동철동문이 출판한 「신문은 죽어서도 말한다」라는 책을 얼마전에 한번 주마간산식으로 훑어본 일은 있는데 자세하게 읽어보 지 못하고 이 자리에 서게된 것을 용서해 주시길 바랍니다.

다만 저는 이책의 제목부터가 너무나 훌륭하다는 생각을 소박하게나 마 해봤읍니다.

「신문은 죽어서도 말한다」라고 하는 그 제목이 뜻하는게 뭐겠느냐 생각해봤읍니다. 뭐니뭐니해도 언론의 국가사회적인 역할과 기능은 영 원하다는 것을 징표하는 것이 아니겠나 그렇게 생각하면서 또 한편으 로는 한번 언론인은 죽을때까지 영원한 언론인이구나, 그런 두가지를 마음속으로 다시 되새겼읍니다.

책의 내용은 말할 것도 없이 여러분들이 나오셔서 축사를 통해 말씀 하셨지만 우리 신동철동문이 언론계 40여년 가까운 기간동안에 겪은 여러가지 한국 근·현대사, 사회·정치면 모든 분야의 명암(明暗)이 훌 륭하게 잘 정리되어 있을것으로 생각합니다만 1973년 대한일보가 폐 간되는 과정을 적나라하게 적시·정리한 부분은 저도 잘 읽어보았읍 니다.

오늘 이 자리를 빌어서 솔직히 처음 말씀드리는 것이지만 저는 대한 일보 폐간과정을 검찰에 몸담고 있으면서 옆에서 지켜봤던 사람입니다. 그 당시 그사건을 인계받아 가지고 金連俊한양대 이사장을 구속하고, 구속 - 기소하고 재판이 진행되고하는 그 과정을 옆에서 봤읍니다.

그때 김연준이사장은 수사를 1주일 이상 받지 않았읍니다. 굉장히 항의하고, 강하게, 아주 강하게 질책하고「이런 부당한 수사는 못받겠다」고 굉장히 강하게 대응했던 것을 옆에서 들어서 지금도 기억하고 있읍니다.

결국은 그 사건이 법률 적용상의 무리가 있었어요. 그래서 궁극적으로 법원에서 무죄로 확정된 걸로 알고 있읍니다만 과연 수재의연금을 일시 돌려썼다고 하더라도 하나의 법인(法人)이 운영하는 그 회계계정 운영상에 얼마든지 있을수 있는 것 아니냐, 의연금으로 받은 그 돈을 관계기관에 빨리 가져다내지 않았다고해서 불법횡령이라고 볼수 있느냐, 영득(領得)의 의사가 과연 있었느냐하는 법률적인 문제가 상당히 있었다는 것을 어렴풋이나마 저도 기억됩니다.

그래서 이 자리를 빌어서 솔직히 제가 그때 알았던 것을 여러분들에게 참고로, 특히 신동철 동문에게 참고로 말씀드리는 것입니다.

얼마나 암울했던 60년대, 70년대였읍니까. 그 권위주의 시대에 한국 언론이 이러한 엄청난 핍박을 받아가면서 최악의 조건속에서 이나라의 자유와 민주 · 인권을 위해서 또 언론의 창달을 위해서 애쓰신 것은 영원히 이나라 역사에 빛날것이라고 저는 생각하며 우리 신동철동문이 그 한시대의 정치 · 사회사를 아주 생동감있게 잘 정리한 것을 높이 평가하고자 합니다.

저는 신동철 동문과는 3년 정도 간격이 있읍니다. 그런데 고향도 제가 태어난 포천 북쪽의 강원도 철원의 김화, 그럴뿐아니라 똑같이 농촌에서 태어나서 서울의 중학교에 진학했고 어떤 의미에서 저하고 매우 유사한 점이 많습니다. 그래서 평소에 저는 신동철동문을 좋아했읍니다.

특히 그의 어진 품성을 항상 좋아했고 높이 평가했읍니다.

孔子도 그런 말을 했다고 하지 않습니까? 인(仁)이 뭐냐고 물으니 공자가 「剛毅木訥近仁」이라 - 『강건하고 의연하고 과묵하면서 어눌해 보이는 것』그것이 인에 가깝다고 말했다는 것입니다. 우리 신동철동문의 품성도 보면 「겸손하면서도 의연하고 온유하면서도 그 속에 강건함이 있다」고 저는 그렇게 생각합니다.

바로 그러한 본성(本性)이 오늘 이 출판을 기념하는 「신문은 죽어서도 말한다」라고 하는 역저(力著)를 쓰게된 것이 아닌가 생각합니다.

아직도 건강하고 골프도 잘치는 것으로 알고 있읍니다만 앞으로는 못다한 것 - 아직도 한을 못푼게 있다면 다 풀고 보람있고 행복한 나머지 삶을 영위할 것을 빌어마지 않습니다.

'초청인 33명' 한 분씩 내빈께 소개

호랑이는 죽어서 가죽을 남기고 사람은 죽어서 이름을 남긴다고 옛 성현(聖賢)이 말씀하셨읍니다.

우리 신동철동문은 바로 이 「신문은 죽어서도 말한다」라고 하는 저작을 통해서 이름을 역사에 남김으로서 한국언론사에 기리기리 기억될 그러한 언론계의 지도자로서, 또 언론인으로서의 그 이름을 우리나라 언론사에, 청사(靑史)에 빛날것이라고 믿어 의심치 않습니다.

다시한번 오늘 축하해주시기 위해 오신 언론계 선후배 여러분들, 그리고 경복동문, 또 신동철동문을 사랑하는 많은 친지들, 모든분들께 동창의 한사람으로서 감사를 드리면서 저자의 건강과 행운을 여러분과 함께 빌어 마지 않습니다. 감사합니다.』

李전총리의 격려사가 끝나면서 이날 출판기념회를 주선한 초청인 33명에 대한 소개의 순서가 있었다.

사회자가 姜漢弼, 具宗書, 金鎭植, 朴榮根교수와 朴鉉兌, 裵秉烋, 石熙泰선생등을 한분한분씩 내빈들에게 소개했고 초청인이면서도 불참한 인사들에 대한 언급도 있었다.

林尙源 고려대교수와 같은 대학 申成淳 석좌교수는 때마침 경주에서 열린 관훈클럽 주최 토론회에 사회자와 토론자로 참가해서, 劉載天 한림대교수는 후쿠오카(福岡)에서 개최된 한・일 신문기자워크숍 때문에, 또 우리홈쇼핑 趙昌化고문은 히말라야 트레킹에 참가중이어서 못나오게 되었노라고 사회자가 설명했다.

또 이날 출판기념회에는 중앙일보 洪錫炫회장과 서울대사학과 동문회 金京熙회장, 景福고 32회동창회 李善熙회장등 많은분들이 화환을 보내왔다.

이들외에도 화환을 보내준 인사는 △태평로프레스클럽 회원일동 △한국프레스센터 朴紀正이사장 △한국능률협회 申永澈대표이사 부회장 △중앙일보 I weekly 鄭英柱대표 △중앙일보 시사미디어 文炳晧대표 △국회의원 高興吉 △국회의원 李揆澤 △국회의원 孟亨奎 △경기대대학원 石熙泰원장 △동하산업(주) 太錫培대표이사 △(주)세원 ECS 嚴秉潤 대표이사 △신광산업(주) 宋俊國 대표이사 회장 △프라자호텔 金永凡사장 △의학박사 吳承煥 △삼표에너지 任道元대표이사 △대한제쇄(주) 趙元來대표이사 △(주)다락원 鄭孝燮대표이사 등이었다.

"호랑이 만들려다 고양이를 그렸다"

이날 출판기념회의 참석자들은 태평로프레스클럽 姜勝勳회장의 건배 제의로 공식적인 행사를 마친뒤 뷔페식으로 마련된 식사를 즐기며 담소를 나누었다.

이에 앞서 이날의 주인공인 신동철 저자는 「축사와 격려사를 한 분들께서 너무나 과찬(過讚)을 해주셔서 몸둘바를 모를지경」이라고 인사를 한 후 「호랑이를 그리려다가 고양이를 한마리 그린게 아닌가하는 생각이든다」는 취지의 미리 준비한 답사(答辭)를 했다.

어째서 고양이를 그렸다고 했을까 - 저자가 밝힌 「감사의 말씀」을 읽어보기로 하자.

『여러분 대단히 감사합니다.

별로 내세울 것도 없는 제 책의 출판기념회에 이처럼 많이 왕림해 주신데 대해 뭐라고 감사의 말씀을 드려야 할지 모를 정도로 그저 고마울 뿐입니다.

세상을 살다보면 글 잘쓰고 말 잘하고 노래까지 잘 부르는 재주 많은 분들도 많습니다.

저는 지난 65년부터 30여년간 신문기자를 하면서 글쓰는 훈련을 받아 글은 어느정도 소화할 자신이 있으나 말은 제대로 하지를 못합니다.

특히 여러분과 같이 고귀한 분들 앞에선 더더욱 그렇습니다.

주변에서 어떤 형태로든지 출판기념회를 하자고 했을때 저는 한동안 고민을 했습니다. 무슨 말로, 어떻게 인사말을 해야 하는가라는 점 때문에 이생각 저생각을 해봤습니다.

그러다가 어느날 문득 호랑이라는 짐승에 생각이 미쳤습니다.

하긴 제가 5년전부터 이 책을 쓰기 시작할 때도 맨 먼저 떠오른 것이 호랑이였습니다. 『아무리 사나운 호랑이도 가혹한 정치보다는 덜 무섭다』는 공자님의 말씀을 인용해서 글의 실마리를 풀어 나갔던 것입니다.

옛부터 호랑이라는 짐승이 우리네 생활문화와 의식세계에 어느 만큼 침잠되어있는가를 알아보기 위해 얼마전 인터넷에 들어가 봤더니 정말 호랑이와 관련된 이야기들이 많더군요

「호랑이 제말하면 온다」는 속담으로부터 「호랑이 보고 창구멍막기」라는 말도 있고 「잠자는 호랑이 코침 준다」고 해서 화(禍)를 자초하지 말라는 경구(警句)도 있는가하면 「호랑이를 그리려다가 고양이를 그렸다」는 비아냥거림도 그중의 하나입니다.

삼인성호(三人成虎)라고해서 셋이서 힘을 합치면 호랑이도 만들 수 있고, 극히 어려운 지경을 말하는 호미난방(虎尾難放), 여우가 호랑이의 위세를 빌려 허세를 부린다는 호가호위(狐假虎威)등의 사자성어(四字成語)도 모두 호랑이라는 짐승으로 인해 비롯된 것임을 여러분들도 잘 알고 계시리라 믿습니다.

제가 중견기자 시절 이런일이 있었읍니다.

어느날 저녁 언론계 대선배님 한분과 몇몇이 어울려 술잔을 나누고 있는데 갑자기 그분께서 『우리나라 최초의 저널리스트는 누구라고 생각하느냐』고 제게 묻는것이었습니다.

순간적으로 저는 100여년전으로 거슬러 올라가 한국신문 초창기에 등장하는 인물들을 떠올리며 해답을 구해봤지만 그게 누군지 알수가 없었습니다.

그래서 하는수없이 『선배님께선 왜 술맛 떨어지게 그런 거창한 질문

을 하시는겁니까?』라고 얼버무렸던 것입니다.

그후 저는 정답을 구하기 위해 몇몇 기록을 뒤져보았습니다.

그결과 그분이 말씀하신 최초의 저널리스트는 제가 태어나던 시점을 기준으로 200여년전, 그러니까 1730년대 말에 태어나 지금으로부터 대략 200여년전 세상을 떠난 燕岩 朴趾源선생이라는 사실을 알게 되었던것입니다.

그 박지원의 대표작은 물론 「熱河日記」입니다.

그의 나이 44세때 청나라 乾隆황제의 70생일을 기념하는 축하사절단 일행에 끼어 난생 처음 압록강을 건너 北京을 거쳐 북동쪽으로 280km나 떨어져 있는 「熱河」까지 다녀와서 보고, 듣고, 느낀 모든 체험을 리얼하게 쓴것입니다.

여러분들께서 잘 알고 계시다 싶이 연암이 쓴 글가운데는 「熱河日記」말고도 양반전(兩班傳), 허생전(許生傳)과 호질문(虎叱文)이라는 소설도 있습니다. 호랑이를 의인화(擬人化)시켜 당시의 썩어빠진 양반네들의 허위의식을 응징한것-여기에도 호랑이가 등장했습니다.

어디 그 뿐입니까.

호사유피(虎死留皮)라고해서 호랑이는 죽어서도 가죽을 남긴다고 했읍니다. 그렇습니다. 호랑이가 죽어서 가죽을 남긴다 - 그렇다면 여기 서있는 이 사람은 『신문은 죽어서도 말한다』라고 하는 책을 한권 남기게 되었구나하는데 생각이 미쳐 혼자 웃었던 일이 있습니다.

이쯤에서 호랑이가 어떻고 누가 죽는다거나하는 따위의 얘기는 이정도로 끝내고 「신문은 죽어서도 말한다」를 쓰게된 경위를 말씀드리겠읍니다.

이 책이 나오기까지는 많은 분들의 도움이 있었습니다.

특히 그중에서도 결정적인 기여를 한분은 嚴鍾石사장입니다. 엄사장은 10여년전 그러니까 대한일보가 폐간되고 20여년의 세월이 흐른 무렵부터 저에게 기록을 정리하도록 압력을 가했습니다. 더 나이먹어 글이 무뎌지기전에 작업을 하라고 권했습니다. 멀쩡한 신문이 하루아침에 공중분해했는데 기록이라도 남겨야 되지 않겠느냐고 저를 압박했습니다.

그러나 난마처럼 얽히고 설킨, 그 무렵의 복합적인 언론상황을 정리하는 건 저의 능력밖이라는 점에서 주저했던 것입니다.

오늘 이 자리에서 처음 말씀드리는 것입니다만 그 당시 엄사장은 『30년전 군부독재시절 폐간된 대한일보와 그 조직속에서 일하다가 실직된 기자들은 80년대초 5공화국시절 해직되었다가 민주화운동과정에서 명예회복된 분들처럼 똑같은 반열에 올려지도록 써야한다』는「암시」를 은연중 제게 했던것입니다.

말하자면 엄사장은 저에게 으젓한 호랑이를 한마리 그리라고 주문했지만 저의 능력부족으로 고양이를 그린게 아닌가하는게 지금 제 생각입니다.

엄종석 사장은 저하고는 고등학교 동기동창이며 대한일보기자로서 저는 주로 사회부에서 뛰었고 그는 정치부기자로 폐간되는 그날까지 함께 일했습니다.

오늘 저는 여러분들에게 그 엄사장, 30여년전 엄종석기자를 위해 박수를 좀 쳐주십사하고 부탁드리려고 했습니다.

그 엄사장은 지금 이 자리에 참석치 못했습니다.

그는 미국에 볼일이 생겨 부인과 함께 캘리포니아로 날아가 지금 그

곳에 머물러 있습니다.

여러분 『신문은 죽어서도 말한다』라는 책의 공동저자나 다름없는 엄 사장에게 마음속으로 박수를 보내주시길 바랍니다.

또 몇분이 더 있습니다.

태평로 프레스클럽 姜勝勳회장과 지금은 태고종의 지연(志淵)스님이 되신 대한언론문화연구원의 朴鉉兌원장님, 두분께서도 물심양면으로 도움을 주셨습니다.

또 趙昌化, 趙鎭億, 鄭孝燮, 閔正基회원도 있습니다.

조창화 동문은 폐간후 KBS로 자리를 옮겨 주일특파원, 주미특파원, 보도국장, 부산방송총국장, KBS자회사 사장등을 역임하고 LG그룹 고문을 거쳐 지금은 우리홈쇼핑 초대사장으로 경영기반을 다진후 고문으로 있습니다.

조진억회원은 폐간되자마자 한양대 홍보실에 자리잡아 한양학원 설립자인 金連俊 - 白京順부부를 최지근거리에서 30년 넘게 모시고 있습니다.

도서출판 다락원의 정효섭대표는 제 글의 출판을 흔쾌히 도와주셨고 민정기회원을 포함한 네분은 저의 글이 왜곡되거나 객관성을 잃지않도록 오류를 지적해 주셨습니다.

끝으로 한마디만 더 하겠습니다.

제가 책을 내놓고 100일이라는 세월이 흐르는 동안 몇몇분들이 제게 두가지의 질문을 해왔습니다.

하나는 『신문은 죽어서도 말한다』라는 제목은 도대체 누가 정했으며 그 제목의 필체는 누가 썼는가 하는게 두 번째의 질문입니다.

이에 관한 이야기만 잠깐하고 제 인사말을 끝내겠습니다.

먼저 제목이 풍기는 이미지에 걸맞게 조금은 그로테스크(Grotesque)한 서체는 다락원 정효섭사장께서 직접 채택한것이며 제목은 시를 쓰는 曹永瑞선배님께서 작명해서 제게 주셨습니다.

曹선배님은 나이 70이 넘은 지금까지도 시를 쓰시고 지난해에도 『새, 하늘에 날개를 달아주다』라는 시집을 낸바있습니다.

조시인은 30여년 전, 대한일보가 없어지기 넉달전 金庚煥편집국장, 任在慶정치부장, 두꺼비 安義燮국장대우, 林 英부국장등과 함께 조선일보등에서 일하다가 대한일보 편집국장대리로 스카우트되었으며 중앙정보부에 끌려가 그곳에서 사표를 쓰고 신문사를 떠났던 분입니다.

저는 어느해 겨울 이 글을 완성하기전 조선일보에서 오랫동안 신문기자 생활을 한 李顯求동문과 함께 조시인을 만나 그때 그사건이 났을 때 왜 혼자서 책임을 지고 대한일보사를 물러났는가 하는점에 대해 취재했던 일이 있었읍니다.

그날 조시인은 당시의 비화를 들려주시면서 자신에 관한 증언은 기록으로 집필해도 좋지만 원고는 책이 출간되기전 반드시 자신에게 보여달라고 하셨읍니다.

그후 저는 글을 작성하고 그분의 증언이 수록된 부분의 앞뒤 문장을 연결한 200자 원고지로 100여장되는 분량의 글을 조시인에게 우송해 드렸읍니다.

그리고는 또 얼마간의 세월이 흐른뒤 이현구동문과 함께 조시인을 만났읍니다.

그날 술잔을 나누기전 그분은 양복주머니에서 허름한 봉투하나를 꺼내 제게 주셨읍니다. 그속엔 『신문은 죽어서도 말한다』라고 하는 눈에 번쩍 띄는 제목이 들어있었읍니다.

이책의 제목은 바로 이것이니 딴소리 말고 채택토록 약속하라고 말씀하셨고 저는 흔쾌히 받아들였읍니다.

여러분! 우리 모두 조영서시인의 노익장을 위해 박수를 보내주시길 감히 제의합니다.

마이크를 잡은김에 한말씀 더 드리겠습니다.

독일어 속담에 Wer der lachen letze ist der Beste라는 말이있습니다. 굳이 우리말로 번역한다면 마지막에 웃는 사람이 가장 행복하다는 뜻이겠지요

마지막으로 오늘 이 모임이 잘 이루어지도록 처음부터 끝까지 수고해주신 교수신문사 임직원님들께 다시한번 감사의 말씀을 드립니다.

여러분, 내내 건강하시고 모든 가정에 행운이 가득하시길 바랍니다. 감사합니다.』

〈끝〉

그해 겨울밤

초판 1쇄 2015년 6월 25일

지은이 | 신동철

발행인 | 노재현
마케팅 | 김동현 김용호 이진규
제작지원 | 김훈일

펴낸 곳 | 중앙북스(주)
등록 | 2007년 2월 13일 제2-4561호
주소 | (135-010) 서울시 강남구 도산대로 156 jcontentree 빌딩 6, 7층
구입문의 | 1588-0950
홈페이지 | www.joongangbooks.co.kr
페이스북 | www.facebook.com/hellojbooks

ISBN 978-89-278-0659-2 03810